KB073254

오빠가 돌아왔다

김영하

소설

복복서가

차례

보물선

재만과 형식은 대학 시절, 가깝다면 가깝고 멀다면 먼, 그냥 그렇고 그런 사이였다. 그들은 '역사연구회'라는 별로 유서 깊지 않은 동아리에서 만났는데 말이 좋아 역사연구회지 솔직히 말하자면 그냥 화염병을 제조하는 공장에 가까웠다. 그들처럼 정말 역사를 연구하는 데인 줄 알고 들어간 순진한 신입생들은 선배들로부터 특별한 교육을 받아야 했다. 역사를 알려면 직접 역사로 뛰어들어야 한다느니, 앎과 실천을 일치시켜야 한다느니 하는 소리를 듣고 있노라면 교정엔 꽃 피는 봄이 찾아왔다. 그때쯤이면 언제나 '긴박한 정치정세가 청년학도의 투쟁을 요구하'고 있었고 그러면 신입생들은 '역사의 갈림길'에 서게 된다. 선배들과 함께 가두로 나가든가 아니면 은근슬쩍 동아리를 빠져나가든가. 재만 같은 경우는 후자라고 할 수 있었다. 앙드레 모루아의 『프랑스사』나 에드워드 기번의 『로마제국

쇠망사』 같은 걸 읽고 토론하는 줄 알고 들어왔던 그는 선배들에 이끌려 나갔던 첫번째 가두시위에서 어이없이 경찰에게 잡혀 집시법 위반으로 기소유예 처분을 받은 후, 이왕 이렇게 된 것 더욱 가열차게 투쟁하라는 선배들의 말을 뒤로한 채 그대로 줄행랑을 놓았던 것이다. 그러나 형식은 좀 달랐다. 그는 시위에는 참가하지 않았지만 동아리엔 끝까지 남아 있었다. 구박과 눈총 속에서도 꿋꿋이 나름의 역사연구를 계속했다. 뿐만 아니라 자신의 연구성과를 그것에 아무 관심도 없는 다른 회원들에게 나누어주었다. 처음엔 논쟁도 벌이고 공박도 하던 다른 회원들은 곧 그를 포기하고 말았다. 다른 회원들이 밖에서 돌과 화염병을 던지고 있을 때 그는 동아리방에서 홀로 책과 지도를 보며 연구를 계속 진척시켰고 자료가 더 필요하면 도서관에도 나타났다. 그와 재만은 도서관의 흡연자 휴게실에서 주로 마주쳤다. 그럴 때마다 형식은 재만을 앉혀놓고 장광설을 늘어놓곤 했다. 마르크스, 레닌을 피해 도서관으로 도망친 재만은 자판기 커피를 홀짝거리며 형식의 이야기를 들었다.

대학 때는 그렇게 책만 파던 형식이었지만 졸업을 한 뒤에는 난데없는 독자 가두투쟁을 시작했다. 그의 돌출행동에 대해 사람들은 조현병 초기라느니, 쇼맨십이라느니 여러 해석을 갖다붙였다. 누가 뭐라든 그는 개의치 않았다. 마포구 공덕동에 살고 있던 그는 가족들의 감시가 조금 느슨해진 틈을 타 슬그머니 집을 빠져나가곤 했다. 그가 사라져도 가족들은 별로 놀라지 않았다. 그의 남자형제 중 한 명이 투덜거리며 광화문 네거리로 나가 약간의 탐문 끝에 그를 붙잡아 다시 집으로 데리고 왔다.

그가 노리는 것은 바로 충무공이었다. 그는 광화문 네거리 동상 주변에서 얼쩡거리다가 차량 통행이 뜸해지면 달려들어 기어올랐다. 가끔 올가미를 던져 동상의 목에 걸어보려고도 했지만 그러기엔 장군의 몸체가 너무 컸다. 수순은 대체로 비슷하다. 도깨비씨름이라도 하듯 동상과 대결하고 있는 그의 허리를 경찰이 달려와 붙든다. 그러면 그는 조금 저항하다 파출소까지 끌려간다. 그러곤 가족들이 찾아올 때까지 처박혀 있는 것이다. 경찰은 경찰대로 난감해하고 가족은 가족대로 민망해했다. 몇 번쯤 즉심에 넘겨져 벌금과 구류를 맞았지만 이순신 장군상을 향한 그의 집착은 사라지지 않았다. 하필이면 왜 충무공 동상에다 그러는지, 알다가도 모르겠습니다. 파출소장은 자못 근엄한 얼굴로, "여긴 국가 기간시설도 많고 외교공관들도 산재해 있으니 거 아드님 단속 좀 잘하셔야겠습니다. 허, 충무공이면 민족의 영웅인데……" 하면서 가족들에게 훈계를 했다.

대학 시절, 동해에서 일본 꽁치잡이 어선 한 척이 침몰한 일이 있었다. 어부들은 하늘에서 황소 한 마리가 갑자기 떨어지는 바람에 가라앉았다고 주장했지만 아무도 믿어주는 사람이 없었다. 황소가 바다 한가운데로 떨어지다니, 도대체 말이 되는가? 그렇지만 일본 해상자위대의 정보 파트에 어부들의 말을 신뢰한 해군 장교가 있었다. 어촌 태생인 그는 바다의 사나이들이 어떤 사람들인지 알고 있었다. 그는 상관에게 이렇게 말했다. "뱃사람들은 거짓말을 싫어합니다. 목숨을 뱃전에 내놓고 사는 사람들은 그런 유희를 즐기지 않습니다. 차라리 동해에 심심찮게 출몰하는 고래 핑계를 댔으면 댔지 하늘에서 소가 떨어졌다는, 아무도 안 믿을 그런 얘기를 지어내지는 않았을 겁니다." 그는 인공위성과 정찰기, 이지스함의 데이터를 교차 분석한 끝에 그 시각, 사할린으로 향하는 러시아 공군의 수송기 한 대가 그 지역을 지나갔다는 사실을 밝혀냈다. 게다가 그 화물기가 어선 침몰지역 주변에서 지그재그로 궤적을 그리며 지나간 흔적도 위성사진을 통해 알아냈다. 일본은 비공식 외교채널을 통해 러시아 측에 조심스럽게 공군수송기와 어선 침몰 사이의 연관에 대해 문의하였다. 그로부터 며칠 후 러시아 공군은 몇몇 지휘관을 문책하면서 자신들이 어선 침몰에 책임이 있음을 이례적으로 시인하였다. 시베리아 기지에 잠시 들러 급유를 받던 수송기의 승무원들이 활주로 근처 농촌에서 황소를 훔쳐 그것을 적재함에 실었는데 이 소가 그만 동해 상공에서 미친듯이 날뛰는 바람에 화물기의 무게중심이 이쪽저쪽으로 급격히 쏠리기 시작했다는 것이다. 하는 수 없이 조종사는 화물칸의 해치를 열어 소를 바다로 떨구었는데 하필 팔백 킬로그램이 넘는 그 황소가 일본 꽁치잡이 어선의 이물을 때린 것이었다. 러시아 측은 일본 어선의 피해를 모두 배상하겠다고 약속했다. 대신 일본 측에 조용한 처리를 요구했다. 일본 자위대의 정보수집 능력을 보여주는 이 일화를 재만에게 얘기해준 사람도 바로 형식이었다. 그는 일본의 재무장이야말로 제3차 세계대전의 신호탄이니 주변국들은 한시도 경계를 늦추어선 안 된다고 말했다.

이상한 친구 덕분에 재만은 예전에는 있는지 없는지 관심도 없었던 광화문 네거리의 충무공 동상을 차츰 눈여겨보게 되었다. 보통 다른 장군들은 기마상으로 표현되어 있는 데 반해 이순신 장군은, 아마 수군이어서 그랬겠지만, 그저 우뚝 선 채로 남대문 방면만 뚫어져라 바라보고 있다. 경복궁의 정문인 광화문과 뒤에 자리잡은 청와대를 등지고 있어서 그런지 마치 궁궐의 수문장 같은 느낌이다. 그가 지키고 있는 건물에는 정부종합청사, 세종문화회관, 교보생명, KT, 미국문화원과 미대사관이 포함되어 있다. 그가 노려보고 있는 건물로는 조선일보사, 서울신문사, 감리회관, 시청 등이 있다. 이순신 장군상을 사이에 두고 종로와 세종로가 교차하여 지나는데 우리나라에서 통행량이 많기로는 몇째 가라면 서러울 지점이다. 뭘 지키겠다면, 또 그럴 능력이 있다면, 그는 정말로 절묘한 지점에 서 있는 것이다.

사실 상당히 멀쩡했을 때부터 형식은 이순신에 집착했었다. 그의 주장에 의하면 충무공 동상의 건립부터가 친일파의 음모라는 것이다. 그것은 도요토미 히데요시의 동상이며 인왕산에서 청와대, 경복궁, 광화문, 남대문을 잇는 민족의 정기를 끊기 위해 일본의 사주를 받은 친일파들이 도요토미 히데요시의 얼굴을 이순신 장군상에 새겨넣었다는 것이다. 게다가 건립 주체인 '애국선열조상건립위원회'의 회장은 한일수교의 막후, 김종필이었으며 첫번째 헌납자는 바로 만주군관학교 출신의 다카키 마사오, 즉 박정희 전 대통령이라고 은밀히 속삭였다.

"동상 정면의 글씨도 다카키 마사오의 친필이야. 그래도 뭔가 느낌이 안 온단 말이지?"

"글쎄."

"허, 한번 잘 생각해봐. 참, 도요토미 히데요시가 왼손잡이였다는 사실은 알고 있어?"

"아니."

재만은 금시초문이었다.

"이순신 장군이 오른손으로 칼자루를 쥐고 있다는 걸 한 번도 이상하게 생각해본 적이 없단 말이지?"

"응."

그는 절망스런 표정으로 고개를 도리도리 저었다.

"하지만 형식아, 그래도 조선총독부 건물도 완전히 해체되고……"

"순진한 생각이야. 김영삼 정부가 왜 그렇게 황급하게 허둥지둥 조선총독부를 폭파해버렸는지 한 번도 생각해본 적이 없단 말이지?"

무엇무엇 했단 말이지, 하면서 말을 끄는 것은 형식의 오랜 말버릇이었다.

"그거야 김영삼이 워낙……"

그는 더 들을 필요도 없다는 듯 손을 들어 재만의 말을 끊었다.

"조선총독부 건물엔 일본이 조선 전역에 감춰놓은 금괴와 군사시설의 위치를 표시한 지도가 있었어. 뿐만 아니라 민족정기를 끊기 위해 박아놓은 쇠말뚝의 위치도 기록돼 있었지. 아, 그리고 그들의 아시아 지배전략을 상세히 기술한 문서도 다수 보관돼 있었어. 그런 걸 몰랐단 말이지, 하."

"그 지도만 찾으면 되겠네?"

"아니야. 그것들은 모두 건축물의 내부에 숨겨져 있었는데 문제는 도대체 어느 돌 속에 들어 있는지 아무도 모른다는 거야. 그래서 지금까지도 당시의 잔해를 하나하나 깨가면서 그것들을 찾고 있어. 강원도 홍천의 채석장에서."

물론 형식의 얘기를 진지하게 여긴 사람은 거의 없었다. 간혹 진도와 제주도의 보물을 찾는다는 사람들이 그를 찾아오곤 했으나 그때마다 그는 좋은 말로 타일러 그들을 되돌려보냈다. 그들은 일제가 철수하면서 포탄 탄피에 금괴를 넣어 진도 앞바다 바위섬 아래에 파묻고 떠났다고 주장했지만 형식은 건축공학도답게 차근차근 그것이 얼마나 말이 안 되는 것인지 그림을 그려가며 설명해주었다. 당시 일본의 기술 수준으로 볼 때 바닷속 바위에 구멍을 내고 그 구멍에 그 엄청난 양의 금괴를 숨긴 후 다시 집채만한 바위를 얹어놓는다는 것은 마치 해녀를 인어공주로 만드는 것만큼이나 어려운 일이라고 말했다. 그러나 그들이 돌아가고 나면 지도를 펼쳐놓고 그들이 말한 위치를 붉은 사인펜으로 표시해놓았다.

"불가능하다면서 표시는 왜 하는 거야?"

"거긴 금괴가 있는 곳이 아니야. 그 사람들, 뭔가 주워듣긴 했는데 잘못 들은 거야. 자, 진도에서 광화문까지 일직선으로 선을 그어봐."

형식은 십만분의 일 지도를 책상 위에 넓게 펼쳤다. 재만은 T자를 이용해 연필로 선을 그었다.

"다 그었는데."

"그 선을 따라가며 놈들이 쇠말뚝을 박았을 거야. 진도의 그 지점이 시발점이야. 그걸 표시해둔 거야. 전설이라는 게 그냥 생겨나는 법은 없거든. 그렇게 해서 서쪽의 기를 누르고 부산 영도에서부터 또 광화문까지 박아서 동쪽의 기를 누른 거야. 봐, 정확히 이등변삼각형이 되지 않냐? 지독한 놈들."

재만으로 말하자면 그런 유의 얘기들을 전혀 신봉하지 않는 축이었다. 쇠말뚝을 박는다고 정기가 눌러지나? 그럼 전국의 산맥들을 가로지르는 거대한 고압선 철탑들은 다 무언가. 게다가 메이지유신을 거쳐 탈아입구의 한길로 매진하던 근대 일본이 그런 주술적인 일에 국력을 쏟았을 것 같지가 않았다. 중일전쟁, 태평양전쟁에 정신이 하나도 없던 나라가, 여인네들 쇠비녀까지 공출해간 나라가, 무슨 여력이 남아 산 정상에 쇠말뚝을 박고 다녔겠는가. 또 설령 어느 미친 일본인이 쇠말뚝을 박고 다녔다 해도 고작 그런 쇠붙이 몇 자루에 눌릴 정기라면 그게 과연 그렇게 신성한 것일까.

그로부터 몇 년 후 찬바람이 쌩쌩 불던 어느 겨울 새벽, 드디어 형식은 그토록 염원하던 이순신 동상 정복에 성공했다. 사다리 하나 없이 어떻게 그가 그 높은 동상에 오를 수 있었는지가 모두에게 의문이었다. 어쨌든 천신만고 끝에 동상 등반에 성공한 그는 태극기로 장군의 얼굴을 가리고 날이 밝기만을 기다렸다. 이윽고 희붐하게 먼동이 터오자 일찍 집을 나선 사람들의 자동차들이 그가 서 있는 동상 옆을 스쳐 종로와 세종로를 향하기 시작했다. 그러나 한참이 지나도록 사람들은 동상 위에 올라 있는 그의 존재를 알아채지 못하였다. 초조해진 그는 장군의 얼굴을 가린 대형 태극기를 풀어 흔들기 시작했다. 그러자 신호대기중인 몇 대의 자동차에서 운전자들이 목을 빼고 동상 위의 그를 올려다보았다. 몇몇은 경찰이나 소방에 신고를 했다. 잠시 후, 사다리차가 사이렌을 울리며 경찰차와 함께 광화문 네거리에 도착했다. 그는 태극기로 이순신 장군의 얼굴을 다시 가린 후, 밧줄로 장군의 목과 제 허리를 결박하였다. 그와는 이미 안면이 있는 배불뚝이 경찰관이 동상 아래에서 메가폰으로 그에게 소리를 질렀다.

"이형식씨, 빨리 내려오세요."

그는 고개를 저으며 외쳤다.

"민족정기 압살하는 친일조각 철거하라!"

"강토의 심장부에 도요토미가 웬말이냐!"

배불뚝이 경찰관이 소방관들에게 사다리를 올리라고 지시하자 소방관 두 명과 경찰관 한 명이 올라탄 사다리가 천천히 동상의 머리 부분으로 다가가기 시작했다. 그 장면을 구경하는 운전자들 때문에 광화문 일대엔 이른 새벽부터 교통체증이 발생하기 시작했다. 눈 비 비고 스튜디오로 출근한 교통방송의 리포터는 프로듀서가 건네주는 메모를 나른하게 읽어내렸다.

"네, 지금 통신원 제보 들어와 있는데요. 광화문 네거리 충무공 동상에 시민 한 분이 올라가 시위를 벌이고 있어 네거리 일대 대단히

혼잡하다는 김길운 통신원의 제보입니다. 세종로, 종로 양방향 모두 가다 서다를 반복하고 있으니 우회 바란다는 제보였습니다."

그는 세 명과 몸싸움을 벌였지만 결국 팔이 뒤로 꺾인 채로 사다리차에 옮겨졌다. 소방관들은 동상의 목 부분에 걸린 밧줄과 얼굴을 씌운 태극기도 신속하게 철거하였다. 그는 종로경찰서로 실려가 조사를 받았다. 그러나 심문은 곧 형식의 기이한 역사강의로 변질되었다. 경찰관들은 일본의 세계정복 음모에 대해 귀가 아프도록 듣다가 결국 조서 작성을 포기하고 즉심으로 넘겼다.

그가 동상에 올라가 있던 바로 그 시간, 재만은 갓 들어간 직장으로 차를 몰고 콧노래를 부르며 출근하고 있었다. 그러나 교통방송 리포터의 멘트를 듣는 순간 그는 그 장본인이 바로 형식임을 알았다. 그 자식, 여전하구만. 그는 혀를 차며 라디오에 귀를 기울였다. 그러나 광화문 네거리가 다시 정상 소통되고 있다는 짤막한 멘트 말고는 더이상 그 사건의 뒷이야기는 없었다.

그후 형식은 가끔 몇몇 동창모임의 술안주로나 등장하다가 몇 년 후 완전히 화제에서 사라져버렸다. 재만은 새로 사귄 사람들과 주식시장의 동향, 배우들의 외모, 스톡옵션에 대해 떠들며 십칠 년간 숙성시킨 스코틀랜드산 위스키를 물처럼 들이켰다. 호시절이었다. 주가는 치솟고 갑자기 벼락부자가 된 친구들의 이름이 경제신문 지면을 화려하게 장식했다. 재만은 20세기의 마지막 해에 여의도에 있는 외국계 컨설팅회사로 옮겨 그 한 해에만 이억 가까운 돈을 벌었지만 성에 차지 않았다. 하루아침에 수백억대의 스톡옵션을 손에 쥐는 또

래의 사내들을 볼 때마다 이러다 기회란 기회는 다른 놈들이 다 채가는 게 아닌가 싶어 그는 초조했다.

그 무렵 그는 종종 호텔에서 동업자들과 아침을 먹었다. 업계의 부침과 정부의 정책동향에 대해 소곤거리고 발레파킹해두었던 차를 받아 타고 직장으로 나갔다. 점심은 샌드위치로 때우고 밤에는 호텔 피트니스센터에서 달리기를 했다. 거한 술자리들이 이어지면서 자연히 단골 룸살롱도 생겼다. 마담들과는 누님 동생 하는 사이가 되고 술자리가 파하면 해장국까지 얻어먹는 특급 대우를 받았다. 마담들은 명절이 되면 '돈 많이 버시라'는 덕담에 얹어 명품 지갑이나 캐시미어 목도리를 보내오기도 했다.

그해에 결혼정보회사가 주선해준 여자와 결혼도 했지만 하도 바쁠 때여서 언제 어디서 했는지 기억도 못할 지경이었다. 컨설팅 업무 외에도 그는 주식과 채권, 달러로 자기 나름의 포트폴리오를 구성하고 있었는데 그 동향을 체크하려면 하루 이십사 시간도 모자랐다. 그의 새벽은 막 폐장한 뉴욕 증권시장의 각종 지수들로 시작됐다. 부팅하는 시간도 아까워 컴퓨터는 언제나 켜놓은 상태였다.

그가 형식을 다시 만난 것은 그 호시절의 막바지였다. 일주일에 한 번씩 모이던 아침모임에서였다. 졸린 눈을 비비며 꼬박꼬박 참가해오던 그 모임이 비로소 수백억이 오가는 실제 작전에서 산뜻하게 한 게임을 해치운 직후였다. 신생 증권사로 스카우트되어 간 트레이더 하나가 모임을 주도하고 있었는데 그는 과거에도 증권시장에서 작전으로 짭짤한 수익을 올린 전적이 있었다. 그 무렵에도 그는 언

제나처럼 자본금이 거의 잠식된, 누구도 눈여겨보지 않던 소규모 상
장기업을 노려 주식을 매집하기 시작했고 그가 관여하고 있던 여러
정보모임에 은근슬쩍 작전의 개시를 알렸다.

"지나치게 저평가된 물건이 있어 한번 밀어보려구요. 딱 열흘만
삥삥이 한번 돌려보죠."

아무도 조작이니 작전이니 하는 말을 입에 올리지 않았지만 각자
동원 가능한 물량을 그가 지시한 종목에 묻고 그의 퇴각신호를 기다
렸다. 바로 그다음날부터 그 종목만 연달아 상한가를 치기 시작했
다. 사흘째가 되자 개미들이 달려들기 시작했다. 막판엔 사양산업으
로 치부되던 그 지방 섬유업체의 주가가 웬만한 우량기업을 뺨쳤다.
그들은 투자액의 평균 열 배가 넘는 차익을 남겼다. 간 작은 이는 여
드레째, 간이 좀 큰 이는 열흘째 손을 털었다. 심지어 그들이 단골로
다니던 룸살롱의 마담도 세 배를 남겼다. 곧 주가는 폭락했고 개미
들은 깡통을 찼다.

그 일이 잠잠해질 때까지, 캡틴이라는 별명으로 불리던 그들의 리
더는 조용히 근신하며 다음 때를 기다렸다. 조찬모임도 당분간 중단
되었다. 모두들 배부른 사자처럼 느긋하게 여운을 즐겼다. 나머지
멤버들 역시 조용히 본업으로 돌아가 하던 일을 계속했다. 작전의
흥분이 채 가시지 않은 터라 일은 손에 잘 잡히지 않았다. 연봉보다
더 큰돈을 단 며칠 만에 벌었으니 하루하루의 일상이 문득 무의미하
게 느껴지기도 할 것이었다. 그런 몇 주가 지난 후, 캡틴이 오랜 침묵
을 깨고 그들을 호출한 것이다. 에르메네질도 제냐니 아르마니니 하

는 번드르르한 양복을 빼입은 그들은 강남에 새로 개장한 특급 호텔에서 만났다. 그새 승용차를 바꾼 성질 급한 치들도 있었다. 미소수프를 떠먹으며 한 펀드매니저가 정부의 시장규제에 대해 비아냥거렸다.

"시장의 실패? 웃기고 있네. 공무원들 괴롭겠어. 자기들도 안 믿는 걸 떠들고 있으니 말이야. 뒷구멍으로는 주식 받아 챙기느라 밥이 입으로 들어가는지 코로 들어가는지도 모르면서 마이크만 들이대면 무슨 헛소리들을 그렇게 해대는지."

"걔네들 오락가락하면 우리야 좋지. 그런데 저 자리 왜 비어 있지? 누가 더 오나?"

바로 그때 팔에 냅킨을 걸친 웨이터가 누군가를 안내해 그들의 테이블로 데려왔다. 닥스의 체크무늬 정장에 무늬 없는 타이를 받쳐입은 그는 바로 이형식이었다. 그의 정장은 새것 같긴 했으나 어딘가 부적절해 보였다. 그는 재만을 보더니 과장되게 팔을 뻗으며 악수를 청했다. 나머지 멤버들은 모두 엉거주춤 일어나 한 사람씩 인사를 나누었다.

"너, 여기 있다는 말 벌써 들었다. 세상 좁구나."

재만은 형식의 돌연한 출현에 놀라 처음에는 조금 당황했지만 곧 활짝 웃으며 말을 받았다.

"사람 놀래키는 재주는 여전하구만."

"둘이 구면이라며?"

캡틴이 그를 자리에 앉히며 웃었다. 다른 멤버들도 안심하는 표정이었다. 캡틴이 초대했고 재만과도 구면이니 자신들과 같은 부류의 인간이라고 생각하는 것 같았다. 캡틴이 그를 소개했다.

"미리 얘기하려고 하다가 사업 성격상 직접 만나뵙고 이야기를 듣는 게 더 좋을 것 같아서 그냥 이렇게 모셨어요."

형식은 많이 달라져 있었다. 기름을 발라 단정하게 뒤로 넘긴 머리와 닥스 정장에서 광화문 네거리의 미치광이를 연상하는 사람은 거의 없을 것이었다. 웨이터가 다가오자 그는 인삼차를 시켰다. 그리고 명함을 돌렸다. 명함에는 '보물선닷컴'이라는 회사의 이름과 인터넷 주소가 적혀 있었다. 그의 이름 앞에는 'CEO'라는, 그와는 영 어울리지 않는 직함이 붙어 있었다.

인삼차를 홀짝이며 그는 준비해온 이야기를 시작했다.

"지난번 요 호텔 이층에서 한 번 설명회도 한 적이 있습니다만, 저희 회사는 그야말로 벤처 중의 벤처라 할 수 있습니다. 어떤 분들은 벤처의 원조라고도 부르지요. 탁 까놓고 말씀드리죠. 그렇습니다. 우리는 보물을 찾고 있습니다."

벌써 두 명 정도는 흥미를 잃고 손목시계를 보거나 테이블 위에 놓인 핸드폰을 만지작거리고 있었다. 다른 한 명은 재만 쪽으로 슬쩍 '도대체 저 사람 누구냐'는 시선을 쏘아보냈다. 재만이야말로 가시방석이었다. 그의 뜬구름 잡는 이야기가 한번 시작되면 그 끝을 모른다는 것을 재만만큼 잘 알고 있는 사람은 없었다. 그러나 형식은 태연했다.

"〈타이타닉〉은 다들 보셨겠지요? 그거 보시면서 무슨 생각들 하셨습니까? 이야, 그럼 좋구나? 여러분들이 미녀 배우나 보면서 침을 흘릴 때, 누군가는 타이타닉호에 들어가서 골동품이며 보석 들을 쓸어온단 말입니다. 이런 배가 몇척이나 있을까요? 수도 없어요. 1622년, 누에스트라 세뇨라 데 아토차 호, 플로리다 서남쪽에서 허리케인 만나 침몰한 스페인 범선이죠. 1985년에 정확한 위치가 나왔는데 그 안에 무려 삼억 달러어치의 금화가 있다는 겁니다. 이건 약과입니다. 1857년 캐롤라이나 해안에서 260킬로미터 떨어진 해역에서 침몰한 미국 증기선이 있어요. 이름하여 센트럴 아메리카 호, 여기서만 십억 달러어치 보물이 나왔습니다. 1993년 7월에는 아바나 앞바다에 침몰한 스페인 범선에서 자그마치 441개의 다이아몬드하고 이백만 달러어치 보물이 쏟아졌지요. 자, 그런데 우리가 말도 안 통하는 미국이며 쿠바에 가서 이런 것을 캐낼 수 있겠습니까? 하려면야 하겠지요. 그렇지만 굳이 그럴 필요 없습니다."

그는 조용히 좌중을 둘러보았다. 이제는 조금 구미가 당긴다는 표정들이었다. 그는 테이블 위에 전라남북도 전도를 펼쳤다.

"자, 여기가 군산입니다. 그 앞바다, 바로 요기, 말도와 비안도, 보이시죠? 바로 여기에서 태평양전쟁 당시 일제의 화물선과 군용 병원선이 각각 침몰했다 이겁니다."

"화물선과 병원선이요? 뭘 싣고 있었는데요?"

외환딜러 하나가 관심을 보였다.

"병원선에 뭐 대단한 게 있었나 싶으신 거지요? 이 병원선은 1945년 5월 8일, 생체실험으로 유명한 731부대, 다들 아실 겁니다.

바로 이 부대 소속이었다는 겁니다. 병원선으로 위장했지만 이 배에는 만주와 조선에서 약탈한 금괴 백여 톤이 실려 있었는데 그만 미군 B29의 폭격을 받아 군산 앞바다 말도 부근에서 침몰했습니다. 이 자료는 일본의 구마모토대학 도서관 창고에서 먼지를 뒤집어쓰고 있더군요. 비안도 앞바다에 침몰한 배는 화물선인데 그건 같은 해 6월 13일입니다. 887톤급 화물선이었는데 그 안에는 금 구 톤, 돈이 아니라 톤입니다. 은 삼십 톤, 구리 삼백 톤이 실려 있었는데 이 역시 미군기의 폭격으로 그만 고스란히 가라앉았죠. 그렇지만 일본 해군은 이걸 인양할 여력이 없었습니다. 그후엔 전쟁이 끝나버렸고 결국 아무도 손을 못 댄 채 지금에 이르게 된 것이죠."

청산유수였다. 한두 번 떠든 솜씨가 아니었다. 하긴, 아무리 터무니없는 소리라도 그가 일단 이야기를 시작하면 사람들은 자기도 모르는 새 그의 얘기에 귀를 기울였다. 말을 꺼내는 동시에 그것을 진심으로 믿어버리는 사람에게서만 풍겨나오는 강력한 설득력이 있었다. 그는 아마 사기꾼이 되었어도 크게 성공했을 것이다. 멤버 중의 하나인, 증권 트레이더가 고개를 갸웃거렸다.

"그럼 그걸 여태 아무도 몰랐단 말입니까?"

"충남 장항 쪽 어부들치고 이 이야기를 모르는 사람은 없습니다. 장항제련소에서 근무하던 일본인들로부터 들었다는 노인네들이 아직도 시퍼렇게 살아 있습니다. 전직 장관 한 사람이 배하고 사람을 사서 시도도 해본 모양인데 워낙 돈도 많이 들고 해서 결국 모두 손을 들고 말았지요."

"그럼 이사장님은 뭐 뾰족한 수라도……?"

"다른 사람들은 장항 어부들이 눈대중으로 찍어준 데다 무조건 잠수부 꼬라박아서 봉사 문고리라도 잡겠지 하면서 뒤져왔지만 지금이 어떤 시댑니까? 정보화시대 아닙니까? 저는 철저히 데이터에 근거해서 접근했습니다."

그는 가방에서 일본어로 된 복사물들을 꺼내 쏟아놓았다. 흐릿한 지도와 문서 들이 흰 테이블보 위에 어지럽게 흩어졌다.

"일본은 기록의 나라죠. 그놈들은 뭐든지 다 적습니다. 자, 여기 보십시오. 해군성의 자료입니다. 위치까지 정확히 찍고 있습니다. 이 지역은 수심도 낮아 집중적으로 탐사하면 몇 달 안에 가시적인 성과를 볼 수 있을 겁니다."

"그런데 왜 하필 우리한테 오신 겁니까? 우리는 투자자가 아니라, 말하자면 중개인들인데요. 물주들을 찾아가셔야지."

그제야 캡틴이 나섰다.

"뭐, 우리가 다리를 놓을 수도 있는 거니까. 어쨌든 이사장님, 오늘 말씀 고맙습니다. 저희들끼리 한번 최대한 긍정적으로 고려해보고 도와드릴 수 있는 게 있다면 최대한 돕겠습니다."

형식은 자리에서 일어나고 있었다.

"고맙습니다. 일본놈들이 약탈해간 재물을 되찾는 거니까, 역사적인 의미도 분명히 있습니다. 어쨌든 잘 부탁드립니다. 간다, 재만아."

그는 재만의 어깨를 툭 쳤다. 재만은 그를 따라나갔다.

"언제부터 이거 시작한 거야?"

그는 멋쩍은 미소를 지었다.

"좀 됐지. 일제 잔재를 청산하는 것도 어디 맨입으로 되냐? 쇠말 뚝만 뽑아서는 될 일이 아니야. 적이 가진 것으로 적을 치는 거지. 이게 바로 마오식 전술이란 말이지."

재만은 테이블에 앉아 있는 멤버들을 엄지손가락으로 슬쩍 가리키며 말했다.

"나도 그렇지만 저 사람들, 이 바닥의 귀신들이야. 너 잘못하면 뼈도 못 추려."

"걱정 마. 나도 옛날의 내가 아니야."

또 연락하자고 의례적인 인사를 건넨 후, 형식은 성큼성큼 엘리베이터 쪽으로 걸어갔다. 재만은 자리로 되돌아왔다. 캡틴은 그가 완전히 나간 것을 확인하고는 재만에게 물었다.

"대학 때 친했다면서?"

"워낙 엉뚱한 놈이라서. 한마디로 괴짜야. 근데 졸업하고 나선 잘못 봤지."

"자, 나중에 다 이메일로 돌릴 테니 그 핸드아웃들은 그만 보시고. 내 생각에 영 허황한 스토리는 아니야. 지금도 신안 앞바다에서 도자기는 많이 나오잖아? 그거야 유물이니까 국가 소유지만 금은 다르거든. 공유수면 점용 허가하고 뭐지, 아, 매장발굴 허가 받아서 발굴하면 사업자 것이 된단 말이야. 그런데 왜 우리 쪽에서 이걸 하느냐? 자본주의 좋다는 게 뭐야? 자기 돈 가지고 사업하지 않아도 된다는 거 아냐. 다시 말해서 우리는 이 보물선닷컴만 띄우면 된다는 거야.

증자하고 광고치고 분위기 띄우면 자본은 금세 들어와."

"상장시킬 수 있을까?"

누군가가 회의적으로 받았다. 사령관이 목소리를 낮췄다.

"상장회사 하나를 치자구. 작은 걸로. 건설 쪽이면 좋지. 하나 잡아서 보물선닷컴과 M&A 시킨 후에……"

그쯤 되자 모두들 이제야 이해했다는 듯 미소를 지으며 고개들을 끄덕였다. 그다음은 보나마나 작전이었다. 어쩌면 보물은 나오지 않아도 좋을 것이다. 작전은 작전인데 그 재료가 보물인 작전이었다. 형식은 얼굴마담이 되어 사업설명회 때마다 나타나 일제가 남기고 간 보물을 찾는 일이 얼마나 중요한가를 역설할 것이다. 물론 그건 서론이고 본론에 들어가선 자신이 모은 자료들을 제시하며 보물선 사업의 천문학적 수익성에 대해 떠들어댈 것이다. 몇조 원의 가치를 지닌 금괴들이 인양되는 날엔 그 사업에 투자한 모든 사람들이 경마의 999배당보다 더 큰 이익을 실현하게 된다는 것을, 파워포인트로 작성한 프레젠테이션을 통해 폼나게 보여줄 것이다. 일이 뜻대로만 된다면 형식은 어쩌면 아시아판 『타임』의 표지를 장식할 수도 있었다. 보물선을 실제로 찾은 사람이야 전 세계적으로도 흔치 않으니까. 그러나 만약 보물을 찾지 못한다면? 쇠고랑을 찰 수도 있었다.

그날 밤 재만은 가벼운 죄의식으로 잠시 뒤척였다. 그러나 곧 생각을 고쳐먹었다. 어쩌면 정말 보물이 쏟아질 수도 있는 것이다. 꼭 최악의 상황을 생각할 필요는 없지. 먼저 이야기를 꺼낸 것도 형식이잖아. 우리는 사기를 치는 게 아니라 고위험 고수익 종목에 투자하는 거야. 어느 정도 이익이 실현되면 현금 보유 비율을 늘리고 적절히 위험을 분산하는 것뿐이야. 그건 사업의 기초라고.

다음 달이 되자 본격적으로 사업이 추진되었다. 캡틴은 작은 회사를 하나 등록한 후에 지방 중소도시에 기반을 둔 부실 건설회사 하나를 사들였다. 형식은 거수기 이사회의 의결에 따라 대표이사로 취임했고 그후 화려한 사업설명회를 가졌다. 유명 연예인들이 동원돼 바람을 잡았다. 시골 할아버지들까지 지팡이 짚고 몰려오는 대성황이었다. 주가가 폭등하기 시작했다. 일부 기자들이 보물선 사업에 관한 기사들을 쓰기 시작했고 그 기사를 받아 주간지들은 더 낭만적인 판본으로 바꾸어나갔다.

태평양전쟁, 731부대, B29, 금괴, 난파선…… 이 이야기엔 낯선 것이 하나도 없었다. 모두 친숙한 것이었다. 스포츠신문의 만화나 대중소설에서 자주 보던 장치들이었다. 충무공 동상의 모델이 사실은 도요토미 히데요시라는 이야기는 대중의 외면을 받았지만 B29의 폭격으로 침몰한 금괴 운반선 이야기는 폭발적인 관심을 모았다. 기자들은 좀더 그럴듯한 이야기를 가미하기 시작했다. 한 타블로이드 주간지는 "일본 해군의 퇴역장교 모리나가 씨는 얼마 전 임종을 앞두고 그동안 자신을 돌보아준 한국인 안마사에게 평생을 간직해온 비밀을 털어놓았다. 직감적으로 고백의 진실성을 감지한 안마사는 고향인 광주로 돌아와 점술가인 언니에게 이 이야기를 털어놓았다. 결국 점술가 김씨는 수소문 끝에 일제 유물 전문가인 이형식씨를 소개받아 만나게 되고……"라고 적고 있다. 이렇게 일본군 퇴역장교의 유언이라는 드라마틱한 일화까지 곁들여져 이 이야기는 일파만 파로 퍼져갔다. 주가는 백 배가 넘게 치솟았지만 보물선이라는 재료 가 떠받치고 있었기 때문에 금융당국의 의심을 피해갈 수 있었다.

그들이 그렇게 여의도와 테헤란로를 오가며 느긋하게 전광판의 단 풍잎이나 감상하고 있는 동안에 형식은 비안도 앞바다에 띄워놓은 바 지선에서 아예 살고 있었다. 현장을 찾는 투자자들은 통통배에 올라 형식의 열정에 찬 설명을 들었다. 그 얘기를 듣고 있노라면 보물 발 굴은 시간문제 같았다. 투자자들은 자기 발치에서 출렁거리는 파도 를 바라보며 그 아래에서 발견을 기다리고 있는 누런 금덩이들을 상 상했다. 오줌을 지리고 싶을 정도로 짜릿한 상상이었다. 그런 투자 자들에게 형식은 타이타닉호의 인양을 맡았던 미국의 수중탐사 전문 업체가 발굴 작업을 진행하고 있다는 얘기를 꼭 곁들였다. 어느 정도 까지는 사실이었다. 그러나 정확히 말하자면 그 본사가 아니라 자회 사 격인 캐나다 트레저 서치사가 참여한 것이었다. 어쨌거나 1급 잠 수사 세 명과 열두 명의 수중탐사 전문요원들이 날마다 서해의 탁한 물속으로 뛰어들어 대륙붕 위에 얹혀 있을 731부대의 병원선과 화 물선을 찾아다녔다. 바지선과 통통배에선 언제나 영화 〈타이타닉〉 의 주제가 〈My Heart Will Go On〉을 열창하는 셀린 디옹의 목소 리가 고물 스피커를 통해 흘러나왔다. 일확천금의 꿈을 버리지 못한 투자자들은 아예 군산이나 장항에 방을 얻어 상주하며 발굴 소식에 귀를 기울였다. 그사이에 주가는 이미 수백 배나 상승하여 드디어 여러 기관에서 투자자들에게 조심스럽게 경고 메시지를 발하고 있었다.

형식은 TV에도 심심찮게 모습을 드러냈다. 수염이 텁수룩한, 지리산 산장 주인 같은 풍모로 그는 보물선의 꿈과 희망을 역설했다. "꿈이 사라진 시대, 아직도 꿈을 찾아 청춘을 바치는 분들이 있습니다. 오늘 만나볼 이형식씨가 바로 그분입니다." 리포터들은 어린 새처럼 발랄하게 나풀거리며 그의 동정을 전했다. "아니, 수염은 안 깎으세요?" 호들갑도 떨었다. 화면 속의 형식은 건강해 보였다. 그러나 그의 등뒤에 후광처럼 깔린 어떤 초조함이 재만의 눈에는 훤히 보였다. 번지수도 없는 바닷속을 뒤지는 일의 허황함이 그를 조금씩 갉아먹고 있는 것 같았다.

재만은 다른 멤버들과 거의 비슷한 시기에 그 건설회사의 지분을 깨끗이 팔아치웠다. 뒤늦게 보물선 소식을 듣고 몰려와 대기하던 매수자들이 기다렸다는 듯이 주문을 내고 매도물량을 소화했다. 물량은 금세 소진되었다. 재만은 그 돈으로 평소 가지고 싶었던 슈퍼카를 사들였다. 타고 다닐 때보다 내릴 때 더 큰 만족을 주는 차였다. 차 문을 열기만 해도 사람들의 시선이 일제히 꽂혔다. 그러나 그 멋진 자동차를 사고도 즐길 시간이 없었다. 고작 테헤란로와 여의도를 단조롭게 오갈 뿐이었다. 낮엔 차가 너무 많았고 밤중에는 곳곳에 설치된 감시카메라가 그의 질주본능을 억눌렀다. 그렇게 비싼 차를 샀는데도 그에겐 너무나 많은 돈이 남았다. 엄청난 돈을 벌었지만 전혀 실감이 나지 않았다. 문득 정신을 차려보니 아내는 어느새 임신중이었다.

"너무한 거 아냐?"

오랜만에 얼굴을 마주친 아내는 그에게 눈을 흘겼다. 재만은 그녀를 백화점 명품관으로 데리고 가 업장의 숍마스터들이 주차장까지 쇼핑백을 들고 배웅 나올 정도로 엄청난 쇼핑을 해치웠다.

"자기 이렇게 많이 벌어? 보물선 찾는다더니, 그거 찾은 거야?"

"아니."

"21세기에 보물선이라니. 하여간 남자들은 다 애라니까."

"내가 그걸 믿는다고 생각해?"

"그럼? 아, 벌써 다 걷어들였구나?"

"당연하지."

"역시 자기는 똑똑해."

아내는 살짝 불룩해진 배에 손을 올려놓고 행복해하다가 문득 그를 쳐다보며 물었다.

"그러다 진짜 찾으면 어쩌려고? 얘기는 그럴듯하던데."

"얘기 너무 좋아하지 마. 너무 그럴듯하면 일단 의심해봐야 돼. 진짜는 어딘가 어설프다구. 아귀가 딱딱 맞으면 십중팔구 소설이거나 사기야."

그렇게 말하고 자동차의 시동을 걸었다. 그의 아내는 모른다. 금괴 백 톤을 실은 보물선이 정말 발견된다 해도 뒤늦게 뛰어들어 상투잡은 주주들의 전체 투자액을 상회하지는 못한다는 것을. 그리고 그가 이미 보물선에서 얻을 수 있는 이익의 몇 배나 되는 돈을 키보드 몇 번 두드려 벌었다는 것을. 그녀는 그런 추상적인 세계가 존재한다는 것을 좀체 믿으려 하지 않는다. 세상에는 보물선의 전설을 믿는 사람, 직접 보물을 찾겠다고 바다로 뛰어드는 사람, 그리고 그걸 재료로 돈을 버는, 재만 같은 사람들이 있다. 어디에나 이런 구조가 있다. 경주에 가면 신라 고분에 관한 전설을 떠드는 할아버지들이 있다. 그걸 듣고 밤을 낮 삼아 야산 여기저기를 몸소 쇠꼬챙이로 쑤시고 다니는 사람이 있다. 그러나 결국 돈을 버는 것은 중개상인 나까마들과 인사동에 앉아 쌍화차를 시켜 먹는 노회한 골동품가게 주인들뿐이다.

형식이 바지사장으로 있는 한생건설의 주가 총액은 이미 바닷속에 가라앉아 있다는 금괴 백 톤의 가치를 넘어서고 있었다. 전형적인 폭탄돌리기였다. 재만은 홍차에 코냑을 부어 들이켰다. 아마 내일이면 주가가 갑자기 빠지기 시작한 것을 안 투자자들이 조금씩 당황하기 시작하겠지. 조바심을 내며 회사로 몰려가 도대체 언제가 돼야 그 전설의 보물선이 인양되는 거냐고 따져물을 것이다. 개미들 중 몇몇은 언론사에 제보할지도 모른다. 자기 무덤을 파는 짓이지만 그들은 결국 그렇게 한다. 군산 앞바다에 시사프로그램 제작진이 나타나 아무것도 없는 망망대해를 찍어가면 그걸로 주가는 곤두박질치고 회사는 성난 투자자들에 점거당해 업무가 마비될 것이다. 하다 못해 삭아빠진 일본군 철모라도 하나 보여주면 모를까.

그날 밤 재만은 전례없이 지독한 악몽에 시달렸다. 민소매 옷을 입은 여자가 나타나 그에게 자기 겨드랑이를 보여주었다. 그녀의 겨드랑이엔 털이 무성하였다. 그녀는 그에게 겨드랑이를 들이밀며 이

털을 도대체 어떻게 했으면 좋겠냐고 연신 물었다. 그는 여성용 면도기가 있으니 그걸로 밀어버리면 될 일이라고 대꾸했다. 그러나 여자는 마이동풍으로 그를 따라다니며 도대체 이 무성한 털을 어쩌면 좋으냐, 이것 때문에 소매 없는 옷을 입을 수가 없노라, 하소연했다. 그녀에게서 달아나다보니 어느새 광화문 네거리였다. 광화문 네거리는 붉은 옷을 입은 인파로 가득했다. 월드컵인가? 그는 겨드랑이에 털이 무성한 여인으로부터 도망친 데 안도하며 인파 속으로 숨어들었다. 그러나 일순 공포가 밀려들었다. 그들은 모두 붉은 옷을 입었는데 자신만 다른 옷을 입고 있다는 데 생각이 미쳤기 때문이다. 그는 아래를 내려다보았다. 이럴 수가. 그는 벌거벗고 있었다. 오, 필승 코리아. 오, 필승 코리아. 함성이 울려퍼졌다. 인파는 끝이 없었다. 붉은 옷을 입은 남녀들은 모두 그를 쳐다보며 웃고 있었다. 그는 그들에게 쫓겨 광장의 한가운데로 밀려갔다. 그런데 거기 거대한 동상이 우뚝 선 채 그를 내려다보고 있었다. 거기엔 충무공 대신 형식이 칼자루를 쥔 채 우뚝 서 있었다. 형식아. 나야. 겨드랑이에 털 난 여자가 재주를 부려 내 옷을 빼앗아갔거든. 나 좀 숨겨주라. 그는 팔을 뻗어 재만을 석대 위로 올려주었다. 재만은 형식과 함께 광화문 네거리 한가운데에 우뚝 섰다. 군중들이 모두 그들을 올려다보고 있었다. 형식이 속삭였다. 내 기분 알겠지? 올라오면 근사하다구. 재만은 부끄러움 때문에 몸을 움츠렸다. 그러자 형식이 장군의 갑옷을 그에게 둘러주었다. 너는 꼭 아르마딜로 같구나. 형식이 킬킬대며 재만을 놀려댔다.

재만은 잠에서 깨어나 축축이 젖은 등을 시트로 닦았다. 그의 아
내는 세상모르고 자고 있었다. 시계를 보니 아침 여섯시였다. 재만
은 불길한 기분으로 모니터 앞에 앉아 뉴욕 증권시장의 동향을 체크
했다. 미국 경기회복에 대한 기대 때문에 다우지수와 나스닥지수가
소폭 상승했다. 나쁠 게 없었다. 간밤, 세계는 평온했다.

그날 아침, 그가 회사로 출근하자마자 경비실에서 연락이 왔다.
수염이 덥수룩한 이상한 사람이 아래에 와 횡설수설하며 자신을 찾
고 있다는 것이었다. 형식이 분명했다.

"올려보내시죠."

잠시 후 형식은 사무실로 올라와 소파에 몸을 묻었다. 짠내가 확
풍겼다.

"인삼차 있을까?"

"유자차 어때?"

"좋지."

그는 유자를 듬뿍 넣은 차를 스푼으로 휘휘 저어 후루룩 마셨다.
그러고는 아무 말이 없었다.

"어떻게, 뭐가 좀 보여?"

그는 유자를 건져 입에 넣고 씹으며 씩 웃었다.

"다 알면서. 모래사장에서 바늘 찾기란 말이지."

형식이 앞으로 겪을 수난에 생각이 미치자 재만은 문득 그가 측은
하게 느껴졌다. 그는 업계의 룰을 조금만 어기기로 했다.

"그걸 알면서도 그 추운 데서 짠물 먹고 있단 말이냐? 야, 그만 손

털고 어디 조용한 데라도 가 있지그래."

"손 털면?"

"뭐 다른 일이 있겠지. 이거 올해 안으로 보물선 안 나오면 투자자들이 가만 안 있을걸."

"뭐, 감방에나 가겠지. 그나저나 너희들한테 손해를 끼치게 돼 미안하다. 내 말만 믿고 그렇게 거액을 끌어들였는데…… 나는 밥주발 하나도 못 건져내고 있단 말이지."

"우리 걱정은 하지 마. 우리야 뭐."

꿈에서처럼 재만의 등으로 식은땀이 흘렀다.

"그렇게 말해주니 고맙다."

그러곤 또 침묵이었다. 썰렁한 분위기를 바꿔보려 재만이 그 옛날의 충무공 동상 얘기를 꺼냈다.

"지금은 반미운동하는 애들이 자주 올라간대. 미대사관도 가깝고 광화문이라는 상징성도 있고. 그래서 경비가 엄청 강화됐다더군. 너야 새벽에 올라갔지만 개들은 사다리 타고 대낮에 올라가니 차도 밀리고 주목효과도 만점이지. 그나저나 그때 너, 정말 웃겼어. 우리끼리 모이면 가끔 그 얘기 해. 거 있잖아. 니가 이순신이 도요토미 히데요시라며……"

"그건 진짜다."

형식은 심각했다.

"내가 이렇게 돈 몇 푼 벌자고 아등바등하는 것도, 다 그걸 밝히려고 그러는 거다."

형식은 이글거리는 눈동자에 힘을 주며 말했다. 보물선이 목표가 아니고 여전히 충무공 동상이 목표라고. 그리고 그 동상과 조선총독부를 둘러싼 일본의 재침략 음모를 폭로하는 것이 자신의 궁극적 지향이라고.

"내 이름도 매스컴도 타고 해서 좀 알려졌고 이제 보물선만 나오면 사람들이 내 말을 믿어줄 거란 말이지. 그러면 그 돈으로 재단을 만들어 체계적으로 파헤쳐볼 생각이다. 어쨌든 내일부터는 새로운 탐색법을 도입하려고 해. 탐사선 한 척 더 투입하고 잠수부도 대여섯 더 넣어서 쌍끌이로 훑어볼 거란 말이지. 그러니까 내 말은, 조금만 참아달란 말이지. 더도 말고 일 년만."

재만은 이미 자기 지분을 다 팔아치웠다는 얘기는 끝내 꺼내지 못했다. 형식은 재만의 손을 굳게 쥐고는 다시 장항으로 내려간다며 사무실을 나섰다. 재만은 아무 말도 하지 못했다. 그가 떠난 지 일주일 만에 주가는 반토막이 났다. 그때까지도 개미들은 보물선만 발견되면 일거에 뒤집을 수 있다며 손절매를 하지 않고 버텼다. 다시 일주일이 더 지나자 반토막에서 또 반토막이 났다. 한생건설의 직원들은 아직도 인양 가능성이 있다는 보도자료를 언론에 뿌렸지만 발 빠른 경제지들은 이미 '보물선 소동의 전말' 따위의 특집 기사를 준비하고 있었다. 이제 '꿈'은 '소동'이 되어가고 있었다. 얼마 지나면 '소동'은 '사기극'이 될 것이었다.

며칠 후 투자자들이 장항 앞바다로 몰려갔다. 비안도와 말도 근처를 뒤지던 그들은 잠수부들로부터 며칠 전부터 탐색 작업이 중단됐고 형식은 밤을 틈타 육지로 달아났다는 얘기를 들었다. 그들은 밀린 임금과 선박 대여료를 받지 못한 어촌계원들에게 오히려 붙들려 있다가 간신히 탈출했다. "주주라면 회사 주인 아니요?" 어부들은 그들의 멱살을 잡고 놓아주지 않았다.

재만과 멤버들은 여전히 주기적으로 새벽같이 만나 호텔에서 아침을 먹었다. 그들은 보물선 얘기는 입 밖에도 내지 않았다. 뼈만 앙상하게 남은 들소에 누가 눈길을 주겠는가. 그러던 어느 날, 캡틴이 살짝 미간을 좁히며 말을 꺼냈다.

"혹시 한생 이사장 전화 받은 사람 있어?"

"지금 수배중이잖아? 투자자들이 사기로 걸었다던데? 그게 어떻게 사기야? 보물선이 있다고 정말로 믿었다면 사기가 아니지. 하여간 우리나라는 뭐든지 힘으로 다 밀어붙이려고 든다니까. 그 우격다짐들하고는……"

홍콩계 투자회사의 펀드매니저 하나가 혀를 쯧쯧 찼다.

"누가 아니래. 이사장도 떳떳하게 나와서 변호사 고용해서 붙으면 승산 있지, 암. 믿는 자에게 복이 있나니. 정말로 믿었다면 사기가 아니지. 참 아까워. 열정이 대단한 친구였는데……"

재만은 입맛을 잃었다. 역겨웠다. 그는 찬찬히 면면들을 둘러보았다. 저 철면피들. 수천 명의 재산을 간단하게 꿀꺽하고도 아침이면 호텔 식당의 메로구이를 집요하게 발라먹는 저 놀라운 식욕, 추악한 욕망. 문제는 재만도 그들과 전적으로 같은 종자라는 데 있었다. 그제야 재만은 동업자들에게 철저히 냉소적인 조지 소로스의 심정을 속속들이 이해할 수 있었다. 그 희대의 국제투기꾼을 생각하다보니 재만의 결론은 다소 엉뚱한 곳으로 튀었다. '그러니까, 네놈들 돈까지 다 긁어모아 소로스 같은 최강자가 되는 수밖에는 없다. 정의는 승자의 것이니까. 그다음에 기부도 하고 자선사업도 벌이고 미술관도 세우자. 투기자본에 기생하는 너희 같은 한탕주의자들은 상상도 못할 꿈이지. 체 게바라가 뭐라던? 우리 모두 리얼리스트가 되자. 그러나 가슴속엔 불가능한 꿈을 가지자고 안 하던?' 모든 자기 반성도 결국 돈을 많이 벌어야겠다는 쪽으로 귀결시키고 마는 것은 이 계통에 들어온 이후 생겨난 재만의 습성이었다. 캡틴이 주변을 살핀 후 말을 이었다.

"글쎄, 한생 이사장이 갑자기 전화해서 도피자금을 대달라는 거야."

"우리야 이제 주주도 아니고 뭣도 아닌데 왜 우리한테 지랄이야?"

"나도 그랬지. 주식회사가 뭐냐. 주주의 유한책임 아니냐. 그런데 주주도 아닌 우리한테 왜 이러느냐. 그랬더니 인간적인 정리로 딱 한 장만 도와달라더군."

옆자리의 펀드매니저가 눈을 동그랗게 뜨며 반사적으로 물었다.

"억? 그 인간 돌았구만."

캡틴이 씩 웃으며 안경을 치켜올렸다.

"아니, 백."

순간 모두들 쿡, 하고 웃음을 터뜨렸다.

"그 인간, 급했구만. 줬어?"

"그거야 안 줄 수 있나. 좀 안됐잖아?"

그가 디저트로 나온 오렌지를 포크로 찍어 입에 넣자 그제야 시침을 떼고 있던 두 명이 안심했다는 표정으로 말을 꺼냈다.

"사실 나도 좀 넣어줬어. 근데 그날따라 통장에 현금이 없어서 나는 백 좀 밑으로 밀어줬지."

"짜다 짜. 나는 그래도 세 자리 딱 채워서 보냈다."

다들 쿡쿡 웃으며 디저트로 나온 녹차아이스크림을 퍼먹었다. 재만은 약간 뾰로통한 얼굴로 아이스크림의 표면을 긁었다. 그는 궁금했다. 왜 자신에게는 연락하지 않았을까. 그는 그 대목에서 일말의 소외감과 배신감을 느꼈다. 친구 좋다는 게 뭐야? 그깟 백만원을 빌리려고 저 파렴치한들한테 굽실거리다니. 그는 계산을 치르고 먼저 자리에서 나와 자신의 사무실로 출근했다. 자리에 앉아 컴퓨터를 켜자 수십 통의 이메일이 도착해 있었다. 그중에 제목이 없는 이메일 하나가 그의 눈길을 끌었다. 열어보니 이형식의 메일이었다. 그는 전국의 피시방을 전전하고 있다고 했다. 그는 '면목이 없다. 투자자들을 어떻게 보냐'고 적었다. 그러면서도 그는 '여유가 있으면 몇 푼만 좀 꾸어달라'고 청했다. 당장 방이라도 구해야 할 텐데 공덕동에는 투자자들이 죽치고 있으니 손을 벌리기가 어렵다고 했다. 아직 탐사사업에 미련이 남았는지 자신에게 일 년의 시간만 더 주어진다면 반드시 찾아낼 자신이 있다고도 했다. 금괴를 싣고 오던 배가 침몰했는데, 그리고 그뒤로 누구도 인양한 기록이 없는데, 그 배가 도대체 어디로 갔겠느냐는 것이다. 진실한 우정과 금은 변치 않는다고 그는 적었다. 재만은 홈뱅킹 화면에 백만원이라고 입력하려다가 달랑 그거 집어넣고 우쭐대던 캡틴의 얼굴이 떠오르자 마음을 바꿔 삼백만원을 적어넣었다. 그리고 분명 승산이 있으니 변호사를 선임해 법정에서 시시비비를 가리라고 충고해주었다. 답장은 없었다.

그후 몇 달간은 폭풍의 나날이었다. 재만들과도 잘 알고 지내던 벤처업계의 기린아와 그의 후원자였던 한 여성 사업가가 경찰에 체포되었다. 한때는 동업자였던 삼십대 벤처기업가와 육십대 여성 사업가는 졸지에 맞고소를 벌이며 몰락해갔다. 그것은 벤처랠리의 종막, 닷컴 버블의 시작을 알리는 신호탄이었다. 벤처기업의 수익모델이 없네, 벤처육성기금을 유용한 기업이 있네, 주가조작을 벌였네, 각종 스캔들이 사흘이 멀다 하고 터져나왔다. 재만의 조찬 정보모임도 중단되었다. 소나기가 내릴 때는 피하는 게 상책이었다. 그들은 만약의 사태에 대비해 하드디스크에 담긴 이메일도 백업해 은행 대여금고에 보관했다. 아직까지 보물선 사건과 관련된 멤버는 하나도 없었다. 그것보다는 그전에 가담한, 아무 재료도 없이 머니게임으로만 주가를 밀어올린 작전들이 이런 대세하락 국면엔 더 위험했다.

코스닥지수도 끝없이 추락하고 있었다. 벤처붐이 지나간 자리는 폐허가 되었다. 테헤란로와 여의도의 빌딩들에 빈 사무실이 늘어나기 시작했다. 재만은 회사를 그만두고 미국으로 MBA 유학을 떠나는 문제를 진지하게 고민하고 있었다. 그의 아내는 물론 대찬성이었다. 파란 잔디가 깔린 마당에서 남편을 배웅하고 자신은 렉서스를 몰고 쇼핑몰에 가 느긋하게 하루를 보내는 것은 그녀의 작은 꿈이었다. 돈도 충분했다. 다른 멤버들도, 그들식 용어로 말하자면, 현금 보유를 늘리고 보수적 포지션을 유지하면서 소나기가 지나가기를 기다리고 있었다. 한 명 정도가 벤처캐피털에 밀어넣었던 투자금을 약간 떼였을 뿐, 나머지는 건재했다. 그들은 그 순간 그 치열한 전쟁터의 승자였다. 그들은 손절매에 냉정했고 자잘한 인정에 얽매이지 않았다. 지저분한 쪽과는 거래를 트지 않았고 어디에도 어설픈 흔적을 남기지 않았다. 증권감독기구는 그들에겐 눈먼 장님과 같았다.

투자금을 건질 방법이 전혀 없다는 것을 깨달은 보물선 사업의 소액주주들은 바지사장이 달아난 한생건설로부터 발굴권을 빼앗아 자체적으로 탐사에 나서기로 했다. 사람의 마음은 묘하다. 일단 발굴권을 빼앗자 보물선은 그들의 종교가 되었다. 회의적인 자들은 파문당했다. 그들은 새로 전라북도에 연고를 둔 건설업체를 선정하고 더 많은 돈을 끌어와 투자했다. 그들은 이미 들어간 걸 회수하려면 더 밀어넣는 수밖에 도리가 없다고 생각했다. 집을 팔고 가게를 처분한 사람들이 눈이 벌게진 채 바지선 위에서 밤을 지새웠다.

재만은 그런 소동을 자기 집 소파에 앉아 TV 화면으로 지켜보았다. 그리고 유학 준비에 지친 아내도 위로할 겸 결혼 후 처음으로 해외여행을 나섰다. 그들의 목적지는 하와이였다. 두 사람 모두에게 정말 오랜만의 휴가였다. 그의 아내는 한껏 들떠 있었다.

"그거 알아? 워커홀릭들 중에 고액연봉자가 그렇게 많대."

"그래?"

"많이 벌다보니 쉬는 시간도 돈으로 계산이 되는 거야. 일주일 쉬고 수천 날린다고 생각하면 누가 편히 쉴 수 있겠어? 그러니까 죽어라고 일하는 거지. 당신처럼."

그건 일리가 있는 말이었다. 평일에, 그것도 주식과 채권 시장이 돌아가고 있는 주중에 쉰다는 건 재만에겐 너무 위험부담이 큰 일이었다. 그러나 그는 잠시 이 세계를 떠날 생각이었다. 업계 전체가 침체기여서 놀아도 별 타격이 없는 시절이 된 것이었다. 오히려 채권과 우량주에 조금 묻어둔 뒤, 훗날을 기약하면서 MBA를 통해 자기 가치를 높이는 게 현명한 선택이었다. 그와 아내는 하와이의 이 섬 저 섬을 전전하며 꿈같은 나날을 보냈다.

도착한 첫날은 코할라해변 검은 용암지대에 자리잡은 마우나라니 리조트에 짐을 풀자마자 라운딩을 시작했다. 인간의 한계를 넘은 신의 작품이라는 프랜시스 에이치 아이 브라운 코스에서 아내와 함께 신선한 공기를 마시며 마음껏 클럽을 휘둘렀다. 의외로 아내의 실력이 만만치 않았다. 매일 골프연습장에 나가고 머리 올린 뒤로는 한 달이 멀다 하고 필드에 나가더니 때로는 재만보다 훨씬 정교한 솜씨를 보여주었다. 특히 퍼팅의 섬세함에서 재만은 아내의 적수가 아니었다. 18홀 라운딩을 마친 후에는 바닷가의 야외식당에서 하와이 전통무용을 보며 맥주를 마셨다.

다음날에는 코스를 바꿔 라운딩을 했다. 그리고 오후에는 해변과 계곡 들을 탐사하며 시간을 보냈고 저녁엔 유람선에 올라 섬 주변을 돌며 식사를 했다. 달빛이 교교히 내리비치는 갑판에서 재만은 낭만적인 분위기에 빠져 모처럼 아내의 귓속에 다정하게 속삭였다.

"행복이란 게 참 별거 아니야. 열심히 일한 뒤에 찾아오는 달콤한 휴식. 뭐 그런 거 아닐까?"

아내는 간지러운 듯 어깨를 움츠리며 재만의 허리에 팔을 둘렀다.

"맞아. 나도 행복해."

갑판에는 다정한 노부부들의 모습도 심심찮게 눈에 띄었다. 그의 아내가 부러운 듯 말했다.

"저렇게 늙어야 할 텐데."

"그러지 뭐."

"이혼율이 엄청 높아졌대."

"그러게."

"자기 돈 좀 있다고 바람피우고 그러면 죽는다."

아내가 옆구리를 쿡 찔러오자 재만은 씩 웃어 보이며 말도 안 되는 소리 하지 말라고 했지만 내심, 사람의 일을 누가 알랴, 생각하고 있었다.

5박 6일의 달콤한 휴가는 그런 식으로 지나갔다. 골프와 유람, 식도락, 그리고 느긋한 낮잠으로 보낸 시간들이었다. 두 사람은 비행기에 올라 하와이와 아쉬운 작별을 했다. 그들이 올라탄 국적기는 몇 시간 후 사뿐히 인천공항의 활주로에 그들을 내려놓았다. 둘은 차례를 기다려 입국심사를 받았다. 검사는 이상하게 오래 걸렸다. 담당자가 잠깐만 기다리라며 사무실로 들어갔다. 잠시 후 다섯 명의 남자가 담당자를 따라 나타났다.

"김재만씨 되시죠?"

그는 그렇다고 말했다. 그들은 재만을 데리고 바로 VIP 통로로 빠져나갔다. 이런 대접을 받기는 처음이었지만 별로 반갑지는 않았다. 혹시 여권에 무슨 문제가 있나? 별 생각을 다 해봤지만 또렷이 떠오르는 일은 없었다. 놀란 그의 아내는 도대체 무슨 일이냐며 남자들에게 달려들었지만 그들 중 하나가 정중하게 아내를 데리고 짐 찾는 곳으로 안내했다. 위압적인 자세로 보아 결코 좋은 일은 아니었다. 순간적으로 많은 생각이 그의 머릿속을 지나갔다. 어떤 작전이 걸려든 거지? 금감원인가? 아니면……

"이형식씨 아시죠?"

보물선이구나! 순간 움츠러들었지만 생각해보니 그럴 것도 없었다. 그 일은 이미 깨끗이 정리된 건이었다. 그들 말고도 수많은 개미투자자들이 뒤늦게 머니게임에 뛰어들었기 때문에 딱히 그들이 작전을 걸었다고 말할 수도 없었다. 그들은 단지 그 사업 초기에 투자를 했을 뿐이었다. 사업이 유망하다고 생각해서 투자했고 나중에 그 전망이 불투명해져 철수한 것이었다.

"대학 동창입니다. 그게 전붑니다."

"저희하고 잠깐 바람 좀 쐬시죠."

"글쎄요, 제 변호사와 얘기를 해봐야겠는데요."

"가서 부르시죠. 시간 드리겠습니다. 사안이 긴박해서요."

그들은 재만을 검은색 중형차에 태워 공항을 빠져나갔다. 차는 이십 분쯤 달리다 멈추었다. 도착한 곳은 경찰서라기보다는 무역회사

사무실 같은 분위기였다. 재만이 초조하게 이 생각 저 생각을 하는 사이 남색 폴로셔츠를 받쳐입은 남자가 들어와 자리에 앉았다. 재만은 지레 앞질러나갔다.

"아니, 이형식이 무슨 일 저질렀습니까?"

폴로셔츠는 서류를 뒤적였다.

"아마 외국에 계셔서 모르셨을 텐데요."

그는 서류철 속에서 사진을 찾아 들이밀었다. 사진에는 광화문 네거리의 충무공 동상이 찍혀 있었다. 무슨 서울시 홍보잡지 같은 데서 오려낸 사진 같았다. 재만은 뚫어지게 사진을 쳐다봤지만 아무것도 새로운 게 없었다. 그냥 동상이었다. 재만이 고개를 갸웃거리자 폴로셔츠가 다른 사진을 하나 보여주었다. 이번에는 충무공 동상이, 마치 구소련 몰락 이후의 레닌 동상처럼 칼자루를 쥔 채 옆으로 쓰러져 있었다. 동상 남쪽의, 본래는 거북선 모형이 있어야 할 곳엔 커다란 웅덩이가 파여 있었다. 그리고 동상을 받치고 있는 석대도 검게 그을린 채 조각조각 부서져 있었다.

"이형식은 현재 충무공 동상 폭파테러사건의 용의자로 수배중입니다. 나흘 전 새벽 네시경, 누군가가 광산에서 훔친 다이너마이트로 충무공 동상을 날려버렸습니다. 우리는 주변 우범자와 동일 범죄 전과자 들을 중심으로 탐문한 결과 이형식이 범인이라고 추정하고 현재 추적중에 있습니다. 이형식은 이전에도 몇 차례 충무공 동상이 도요토미 히데요시 동상이다, 우기면서 훼손한 바 있고 종로경찰서에도 기록이 남아 있습니다. 그리고 무엇보다 바로 이것."

폴로셔츠는 비디오를 데크에 넣고 리모컨으로 TV의 스위치를 켰다. 흐릿한 화면의 폐쇄회로 TV에 한 남자의 모습이 나타났다. 그는 동상 밑에 무언가를 놓고, 라이터로 치지직, 불을 붙이더니 황급히 길을 건너 달아났다. 잠시 뒤를 돌아보는 그는, 분명 이형식이었다. 주황색 불빛이 번쩍이더니 잠시 후, 화면이 심하게 흔들렸다.

"자, 폭발입니다."

폴로셔츠가 부연했다. 자욱한 연기 사이로 예상보다 엄청난 폭발음에 겁을 집어먹은 듯, 손으로 귀를 막은 이형식이 화면 밖으로 사라졌다.

"이형식이 맞지요?"

"네. 걸음걸이며 머리 모양이며 형식이가 맞습니다. 틀림없습니다. 제 눈은 못 속입니다. 아니, 어떻게, 세상에 저런 일을……"

"분명하지요?"

폴로셔츠는 재차 물었다. 괜히 겁먹었다는 생각에 재만은 자신도 모르게 휴, 한숨을 쉬었다. 긴장이 풀리자 여독도 몰려오는 느낌이었다.

"네, 이형식이 맞습니다."

폴로셔츠는 말없이 노트북 컴퓨터의 자판을 두들겨댔다.

"이제 가도 됩니까?"

폴로셔츠는 고개를 들어 재만을 물끄러미 바라보았다. 그리고 물었다.

"가도 되냐구요? 지금 장난하십니까? 이형식이 어디 있습니까?"

재만은 눈을 둥그렇게 떴다. 폴로셔츠는 재만 앞으로 금융거래내역 사본을 들이밀었다. 예금주는 이형식이었다.

"이 삼백, 이거 무슨 돈입니까?"

재만은 눈을 가늘게 뜨고 사본을 살폈다.

"아, 이거요? 그냥 생활이 어렵다고 메일이 왔기에 용돈이나 하라고 보내준 겁니다."

"이형식이가 사기죄로 기소중지중인 거 알고 있었죠?"

"아니, 그걸 제가 어떻게 압니까?"

"마지막으로 이형식이가 김재만씨 찾아왔을 때, 인삼차 마시면서 충무공 동상이 자기 목표라고 말했지요?"

도대체 이들은 어디까지 알고 있는 것일까. 재만은 입이 바싹바싹 말랐다.

"그게 그, 인삼차가 아니라 유자찹니다. 에, 제가 그 부분은 확실히 기억을 합니다. 저희 회사에는 인삼차가 없습니다. 그리고, 네, 맞습니다. 충무공 동상이 목표다, 뭐 그런 헛소리를 듣기는 했습니다."

"그리고 얼마 후 이형식이 이메일을 보내 자금 지원을 요청해왔지요?"

"저, 그건 충무공 동상과는 아무 관계가 없는…… 순수한……"

"그런데 그날 오후 바로 삼백만원을 입금해주셨지요? 왜 그러셨습니까?"

"네, 하지만 그건……"

"탄광에서 다이너마이트 도난당한 게 바로 그다음날입니다. 물론 알고 계셨겠지요?"

"이것 보세요. 내가 미쳤다고 충무공 동상 폭파하는 일에 돈을 댑니까? 내가 누군지 아실 거 아닙니까? 저처럼 신원 확실한 고액연봉자가 뭐 할일이 없어서 그런 일에 손을 대겠습니까?"

"이형식은 언제 처음 만나셨습니까?"

폴로셔츠는 전혀 흥분하지 않았다. 느긋하고 차분했다.

"대학교 일학년 때……"

"두 사람이 전공이 다른데 어디서 만나셨지요? 그렇지요. 역사연구회에서 만나셨죠. 아시다시피 상당히 과격한 반체제 운동권 동아리죠. 두 사람은 동기였고. 듣자하니 아주 친한 사이였다고 하던데, 그때 이형식한테 포섭된 거 아닙니까?"

"포섭이라니요. 그 자식은 미친놈입니다."

"미친 사람한테 왜 삼백만원을 주셨습니까? 게다가 한생건설 대표이사 선출 때 이사의 한 사람으로서 표도 던지셨죠? 만약 미친 사람인 줄 알고 대표이사 선임에 동의했다면 주주들한테 사기를 친 건데, 아닙니까? 경제 전문가니 잘 아실 거 아닙니까?"

"……변호사를 불러주십시오."

"그러지요. 삼백만원 준 것도 시인하셨고 충무공 동상 폭파 기도도, 사전에 인지했노라, 진술도 해주셨고, 협조해주셔서 고맙습니다. 그렇지만 집에 가기는 좀 어려우실 겁니다. 일단 저희는 영장 신청 들어갑니다. 변호사 오거든 영장실질심사 한번 상의해보십시오."

평소 알고 지내던 정변호사가 도착하자 재만은 그의 핸드폰을 빌려 우선 여기저기 전화를 돌렸다. 생각보다 충무공 동상 폭파사건은 엄청난 일이었다. 성웅 이순신의 동상이 폭파되었다는 데 국민들은 큰 충격을 받았다. 그 위에 올라가서 태극기를 휘두르며 시위를 하는 것과는 완전히 다른 차원의 문제였다. 그의 아내는 충격을 받아 누워버렸고 그가 그 일에 관련되었을 줄은 꿈에도 모르는 그의 부모는 그가 그 사건 이야기를 넌지시 꺼내자 어처구니없는 일이라며 어떤 놈인지 잡히기만 하면 광화문 네거리에서 극형에 처해야 한다고 주장했다. 재만이 통화를 끝내자 변호사는 조용히 멤버들의 동향을 그에게 알려주었다. 형식에게 도피자금을 빌려준 전원이 소환되어 조사를 받았다는 것이다. 백만원을 넘게 송금한 사람들은 일단 모두 소환되어 조사를 받는 중이었고 그중에서 삼백만원으로 최고액을 기록한 재만은 주범으로 몰리고 있었다. 현재 국가정보원 측에선 이 사건을 국가 혼란을 노린 일종의 테러로 보고 있으며 폭파테러에 쓰인 자금의 출처를 철저히 캐고 있다고 했다. 이 사건의 배후에 친일파 비밀조직이 숨어 있다는 이야기부터 무정부주의자들의 소행이라는 주장까지 다양한 소문이 떠돌고 있었다.

그제야 재만은 조심스럽게 용기를 내어 물었다.

"그럼 여기가 국정원입니까?"

"어, 데려올 때 얘기 안 하던가요? 국정원입니다. 그렇지만 너무 걱정하지 마세요. 옛날처럼 통닭구이니 칠성판이니 이런 거 안 합니다. 이 친구들, 보시다시피 젠틀해요. 어쨌거나 일단 이형식이 그 사람이 잡혀야 당신도 옴짝달싹할 수 있을 겁니다. 잡아서 정신감정해서 미친놈으로 판명되면 좀 수월해지겠지만, 이게 워낙 지금 화제의 사건이라…… 세상에 충무공 동상을 다이너마이트로 날려버리다니. 지금 난리났어요."

"그러게 미친놈이죠. 충무공 동상의 모델이 도요토미 히데요시라고 믿고 있는 놈입니다. 아, 어쩌다 그런 자식과 안면을 터가지고……"

변호사는 의례적인 말로 재만을 위로하고는 영장실질심사 서류를 준비해야 한다며 사무실로 돌아갔다. 그는 하와이에서 사 입고 온 발랄한 옷차림 그대로 초조한 시간을 보냈다. 국정원은 차소리 하나 안 들리고 고요했다. 혹시 옆방에서 고문하는 소리가 들려오나 싶어 귀를 기울였지만 가끔 엘리베이터가 멈출 때마다 울리는 차임벨 소리 외엔 아무것도 들려오지 않았다. 그 고요한 방에서 그는 이형식의 행방과 자신의 운명에 대해 수만 가지 생각을 하며 시간을 보냈다. 그는 어디에 있을까? 국정원만큼이나 그도 형식의 행방이 궁금했다. 그렇지만 그가 잡힌다고 문제가 해결되는 것은 아니었다. 그와 관련된 보물선 사업의 투자자들이 벌떼같이 몰려들 것이고 그 과정에서 보물선 사업의 전모가 드러날 가능성도 있었다. 그러니까 그가 잡혀도 걱정, 안 잡혀도 걱정이었다. 제발 어디 가서 뒈져라, 이 웬수야. 재만은 빌고 또 빌었다.

영장실질심사에도 불구하고 그는 구속 수감되었다. 재판부는, 비록 사건 당시 재만이 국내에는 없었다고 하나 폭발물 구입 직전 명백한 사유도 없이 사업상 아무 관계도 없는 용의자에게 돈을 송금한 사실이 분명하고 그에 대한 변호인 측의 해명도 불충분한 점, 사건 직전 회사에 사표를 제출하여 도주 및 증거인멸의 우려가 있다는 검찰 측의 주장을 받아들인다고 판시했다. 그러나 재만을 제외한 다른 멤버들은 금액도 적을뿐더러 도주의 우려가 적다고 판단, 모두 풀려났다. 재만은 영장실질심사에서 멤버들과 조우했다. 재만은 탄식했다.

"하, 돈 삼백에 감방 갈 줄이야."

캡틴이 이를 갈며 말했다.

"그런 또라이 새끼가. 고생 좀 해. 우리가 어떻게 손 좀 써볼게."

캡틴은 법정 앞에 대기해놓은 차를 몰고 집으로 돌아갔다. 그러나 금융계의 잘나가는 일단의 삼십대들이 충무공 동상 폭파사건의 배후로 지목된 이 사건은 그 엉뚱함 때문에 금융감독기관의 주의를 끌게 되었다. 금감원은 경찰과 국정원으로부터 자료를 넘겨받아 내사에 들어갔다. 언론도 가만있지 않았다. 캡틴과 다른 멤버들은 인신의 구속은 간신히 면했지만 호기심에 가득찬 언론의 집요한 추적까지 따돌릴 수는 없었다. 그들의 소속 회사에서도 경위서를 요구했다. 고객의 신뢰를 먹고사는 금융기관에서 그것은 당연한 조처였다. 잇따른 벤처비리의 끝물이었고 회사는 문제아들을 받아줄 만한 여유가 없었다. 그들은 하나둘 회사를 떠났다. 그러나 언론과 금감원의 추적은 계속됐다. 며칠 후, 한 경제지가 '보물선과 충무공, 그 기이한 커넥션'이라는 기사를 터뜨렸다. 내부자가 아니면 알 수 없는 너무도 상세한 정보로 가득한, 그야말로 그대로 갖다가 공소장으로 써도 될 내용이었다. 단지 정확한 날짜가 빠져 있을 뿐이었다.

신문에는 사기꾼들의 돈을 몰수해 충무공 동상 재건립에 써야 한다는 독자투고가 실리기 시작했다. 며칠 후, 가방에 달러를 가득 담아 공항을 빠져나가려던 캡틴이 검거됐다. 그때까지도 이형식의 행방은 묘연했다. 잡히지 않는 범인 대신에 그들이 언론과 대중의 표적이 되었다. 금감원과 검찰은 그들이 관련된 모든 금융거래를 샅샅이 뒤졌다. 비교적 정상적인 거래까지도 작전의 혐의를 받았다. 결국 그들은 다시 영장실질심사에 직면했다. 이번 실질심사는 훨씬 혹독했고 거의 빠져나간 자가 없었다. 주가조작은 선의의 투자자들에게 피해를 입히는 악질 범죄라고 판사가 감정을 실어 말하자 캡틴은 항변했다.

"선의의 투자자라구요? 그런 사람이 어딨습니까? 오직 정보에 어두운 투자자가 있을 뿐입니다."

판사는 눈 하나 깜빡하지 않고 구속영장을 집행하라고 판결했다. 캡틴과 멤버들은 줄줄이 구치소로 떠났다. 떠나는 길에 보물선 사업의 투자자들이 몰려와 달걀을 던졌다. 캡틴의 머리통은 달걀로 엉망이 되었다. 그러고도 분이 풀리지 않자 투자자들은 캡틴과 멤버들의 집에 찾아가 난동을 부렸다.

그후에도 이형식의 소식은 알려지지 않았다. 일본으로 밀항을 했다는 소문도 있고 베트남에서 사업을 한다는 소문도 있었다. 아주 드물게는 거제도 일대에서 다른 사람들이 포기한 야마시타 보물선을 찾는다는 얘기도 들렸다. 지리산 일대에서 쇠말뚝을 뽑고 있는 그를 보았다는 얘기도 심심찮게 흘러다녔다. 그때마다 검거전담반이 급파되어 이형식의 행방을 추적했지만 매번 허탕이었다.

그들의 돈으로 세워진 것은 물론 아니지만 충무공 동상은 새로 건립되었다. 동상은 첨단 컴퓨터 그래픽의 도움을 받아 거의 원형 그대로 복원됐다. 동상이 복원되자 사람들은 충무공 동상 폭파사건과 보물선 소동을 서서히 잊어가고 있었다. 결정적으로 집단적 망각에 기여한 것은 바로 비행기 두 대가 뉴욕의 월드트레이드센터에 충돌하는 사건이었다. 전 세계의 모든 텔레비전에서는 하루종일 거대한 건물의 붕괴 장면이 반복재생되었다. 고층 건물로 출근하는 모든 사람들이 밤마다 뒤숭숭한 꿈자리로 뒤척이던 어느 날 새벽, 한 남자가 광화문 교보문고 옆, '사람은 책을 만들고 책은 사람을 만든다'라고 쓰인 담벼락 앞에서 새로 지은 말끔한 충무공 동상을 바라보고 있었다. 거리 청소를 하던 환경미화원이 그의 발치께를 플라스틱 빗자루로 쓸고 지나갔다. 그는 담배를 한 대 피워물며 충무공 동상을 노려보았다. 미화원이 그를 힐끗 쳐다보자 그는 지나가던 택시를 잡아타고 강남 고속버스터미널로 가자고 말했다. 택시가 충무공 동상을 지날 때 그는 기사에게 물었다.

"혹시 저 충무공 동상의 모델이 도요토미 히데요시라는 얘기, 못 들으셨어요?"

기사는 고개를 갸웃거렸다.

"에이, 설마. 저거 이번에 새로 세운 건데, 혹시 옛날 거 얘기하시는 거 아니우?"

"옛날 건 그랬답니까?"

"뭐 어디서 그런 얘기 들은 것 같기도 하고."

"그럼, 충남 장항의 보물선 얘기는 혹시 못 들어보셨어요?"

"그건 못 들어봤는데? 그치만 요즘 세상에 보물선이 어딨습니까? 핸드폰으로 사진 찍어 보내는 세상 아닙니까?"

"하하, 그런가요."

중년의 택시기사는 그런 뜬구름 잡는 이야기보다는 그 다음해에 치러질 대통령선거에 더 관심이 있었다. 그는 라디오의 볼륨을 서서히 키웠다. 라디오에선 한 시사평론가가 나와 지역주의 극복과 알카에다에 대해 떠들어댔다. 택시가 고속버스터미널에 도착하자 그는 검은색 가죽가방을 들고 뚜벅뚜벅 호남선 방면으로 걸어가 인파 속으로 사라졌다.

이사

다들 아무것도 아니라 했다. 이사는 저희에게 맡기고 여행이나 다녀오세요. 어떤 포장이사업체의 광고전단에는 그런 말까지 씌어 있었다. 별거 아니야. 아침에 인부들이 오고 저녁엔 가. 물론 그사이에 짐은 새집에 가 있지. 그게 전부야. 깨끗하게 청소도 해주고 심지어 아줌마가 따라와서 부엌살림까지 정리해줘. 장롱 뒤에 구멍이 뚫리는 경우도 있지만 수리도 해주고 뭐 상태가 심하면 변상도 해준다나봐. 눈. 친구는 손가락으로 자기 눈을 가리켰다. 요 눈만 똑바로 뜨고 있으면 만사 오케이야. 주위에서 모두 그렇게 말해주었지만 진수는 아직 안심하지 못했다. 그래도 누군가 짐은 지켜야 하지 않을까? 훔쳐갈 수도 있잖아? 글쎄. 그런 걱정은 안 해도 돼. 왜냐하면 요즘 웬만하면 사다리차를 이용해서 짐을 내리는데, 그러면 바닥에 내려놓을 새도 없이 오 톤 트럭의 적재함으로 쉬익, 짐이 들어가버려. 훔쳐

가려야 훔쳐갈 틈도 없고 또 모두 상자로 포장돼 있어서 뭐가 들어 있는지도 몰라. 기껏 훔쳐갔는데 이불보따리면 얼마나 허탈하겠어? 듣고 보니 그도 그러네. 하긴 요즘 주변에서 이사하다 물건 도둑맞 았다는 얘기는 못 들어본 것 같아. 친구는 아직 불안에 떨고 있는 그를 안심시키기 위해 몇 마디 더 덧붙여주었다. 짐을 미리 싸놓을 필요도 없어. 그 사람들이 다 알아서 싸거든. 근데 주인이 미리 싸놓으면 나중에 풀어서 정리할 때 헷갈리기만 한다구. 책도 책꽂이에 원래 꽂혀 있던 순서 고대로 꽂아주고 간다니까. 이사하는 날 아침에 지하철에서 읽으려고 뽑아들고 간 책을 저녁에 제자리에 고대로 꽂을 수 있다는 거, 한마디로 대단하지 않냐? 우리나라도 정말 많이 발전했어. 그 친구의 말을 액면 그대로 믿지는 않았지만 어느 정도 마음이 놓이는 건 사실이었다. 그래서였을까. 진수는 이사업체를 선정하는 일을 차일피일 미루었다. 그것보다는 부족한 집값을 은행으로부터 대출받아 보태는 일이나 이사갈 집의 수리에 더 관심을 기울였다. 도배도 했고 장판도 나뭇결 흉내를 낸 것으로 새로 깔았다. 오래 써서 문짝이 덜렁거리는 싱크대와 신발장을 새것으로 갈았다. 끄트머리가 검게 변해가면서 조도가 떨어지는 형광등도 교체했고 먼지가 더덕더덕 엉겨붙은 식탁등은 갖다 버리고 낭만적인 할로겐등을 사다 달았다. 이사가 아니라 신혼살림을 차리는 것 같아. 싱크대가 들어오고 장판이 새로 깔린 아파트에서 아내는 꿈꾸듯 말했다. 삼십 평대의 아파트는 그들의 오랜 소망, 소파에 누워서 텔레비전을 보겠다는 그 소박한 꿈을 실현시켜줄 것이었다. 그들은 바겐세일이 시작되자마자 백화점으로 달려가 소파와 식탁, 티테이블을 살펴보았다. 사은품을 하나라도 더 받아내려면 주문을 나눠서 해야 돼. 그의 아내는 쌩긋 웃으며 말했다. 생활의 지혜지! 그들은 첫날은 침대, 둘째 날은 식탁, 그리고 그다음날은 티테이블을 주문했다. 석 장의 영수증으로 그들은 일본제 식기세트와 무선청소기, 전기주전자를 타냈다. 기분이 좋아진 진수는 내친김에 아내를 위해 작은 거울이 달린 화장대도 샀다. 그냥 화장실에서 하는 게 편한데, 라고 말하면서도 아내는 기뻐했다. 그럴 수밖에. 그의 아내는 오 년 동안 칫솔과 치약, 샴푸와 비누, 빨래용 고무장갑과 샤워캡이 어지러이 널려 있는 화장실에서 얼굴에 파운데이션을 발라야만 했기 때문이다. 다행히 그 좁은 아파트에서도 그들은 별로 다투지 않았다. 아침마다 화장실 문을 다급하게 두드리며 먼저 들어가 있는 사람을 재촉했지만 그렇다고 짜증을 부리는 사람은 없었다. 전형적인 맞벌이 부부였던 그들은 상대방이 퍼뜨린 악취가 그대로 남아 있는 화장실에서 신문을 읽고 머리를 감고 이를 닦았다. 그렇게 십칠 평짜리 아파트에서 그들은 오 년을 살았다. 그는 흔들의자가 놓인 거실과 널찍한 책상이 기다리는 자기만의 방이 필요했고 아내에겐 화장대와 또하나의 화장실이 절실했지만 그들은 결코 조급하게 서두르지 않았다. 조금만 기다리자구. 그렇게 서로 혹은 자신을 위로하는 동안 오 년이란 세월이 흘러갔다.

이사하기 일주일 전, 진수는 드디어 이사업체를 선정했다. 아니, 선정, 이라고 말하기도 멋쩍은 것이었다. 어느 우편물엔가 묻어들어온 광고지를 보고 거기에 나와 있는 번호로 전화를 한 것에 불과했다. 그들은 시원시원하게 집으로 찾아와 견적을 뽑아가지고 돌아갔다. 가격도 예상했던 것보다는 저렴했고 찾아온 직원도 친절했다. 인부들이 마음에 안 들면 언제라도 바로 전화 주세요. 저희는 그 자리에서 교체해버리니까요. 그가 견적을 뽑아주고 돌아간 바로 그날 둘이 살고 있던 낡은 아파트 일층에 고지문 한 장이 나붙었다. 그동안 툭하면 말썽을 부려왔던 엘리베이터를 교체하기 위하여 사흘 후부터 열흘간 사용을 중지하겠으니 양해를 바란다는 내용이었다. 진수는 얼굴을 찌푸렸다. 진수네는 자그마치 십이층이었다. 복도식이어서 모든 세대가 가운데에 자리잡은 엘리베이터를 이용해야만 했다. 내가 위에서 짐 내리는 거 감독할 테니 당신은 내려가서 할일을 하면 돼. 뭐 필요한 게 있으면 핸드폰으로 연락하면 되고. 십이층까지 헐떡이며 올라온 진수는 그렇게 말하며 아내를 진정시켰다. 하필이면 왜 이럴 때 엘리베이터를 교체하느냐 말이야. 적당히 수리나 하며 살면 될 것을. 아내는 분통을 터뜨렸다. 그래도 어쩔 수 없는 노릇이었다. 사흘 후 엘리베이터가 있던 자리는 거대한 공동으로 변해버렸다. 벌어진 엘리베이터 문틈으로 깊고 검은 어둠이 존재를 드러냈다. 할 수 없지 뭐. 진수와 그의 아내는 숨이 턱 끝까지 차오르도록 계단을 오르내렸다. 그나마 다행이지 뭐야. 우리는 사흘만 다니면 끝이잖아. 이 아파트 사람들은 우리가 떠난 후로도 일주일이나 더 이 계단을 올라다녀야 된다니까. 진수도 맞장구를 쳤다. 그러게 말이야. 정말 지긋지긋했어. 툭하면 고장에, 누수, 단전, 단수. 게다가 부녀회는 왜 그렇게 드세? 관리는 제대로 하지 않으면서 관리비는 비싸잖아. 복도를 트랙 삼아 질주하는 어린애들도 끔찍했어. 그 모든 것들과 이제는 안녕이다. 만세라도 부를 듯 신나게 떠들어대던 두 사람이 약속이나 한 듯 말을 멈추었다. 아마도 문득 이 모든 타박이 집이 가진 어떤 고대적 신성함에 대한 모독처럼 느껴져서였을 것이다. 물경 오 년이나 정붙이고 살아온 곳을 그렇게 말해서는 안 될 것 같다는 생각. 그래도…… 진수가 애써 밝은 어조로 말을 이어갔다. 여기서 모든 게 잘됐잖아. 내 연봉도 두 배가 됐고 당신은 서울로 옮겨오고. 좀 시끄럽고 어수선한 곳이었지만 정도 들었는데. 말 끝을 흐리면서 진수는 자리에서 일어났다. 버릴 것들 좀 버리고. 아내도 그를 거들었다. 두 사람은 오래된 잡지와 보지 않는 책, 쓰지 않는 가구를 정리했다. 목장갑을 끼고 땀을 뻘뻘 흘리며 두 사람은 그 일에 매달렸다. 생각보다 집에는 숨어 있는 물건들이 많았다. 진수의 아내는 베란다 창고에서 물건들을 끄집어내다가 피식 웃었다. 당신 뇌 속을 들여다볼 수 있다면 아마 이렇게 생겼을 거야. 그녀는 고르디우스의 매듭처럼 복잡하게 얽힌 전선들을 가닥가닥 풀어내면서 말을 이었다. 가끔 그런 생각 안 들어? 그 사람 집이 그 사람 머릿속이야. 진수는 주위를 둘러보았다. 잘 분류돼 있지 않은 책더미들, 다시는 들춰보지 않을 사진더미들, 컴퓨터와 프린터, 온갖 잡동사니들이 자리다툼을 벌이는 서랍들. 한구석엔 어디서 샀는지 기억도 나지 않는 복제화가 붙어 있었다. 그의 두뇌 속에서 퇴화돼가는 기능들은 집에서도 어김없이 먼지를 뒤집어쓰고 있었다. 어디선가 건드리면 먼지가 되어 내려앉을 것 같은 모양으로 고등학교 수학참고서가 튀어나왔고 작동법이 정확히 기억나지 않는 낡은 수동카메라도 모습을 드러냈다.

오늘은 그만하자. 진수가 목장갑을 벗으며 아내에게 말했다. 두 사람은 차례차례 화장실에서 몸을 씻고 침대로 기어들어가 말똥말똥 천장을 바라보았다. 가끔 나타나던 그 친구 요즘 좀 뜸하네. 잘 있나? 아내가 진수의 옆구리를 쿡 찔렀다. 농담이 아니라니까. 정말 있어. 삼십대 남자고 키는 큰 편이야. 꼭 군청 직원 같은 얼굴이야. 머리맡에 서서 내가 자는 걸 내려다보고 있어. 나쁜 귀신 같지는 않아. 진수는 푸, 입술을 떨며 장난스럽게 웃었다. 유부녀를 좋아하는 귀신인가? 흐흐. 기가 허해서 그래. 저번에 빈혈약 먹고 나선 한동안 안 보였잖아. 아내는 입을 비쭉거렸다. 그래도 금방 또 나타났어. 근데 그 귀신, 이상하게 당신이 있을 때는 조용하거든. 장난기가 동한 진수가 몸을 일으켜 벽에 등을 기대고 앉았다. 혹시. 진수의 눈이 빛났다. 그 친구, 저 속에 사는 거 아냐? 아내는 진수 쪽으로 몸을 붙여왔다. 저 속이라니. 진수는 불을 켜고 손가락으로 어딘가를 가리켰다. 사물의 형체들이 분명해졌다. 왜 이래, 정말. 아내는 진수의 등을 세게 쳤다. 그런 말 하지 마. 무섭단 말이야. 진수가 가리킨 곳엔 항아리 모양의 거무죽죽한 토기 하나가 덩그러니 놓여 있었다. 토기의 양쪽엔 끈을 연결해 벽에 걸어둘 수 있도록 작고 앙증맞은 귀가 붙어 있었다. 뚜껑은 없고 목은 짧았다. 귀가 두 개 붙어 있다 하여 양이, 목이 짧다 하여 단경호, 그래서 그런 토기들을 양이단경호

토기라 부른다 했다. 그쪽에 밝은 선배를 따라 인사동을 기웃거리다가 집어들게 된 물건이었다. 신용카드를 꺼내면서 진수는 조심스럽게 주인에게 물었다. 연대가 많이 올라가나요? 주인은 마치 설렁탕 식대라도 계산하듯 심드렁하게 카드를 받아들며 대답했다. 낙동강 동안지역의 가야토기니까, 한 4, 5세기쯤? 그쪽에 밝은 진수의 선배도 조금 놀라는 눈치였다. 다른 고가구들을 집적거리다가 주인 쪽으로 몸을 돌렸다. 근데 이거밖에 안 해요? 그는 신용카드 전표를 흘깃거렸다. 물건이 많이 나오니까요. 요즘 토목공사다 도로공사다 해서 그쪽 물건들은 쏟아지는데 반출은 어렵고, 국내에는 수요가 없고, 그러니 쌀 수밖에요. 옛날엔 일본인들이 많이 사갔거든요. 걔들이야 환장하죠. 근데 요즘엔 어디 가져가기가 원체 어려워야지요.

가게를 나오자마자 선배가 진수를 끌고 근처 찻집으로 데려갔다. 물건 좀 다시 보자. 주인이 비닐완충재로 조심스럽게 포장한 물건을 그는 굳이 뜯어 자세히 살펴보았다. 도굴품이야. 그의 손가락이 토기 아래쪽의 엉덩이 부분을 가리키고 있었다. 마치 마마로 얽은 얼굴처럼 군데군데 누런 속살을 드러낸 곳들이 있었다. 무덤 속에 있는 걸 도굴꾼들이. 선배는 팔을 벌려 긴 작대기로 무덤을 찌르는 모양을 흉내내며 말했다. 이렇게 찔러대는 거야. 물건이 있나 없나. 그래서 이런 상처들이 생기는 거야. 창 맞았다고도 하고. 어쨌거나 잘 샀다. 멀쩡한 가야토기가 괜찮은 양복 한 벌 값밖에 안 한다니. 집에 일천하고도 오백 년 더 된 물건을 두기가 어디 쉽냐. 선배는 입맛을 다셨다.

날이 어둑해지자 두 사람은 술집으로 자리를 옮겼다. 그렇지만 진수는 전혀 취하지 않았다. 가야토기 때문이었다. 이런저런 물건을 수없이 사며 살아왔지만 그렇게 오래된 물건은 그날이 처음이었다. 그는 적당히 자리를 마무리한 뒤 지하철을 타고 집으로 돌아왔다. 그리고 그것을 조심스럽게 풀어 먼지를 털어내고는 안방 서랍장위에 고이 모셔두었던 것이다. 십칠 평 아파트에 자리를 잡긴 했으나 천오백 년의 세월을 건너온 토기는 단연 특유의 아취를 발했다. 천오백 년의 세월을 건너온 그 가야토기는 아파트라는 집단주거공간의 태생적 속물성을 일거에 무화시키는 것만 같았다. 진수는 매번 설레는 마음으로 토기의 귀와 입을 어루만졌다. 조금만 기다려라, 토기야. 이제 새집으로 이사가거든 멋진 자리를 마련해주마.

그렇지만 그의 아내는 조금 껄끄러워했다. 그녀는 토기 아래에 난 상처, 그러니까 '창 맞은' 자국을 손으로 만지며, 자꾸 여기가 마음에 걸려, 라고 말하곤 했다. 인사동엔 이런 물건 천지야. 걱정하지 마. 아내는 고개를 저었다. 아니, 걸릴까봐 그러는 게 아니야. 둥글넓적한 게 꼭 사람 얼굴 같아서 여기 이게 꼭 상처라도 난 것처럼 보인다니까. 당신은 그런 생각 안 들어? 그러면서도 그녀는 토기의 표면을 손으로 연신 쓰다듬고 있었다. 그래도 멋져. 그가 말했다. 무덤 속에서 천년을 있으면 뭘 해. 나와서 빛도 보고 이렇게 손도 타는 게 좋지. 안 그래? 그게 이 친구 입장에서도 복이라고. 다른 친구들은 아직도 저 남쪽 어느 깊은 땅속에 처박혀서 숨도 잘 못 쉬고 있을 거야.

그날부터 가야토기는 온갖 잡동사니로 가득한 이 아파트에 한 자리를 차지하였다. 내가 가위눌리는 거하고 저거하고는 관계없어. 그녀가 이불을 눈썹 끝까지 끌어올리며 말했다. 왜냐하면, 저게 오기 전에도 난 자주 가위눌렸거든. 진수는 침대에서 몸을 빼 토기가 있는 쪽으로 걸어갔다. 그렇지만 그 시골 공무원 닮은 남자한테 가위눌린 건 저 토기가 온 뒤부터 아냐? 아내가 이불을 끌어내리고 매섭게 그를 노려보았다. 혹시 당신 그 귀신한테 질투하는 거 아냐? 그만하고 일루 들어와 그만 잠이나 자. 으이구. 내일 아침 일찍 나가야 되는데 남편이라는 작자는 헛소리나 하구 말이야. 그런 농을 주고받으며 둘은 소르르 잠이 들었다.

그로부터 이틀 후 옛집에서의 마지막 밤이었다. 마음이 설레는지 진수의 아내는 쉽게 잠을 이루지 못했다. 이럴 바엔 일어나야지. 아내는 카디건을 걸치고 거실로 나와 공연히 싱크대 여기저기를 살폈다. 진수도 마찬가지였다. 해야 할 일들, 그러니까 전입신고며 전화 이전, 도시가스 차단신고, 관리비 정산, 잔금 지급에 관련한 서류들을 정리했다. 생각보다 할일이 많았다. 그들은 밤이 이슥해서야 잠자리에 들었다. 그날 밤 아무도 그들 부부를 찾아오지 않았다. 대신 황사를 동반한 강한 바람이 그들이 곤히 잠든 아파트의 창문을 두들기기 시작했다. 바람은 밤이 깊어갈수록 거세어갔다. 덜컹덜컹, 창문틀과 그 위에 허술하게 얹혀 있는 창문들이 부딪히며 요란한 소리를 냈다. 타클라마칸에서 발원한 먼지들이 안간힘을 쓰며 그들이 고요히 잠들어 있는 방으로 비집고 들어와 사막의 냄새를 남겼다. 바다를 건너온 먼지들은 가야시대의 토기 위에도, 미리 싸둔 귀중품

가방 위에도, 진수와 아내의 콧잔등 위에도 평등하게 내려앉았다.

에에취. 재채기를 하며 진수는 자리에서 벌떡 몸을 일으켰다. 텔레비전 위의 디지털시계는 아침 여섯시 십오분을 가리키고 있었다. 가습기에서 뿜어져나온 수증기는 눅눅한 곰팡이냄새를 풍기고 있었다. 목이 칼칼하고 콧구멍 속이 간지러웠다. 거실에 나가 냉장고 문을 열고 물통을 꺼내 그대로 입에 대고 들이켰다. 쿵쿵쿵쿵. 멀리서 울리는 북소리 같기도 했고 자욱한 먼지구름 속으로 달려가는 소떼의 발굽소리처럼 들리기도 했다. 귀를 기울이자 소리의 근원이 점점 분명해졌다. 진수는 베란다로 통하는 유리문을 열었다. 창문이 흔들리고 있었고 틈새를 지나는 바람이 길고 날카로운 휘파람소리를 냈다. 진수는 창에 바짝 붙어 아파트 아래를 내려다보았다. 나뭇가지들이 한방향으로 누워 격렬히 몸을 떨고 있었다. 아파트 진입로에 붙어 있던 플래카드는 밤새 찢겼는지 전장의 깃발처럼 거세게 나부끼고 있었다. 자전거보관소에 세워둔 자전거들 중 다수가 쓰러져 있었다. 대단한 바람이었다. 만약 그날이 다른 날과 다름없는, 그저 그런 평범한 날이었다면 진수는 더이상 그 바람에 대해 생각하지 않았을 것이다. 그러나 그날은 그들이 새로 장만한 아파트로 이사하는 날이었다. 십이층에서 내린 짐을 차에 싣고 가서 십칠층에 올려놓아야 하는 것이다. 진수는 아내를 깨웠다. 부스스한 눈으로 그녀는 한 가지를 더 발견했다. 황사였다. 그녀의 손가락이 허공을 가리키고 있었다. 산이 사라졌어. 그들이 가끔 배드민턴채를 들고 오르던 뒷산의 그 확고한 형체를 누런 장막이 대신하고 있었다. 해발고도가 고작 백여 미터에 불과한 산이었지만 그것이 있어 아파트의 주민들은 자신들이 허공에 떠 있지 않다는 걸 분명히 알 수 있었다. 그러니 이렇게 산이 사라지는 날이면 십이층에 사는 그들은 허황함에 사로잡히는 것이었다. 어, 황사가 대단한걸. 단잠에서 깨어났지만 그녀는 하품을 하지 않았다. 어쩌지. 그녀는 걱정스런 얼굴로 베란다에 서서 사라진 산 쪽을 바라보고 있었다. 어쩌긴 뭘 어째. 어서 씻고 준비하자구. 말을 꺼낸 진수가 먼저 씻었다. 얼굴과 손을 씻고 대충 면도를 했다. 머리를 감을까 하다가 그만두었다.

번갈아 화장실을 들락거리며 부산을 떠는 사이 현관의 초인종이 울렸다. 벌써 온 건가? 아내는 물기가 채 마르지 않은 손으로 문을 열었다. 늙었다고도 그렇다고 젊다고도 할 수 없는 나이의 남자가 서 있었다. 나이가 가늠이 안 된다기보다 어떤 나이라고 해도 어울리지 않을 사람이었다. 오십대라고 하기엔 경망스러워 보였고 삼십대라고 하기엔 세월의 흔적이 많았다. 사내는 술기운 때문인지 실핏줄이 터진 희끄무레한 눈으로 두 사람을 바라보고 있었다. 푸른색 반팔 셔츠 위에 노란색 조끼를 걸치고 있었는데 등에 '까치트랜스'라는 포장이사업체의 이름이 고딕체로 희미하게 인자되어 있었다. 그리고 마치 그가 몰고 오기라도 한 것처럼 거센 바람이 열린 문을 통해 밀려들었다. 바람 때문인지 진수의 아내는 눈을 가늘게 흡뜨고 돌아섰다. 좀 일찍 오셨네요.

대꾸는 없었다. 대신 포장이사업체의 사내는 성큼 집 안으로 발을 들여놓았다. 그러곤 신발을 신은 채로 거실로 성큼성큼 걸어들어왔다. 그의 작업화가 그들이 오 년 동안 물걸레질을 해온 장판 위에 선명하게 발자국을 남겼다. 엘리베이터 고장났으면 미리 말씀을 해주셨어야지. 반말인지 존댓말인지 가늠하기 힘든 말을 내뱉으며 그는 냉장고 문을 활짝 열었다. 그 속에서 맥주 캔 하나를 꺼내 손에 쥔 그는 진수를 향해 씩 웃었다. 그것은 동의를 구하는 자의 모습이라기보다는 전리품을 획득한 군인의 자세에 가까웠다. 진수는 어색하게 따라 웃으며, 아, 네, 드세요, 라고 말했다. 엘리베이터는 언제 고장난 겁니까? 사내가 따지듯 물어오자 진수 쪽에서도 마냥 부드러울 수만은 없었다. 며칠 됐습니다. 견적을 낼 때는 이렇게 될 줄 몰랐습니다. 그리고 사다리차도 온다기에 엘리베이터가 없어도 될 것 같았는데요. 사내는 다 마셔버린 맥주 캔을 손아귀에 쥐고 간단하게 찌그러뜨렸다. 그리고 그 찌그러진 캔을 닮은 미소를 지었다. 보는 사람에 따라선 위협으로 느낄 수도 있을 태도였다. 사내는 밖을 가리켰다. 그러니까 우리더러 사다리차로 오르락내리락하라는 거요? 그게 어디 사람 타는 건가? 사내의 입에서 술냄새가 제법 풍겨왔다. 진수는 손을 내저으며 사과했다. 전 사람도 탈 수 있는 건 줄 알고, 아, 어쨌든 미안합니다. 그래도 어쩝니까? 엘리베이터는 없고.

좆 빠지게 올라다녀야지, 별수 있나. 사실, 우리도 가끔 사다리차 타고 올라오는 날이 있지. 그렇지만 오늘같이 바람 불면 위험하지. 잘못하면. 그는 자신의 손으로 목울대를 그었다. 끼이야. 목울대를 그은 그의 손가락이 방바닥을 향해 곤두박질쳤다. 휘유웅, 쾅. 끅. 일인극의 배우처럼 그는 자신의 손으로 추락사를 표현하고 있었다. 그러면서 뭐가 재밌는지 얼굴을 일그러뜨리며 낄낄거렸다. 짐이 많지는 않구만. 책이 좀 많고. 어이구, 이건 또 뭐야. 웬 항아리요? 사내는 가야시대의 토기를 목장갑을 낀 손으로 만지작거렸다. 진수는 황급히 그를 향해 다가가며 그의 손에서 조심스럽게 토기를 빼앗으려 했지만 사내는 몸을 슬쩍 돌려 진수의 접근을 막았다. 거 좀 봅시다. 뭐 얼마나 대단한 거라구 그래. 그냥 흙단지구만.

아저씨. 부드럽지만 단호하게 진수의 아내가 일침을 놓았다. 있던 데 그냥 놓으시고 그만 일 시작하시죠. 사내도 호락호락하지는 않았다. 거 이상들 하시네. 이게 뭐냐고 묻는데 대답은 안하고 왜 화들을 내시나. 내가 이걸 뭐 어떻게 하기라도 할까봐 그러나. 사내는 느물거리며 토기를 다시 제자리에 올려놓았다. 니미, 물건이 똥인지 된장인지 알아야 비닐로 싸든지 박스에 넣든지 버리든지 할 거 아냐. 나보고 일이나 하라니. 이게 일이 아니면 내가 새벽같이 뜨신 밥 잘 처먹고 엘리베이터도 안 되는 아파트에 아침부터 헐떡대면서 올라와서 혼자 체조하나. 진수가 사내의 팔을 잡았다. 미안합니다. 이사가 처음이라서요. 저건 가야시대 토깁니다. 깨지지 않게 조심해주세요. 오늘 옮기실 물건들 중에서 저게 가장 중요한 겁니다. 사내가 다시 토기를 집어들었다. 그는 그 어떤 행위도 누군가에게 허락을 받아본 적이 없는 사람처럼 행동했다. 가야라, 가야면 내 전공이지. 내가 김해 김씨거든, 김수로왕의 85대손인가, 그런데, 이야, 가야라, 젊은 사장님, 근데 가야가 언제 망했지? 진수의 호흡이 거칠어지고 있었다. 그의 아내도 마찬가지였다. 이보세요, 아저씨. 가야가 언제

망했는지까지 아셔야 됩니까? 여간해선 언성을 높이지 않는 진수로서는 상당한 용기였다. 진수의 대응에 사내는 의외로 순순히 토기를 제자리에 놓고 물러섰다. 핏줄이 댕긴다는데도 화를 내시네. 아, 니미. 사내는 현관을 향해 걸어나가며 복도에 카악, 하고 가래침을 뱉었다. 그 행동이 너무도 자연스러워 전혀 추하다는 느낌이 들지 않을 정도였다. 밖으로 나간 사내는 십이층 난간에서 아래를 내려다보며 소리를 질렀다. 어이, 올려 보내. 잠시 후, 위잉, 철커덕, 위잉, 철커덕 소리가 점점 가까워졌다. 종내는 쿵, 하는 소리와 함께 밀어올려진 사다리의 끝이 십이층의 난간에 닿았다. 노란 조끼 사내는 사다리를 고정시키고 난간 위에는 낡은 카펫을 깔았다. 동작이 숙련된 것으로 보아 뜨내기는 아닌 것 같았다.

사내가 그 작업을 하는 동안 진수의 아내가 진수에게 다가와 속삭였다. 어쩔 거야? 그냥 할 거야? 저 사람 기분 나빠. 인부 바꿔달라 그래. 진수는 난색을 표했다. 오늘 손 없는 날이잖아. 오전까진 집 비워줘야 되는데, 이제 와서 어떻게 사람을 구해? 아마 안 될 거야. 괜히 전화했다가 안 된다고 하면 저 사람 더 길길이 날뛸걸. 이젠 어쩔 수 없어. 진수의 아내도 물러서지 않았다. 전화라도 해봐. 할 수 없이 진수는 베란다로 나와 포장이사업체로 전화를 걸었다. 신호는 가는데 아무도 받지 않았다. 모든 직원이 일을 나갔거나 아니면 아직 아무도 출근하지 않은 모양이었다. 초조하게 전화를 걸고 있는 그에게 어느샌가 사내가 다가왔다. 진수는 휴대폰의 폴더를 접었다. 마음에 안 들어도 우리보고 뭐라 하지 마쇼. 우린 오늘만 일당 받고 뛰는 거니까, 할말 있으면 업체에 하든가 말든가. 우린 이 짐만 그 집으로 옮겨주면 땡이니까. 마치 그의 마음을 읽기라도 한 것처럼 사내는 이죽거리며 말했다. 아마 오늘은 딴 인부 구하기 힘들 거요. 손 없는 날이라는 게 무서운 거거든. 목장갑을 낀 자신의 양손을 들어 보이며 그는 씩 웃었다. 간단하지. 손이 없는 날이라는 거지. 그가 끼고 있는 목장갑은 손바닥 쪽에 빨간색 방진 처리가 되어 있어 얼핏 피에 젖은 손처럼 보였다. 진수는 자신도 모르게 몸을 떨었다. 자비를 구하는 포로처럼 그는 비굴하게 웃었다. 그러게 말입니다. 누가 손 없는 날 같은 걸 만들었는지 모르겠네요. 어쨌든 오늘 잘 부탁드립니다. 아, 사다리는 다 올라왔나요?

사내는 대답 대신 베란다의 창문을 활짝 열며 얼굴을 찌푸렸다. 오늘 바람이 지랄맞아서, 니미 사다리나 제대로 붙어 있을지. 황산지 뭔지 덕분에 목도 칼칼하고. 하여간 날 한번 기똥차게 잡았소. 사내는 다시 복도 난간의 사다리 쪽으로 가버린다. 진수는 베란다에 그대로 남아 창밖을 바라본다. 황사는 점점 더 강해지는 것 같다. 이젠 아파트 앞동도 선명하게 보이질 않았다. 흐어. 진수는 딱히 누구에게랄 것 없는 탄식을 토했다. 그것이 신호라도 되는 것처럼 현관을 통해 두 사람이 들어왔다. 사십대 중반의 여성과 삼십을 갓 넘겼을 남자였다. 여자는 계단을 올라오느라 벌써 지쳤는지 가쁜 숨을 몰아쉬고 있었다. 반면 흰 운동화를 신은 남자는 별로 힘든 기색 없이 조용했다. 두 사람은 보일 듯 말 듯 까딱 고개를 숙였을 뿐 진수 내외를 향해 별다른 말을 꺼내지 않았다. 어서 오세요. 뭐 시원한 거라두? 여자는 됐다며 손사래를 쳤다. 진수는 흰 운동화 쪽을 쳐다보았지만 그는 대꾸도 없었을 뿐 아니라 진수 쪽을 아예 쳐다보지도 않았다. 진수가 남자의 의사를 다시 한번 물으려 하자 여자가 말렸다. 됐어요. 조선족인데, 귀가 안 들려요. 안산에서 가죽공장인가 가방공장인가에 다녔다던데 거기서 무슨 사고가 났다던가 귓방망이를 얻어맞았다던가, 하여튼간에 귀먹었으니까 하고 싶은 말이 있으면 글로 쓰든가 아님 나한테 말해요. 두 사람의 대화가 들릴 리 없는 조선족은 묵묵히 사다리를 타고 올라온 종이상자를 집 안으로 끌어들이고 있었다. 노란 조끼는 밖에서 사다리로 올라온 장비들을 부리고 있었다. 진수는 여자에게 다시 한번 부탁했다. 저 토기 보이시죠? 저거 가야토기거든요. 저거 조심해서 포장해주세요. 여자는 힐끗 살피더니 걱정 말라고 했다. 깨진다 이거죠? 여자는 싱크대 여기저기를 살피며 말했다. 아니, 깨지면 안 되죠. 안 깨지게 해달라는 얘기죠. 여자는 웃었다. 바본 줄 아시나. 떨어뜨리면 깨지냐 이거지, 누가 일부러 깨뜨린대요? 답답하시기는. 여자는 요란한 소리를 내며 접시들을 밖으로 끌어내고 있었다. 안방에서 침구들을 매만지던 진수의 아내는 거실로 나오다 무엇에라도 놀란 듯 발걸음을 멈추었다. 그녀는 귀가 들리지 않는다는 조선족의 옆모습을 뚫어져라 주시하다가 천천히 고개를 저었다. 아냐, 그럴 리가 없어, 라고 말하는 것처럼 보였다. 왜 그래? 진수가 다가와 낮게 속삭이자 진수의 아내는 애써 웃으며 도리질을 칠 뿐 아무 말도 하지 않았다. 괜찮아. 아무것도 아냐.

짐을 싸는 일은 순조롭게 진행되었다. 난간에 걸쳐진 사다리가 강

풍에 밀려 요란한 소리를 내며 덜컹거렸지만 노란 조끼는 별일 아니니 안심하라고 했다. 그러면서도 그는, 끽해야 떨어지기밖에 더 하겠냐, 고 말해 가까스로 안심하려는 그들을 다시 불안하게 만들었다. 삼 년 전인가. 꼭 이 집처럼 엘리베이터 고장난 집이 있었는데 그날도 이렇게 바람이 억세게 불었거든. 인부 하나가 걸어내려가기 귀찮다고 사다리차 타고 장롱 옆에 앉아 내려가다가 그만 사다리 중간에서 딱 멈춰버린 거야. 야, 정말 미치겠더구만. 그는 신이 나서 떠들어댔다. 동네 사람들 다 구경 나오고 난리가 아니었어. 우리가 소리를 질러댔다고. 야 인마, 꼼짝 말고 있어. 뭐 걸린 모양인데 우리가 밑에서 고쳐보고 안 되면 119 부를 테니까. 그런데 이놈이 좀 어렸거든. 그 위에서 가만히만 있었어도 괜찮았을 텐데, 이놈이 자꾸 움직인 거야. 바람은 불지, 사다리는 흔들거리지. 제 딴에는 오금이 졸아들었겠지. 그래도 새끼, 가만있었어야 했는데. 남자는 거기까지 말하고 담배를 피워물었다. 어떻게 됐습니까? 진수의 물음에 노란 조끼는 담배 한 모금을 쭉 빨더니 내뱉듯이 말했다. 죽었을 것 같지? 남자는 웃었다. 태국놈이었어. 급하니까 제 나라 말로 뭐라고 소리를 질러대는데 우리가 그걸 무슨 수로 알아들어? 엉금엉금 사다리 타고 내려오다가 갑자기 돌풍 부니까 꼭 비니루 봉지마냥 펄렁거리더니 오 미터 아래로 뚝 떨어졌어. 운좋았지. 나무에 걸려서 다리 두 군데하고 갈빗대 석 대 부러지고 끝났으니까. 그 새끼 죽었어봐. 이 사고 나발이고 다 끝이라고. 우리 젊은 사장님, 이사에서 가장 중요한 게 뭔지 알아? 그는 진수의 대답을 기다리지 않고 스스로 답했다.

사람이 안 죽어야 되는 거야. 사람 죽으면 이사고 뭐고 그냥 요대로 주저앉는 거라고. 흐.

그래, 죽지 말아다오. 우리의 이사가 끝날 때까지만. 책을 싸는 조선족도, 부엌살림을 챙기는 여자도, 그리고 저 노란 조끼도, 결코 죽어서는 안 되는 것이다. 이들이 죽어서는 안 되는 이유가 고작 자신의 이삿짐 때문이라는 데에서 진수는 비밀스런 쾌감을 느꼈다. 열린 현관문으로 바람이 훅, 먼지를 불어올리며 끼쳐들어왔다. 마른 흙냄새가 강렬했다. 반기기라도 하듯 창문들이 일제히 덜컹거렸다. 멀리 산등성이가 오래된 왕릉의 윤곽처럼 비현실적으로 모습을 드러냈다. 진수는 서랍 속에서 마스크 두 개를 꺼내 하나는 아내에게 주고 나머지 하나로 입을 가렸다. 입김에서 비린내가 났다.

서로 전혀 의사소통을 하지 않는 세 사람의 인부들은, 그럼에도 불구하고 나름대로 착착 일을 진행해가고 있었다. 집 안의 물건들은 하나둘 상자 속으로 들어가 포장되었다. 흰 운동화를 신은 조선족은 가끔 뭐가 좋은지 혼자 실쭉 웃었다. 테이프를 입으로 끊어내다가도 웃었고 바퀴 달린 깔판에 짐을 올려놓다가도 그랬다. 난 내려가 있을게. 아내가 다가와 진수에게 말했다. 누군가는 내려가 있어야잖아. 무슨 일 있으면 전화해. 아내는 계단으로 걸어다닐 때마다 어지러움 때문에 고생하곤 했다. 빙빙 도는 건 질색이거든. 그러니까 코앞의 계단을 보지 말고 멀리 보고 다녀. 그럼 덜 어지러워. 진수의 충고는 별 도움이 되지 않았다. 그렇게 해보려고 했는데 잘 안 돼. 밑을 안 보면 갑자기 허공을 디딜 것만 같아. 그럴 때마다 진수는 웃었다.

어렸을 때 옛날이야기를 너무 많이 봐서 그래. 거기엔 허공으로 난 계단들이 있지. 한없이 올라가면 뾰족탑이 솟은 성이 있고. 주인공이 올라가는 사이에도 계단들은 허물어져내리고. 진수의 아내는 손사래를 쳤다. 그러지 마. 정말 어지럽단 말이야. 진수의 아내는 난간을 잡고 십이층을 내려갔다. 아. 다시 올라올 일이 없어야 할 텐데.

중앙계단에서 돌아오자 세 인부는 냉장고 앞에 한데 모여 아이스바를 먹고 있었다. 어차피 녹을 건데. 여자는 태연하게 말하며 혓바닥으로 막대기를 핥고 있었다. 발치엔 아이스박스가 입을 열고 있었다. 새댁이 냉장고 청소는 생전 안 하나봐. 하긴, 요즘 젊은 언니들이 그런 거 할 새가 어딨어. 흰 운동화의 조선족도 탐욕스럽게 아이스크림을 빨아먹고 있었다. 이마에서 땀이 송골거리다가 더러운 바닥으로 똑 떨어졌다. 목장갑을 낀 손등으로 이마를 훔쳤다. 진수는 안방으로 들어가 일의 진척상황을 살폈다. 어느새 많은 것들이 상자 속으로 들어가버렸다. 토기는 잘 싸셨나요? 진수가 눈에 띄지 않는 토기의 행방을 물었다. 노란 조끼는 고개를 저었다. 내가 안 쌌는데. 그는 조선족을 가리켰다. 저 친구가 쌌겠지. 노란 조끼는 손으로 토기 모양을 그려가며 조선족에게 그걸 어떻게 했느냐고 물었지만 조선족은 뭘 묻고 있는지 잘 이해하지 못하는 것 같았다. 진수가 토기가 놓여 있던 서랍장을 가리키자 그제야 조선족은 이해를 했는지 손으로 동그라미를 그려 보이며 어눌한 발음으로, 오케라고 말했다. 진수의 미심쩍은 표정을 보더니 그는 손으로 토기의 윤곽을 그려 보이며 고개를 끄덕였다. 답답해진 진수는 노란 조끼에게 말했다. 그거 따로 가져가거나 아니면 나무상자 같은 데에 깨지지 않게 잘 넣어야 하는 건데요. 노란 조끼는 별거 아니라는 듯 씩 웃었다. 저 친구가 조선족이고 장애인이라고 무시하시나본데, 그렇다고 바보는 아니니까 걱정하지 마쇼. 저 친구도 이 바닥 짬밥이 나보다 더 되면 더 됐지 덜 되진 않을 거요. 뭐 어련히 알아서 했으려고. 저 박스들 어딘가에 잘 챙겨넣었겠지. 노란 조끼는 안방에 수북이 쌓여 있는 상자들을 가리켰다. 어느 상자에 넣었는지까지 묻고 싶었지만 그만두었다. 그렇다고 지금 와서 뜯어볼 수도 없는 노릇이었다. 미리 따로 챙겨 승용차로 가져갈 것을. 진수는 후회했지만 뒤늦은 일이었다.

자 그럼, 한번 내려볼까. 노란 조끼는 복도의 난간으로 나가 아래를 향해 소리를 질렀다. 올려보내. 괴물의 울부짖음 같은 소리와 함께 사다리 상판이 올라오기 시작했다. 우우우우웅. 진수는 아래를 내려다보았다. 바람 때문에 사다리는 위태롭게 휘청거렸다. 아내도 아래에서 위를 올려다보고 있었다. 황사바람 부니 차 안에 들어가 있으라고 진수가 여러 번 전화했지만 아내는 괜찮다며 들어가지 않았다. 대신 음료수를 사와 아래에서 짐을 받는 사다리차의 운전기사와 인부에게 주고 위로도 올려보냈다.

노란 조끼는 상판이 다 올라오자 그 위에 짐을 올려싣기 시작했다. 나루에 배를 대듯 난간과 평행한 높이로 이어진 상판 위로 노란 조끼는 짐을 쌓아나갔다. 가끔은 자기가 그 상판 위에 올라가서 짐의 위치를 조정했다. 바람이 많이 불고 있는데도 그는 별로 거리낌이 없었다. 죽지 않아야 한다. 진수는 난간 위에 올라선 그를 올려다보며 그의 안위를 빌었다. 이윽고 노란 조끼가 탕탕, 상판을 두드리자 여섯 개의 상자를 실은 상판이 사다리를 따라 내려갔다. 바람이 기다렸다는 듯 노란 조끼와 진수를 때렸다. 진수는 자기도 모르게 노란 조끼의 팔을 잡았다. 노란 조끼가 반사적으로 진수의 손을 털어냈다. 그 순간 쿵, 소리와 함께 사다리에서 나는 소리가 멈췄다. 두 사람은 동시에 아래를 내려다보았다. 칠층쯤에서 상판이 멈춰 있었다. 뭐야? 노란 조끼가 소리를 질렀다. 좃도, 얼마 엊지도 않았는데 왜 지랄이야. 그가 중얼거리는 순간 천천히 다시 상판이 내려가기 시작했다. 아래에서 리모컨을 쥔 기사가 조심스럽게 상판을 끌어내렸다. 몇 번을 더 멈추고 나서야 상판은 바닥에 닿았다. 진수는 안도의 숨을 쉬었다. 노란 조끼는 대수롭지 않다는 듯 다시 집으로 들어가 짐들을 끌어냈다. 상자에 싸인 짐들을 다 내려보내고 나서 노란 조끼와 흰 운동화는 장롱처럼 큰 짐들에 손을 댔다. 어느새 집은 휑한 속내를 드러내고 있었다. 냉장고 뒤에는 그을음과도 같은 검은 먼지가, 장롱 뒤에는 곰팡이가, 세탁기 아래에는 흑갈색 슬러지가 쌓여 있었다. 열심히 쓸고 닦으며 사는 동안 먼지는 먼지대로 곰팡이는 곰팡이대로 그들 옆에서 자리를 잡고 살고 있었다. 진수는 노란 조끼와 흰 운동화가 땀을 흘리며 장롱을 들어내는 동안 쪼그리고 앉아 굴러다니는 백원짜리 동전들을 챙겼다. 더러워진 백원짜리 동전 위를 개미 군단이 열을 지어 횡단하고 있었다.

집이란 게 혼자 사는 거 같아도 그게 아니라니까. 어느새 들어온 노란 조끼가 손가락으로 개미들을 눌러 죽이고 있는 진수 뒤에서 뇌

까렸다. 진수는 손가락에 묻은 개미의 시체를 털어내며 일어났다. 그러게 말입니다. 이 좁은 집에 별게 다 살았지요. 귀신도 살았다니까요. 노란 조끼는 장롱 앞쪽에 담요를 씌웠다. 이상하게 귀신들도 따뜻한 집을 좋아하지. 이 집이 딱이네. 애도 없어 조용하고 사모님도 이쁘고, 흐흐.

마지막 장롱이 내려가면서 집은 텅 비어버렸다. 빗자루를 들고 건성으로 마루를 쓸어대는 여자를 피해가며 진수는 집 여기저기를 둘러보았다. 아내와 결혼하면서 얻은 신혼집이었다. 그래. 처음엔 이렇게 넓었었지. 나중에 살림으로 가득차 숨쉬기조차 어려워졌지만 애초부터 그렇지는 않았다. 둘은 마루를 뒹굴며 행복해했고 음악을 틀어놓고 블루스를 추었다. 그러나 그들이 뒹굴던 자리엔 곧 오디오가 들어왔고 블루스를 추던 곳에 책장이 놓였다. 종내는 러닝머신부터 가야토기까지 공존하는 집이 되어버렸다. 자, 내려갑시다. 노란 조끼가 남은 상자와 공구들을 마지막으로 내려가는 사다리 상판 위에 얹었다. 에이, 나도 타고 내려갈까부다. 진수는 말리지 않았다. 조선족은 듣지를 못했는지 묵묵히 중앙계단 쪽으로 걸어갔다. 난간 위로 올라간 노란 조끼는 줄타기라도 하는 것처럼 양손을 벌려 중심을 잡으려 했지만 쉽지 않은지 위태롭게 휘청거렸다. 위험할 것 같은데요. 다시 내려오시죠. 진수의 그 말을 기다리기라도 한 듯 그는 실쭉 웃으며 상판 쪽으로 몸을 실었다. 아래에서 봅시다. 그가 아래쪽으로 신호를 보내자 철커덕 소리와 함께 상판이 내려가기 시작했다. 진수는 난간에 몸을 기댄 채 그가 점점 작아지며 아래로 사라지는 모습을 지켜보았다. 바람이 여전히 거셌고 멀리 산등성이는 여전히 윤곽으로만 남아 있었다. 노란 조끼는 낄낄거리며 진수를 향해 손까지 흔들어댔다. 사다리의 한 구간 한 구간을 지날 때마다 심하게 덜컹거리던 상판은, 그러나 아무것도 떨어뜨리지 않은 채 무사히 아래에 도착하였다. 진수는 다리에 힘이 풀리는 것을 느끼고 난간 벽에 몸을 기댄 채 복도에 주저앉아 담배를 피워물었다. 긴 하루였다. 삐리리릭. 아내에게서 전화가 왔다. 다 내려보낸 거야? 응. 끝이야. 잘 둘러보고 내려와. 알았어. 근데 밑에는 별일 없어? 마지막 짐을 트럭에 옮기고 있어. 참, 집은 어때? 집? 무지하게 더럽지. 여기서 살았다는 게 잘 믿기질 않아. 아내의 웃음소리가 전화를 통해 들려왔다. 오늘따라 왜 이렇게 감상적이야? 사람 사는 데가 다 그렇지. 참, 재미있는 얘기 하나 해줄까? 이쯤에서 그의 아내는 목소리를 낮췄다. 그 조선족 아저씨 말이야. 내가 보던 그 귀신하고 쏙 빼닮은 거 알아? 근데 그 사람, 정말 조선족 맞아? 말을 안 하니 알 수가 있어야지. 혹시 귀도 들리는 거 아냐?

문을 잠근 진수는 일층까지 계단으로 걸어내려갔다. 노란 조끼가 오 톤 트럭의 적재함에 빗장을 지르고 있었다. 조선족 인부는 보이지 않았다. 현장을 정리한 다음, 진수와 그의 아내는 배웅 나온 경비원과 인사를 나눴다. 잘 가요. 진수와 아내는 승용차에 올라 트럭에 앞서 출발했다.

이사갈 집은 그곳에서 멀지 않았다. 점심을 먹고 나서 일은 다시 시작되었다. 이번에는 엘리베이터를 통해 짐을 옮겼다. 아파트 관리실에서 사다리차의 사용을 허가하지 않았기 때문이다. 십칠층은 무섭습니다. 잘못하면 정말 떨어진다니까요. 짐을 들여놓는 일은 훨씬 간단해 보였다. 먼저 큰 짐들이 들어와 자리를 잡았고 이어 잔짐들이 뒤를 이었다. 흥부네 박처럼 상자들은 살림살이를 쉴새없이 쏟아냈다. 그런 와중에 도시가스를 연결하러 온 사람이 진수에게 서명을 받아갔고 전화국에서 연결 여부를 확인하는 전화를 걸어왔다. 인부들은 쉴새없이 진수에게 이 짐은 어디에, 또 저 짐은 어디에, 라고 물어왔다. 노란 조끼가 장롱을 들여놓다가 새로 깐 장판을 세 군데나 찢어놓았을 때 진수는 다시금 새로운 살의를 느꼈다. 자꾸 여기 놔라 저기 놔라 왔다갔다하니까 그러지, 라고 말하며 진수에게 책임을 떠넘길 때는 더욱 그랬다. 너를 사살한다. 죄목은 새 장판을 찢은 것이다. 정말이지 진수는 그의 면전에다 그런 준엄한 선고를 내리고 싶어 미칠 지경이었다. 그들의 집에 출몰하던 귀신을 닮은 조선족 역시 책꽂이를 들여놓다가 두 군데의 벽지에 흠집을 냈다. 파란색 계통의 벽지여서 하얀 속살은 더 도드라졌다. 게다가 그는 이불장의 얇은 뒤판에 어린애 주먹만한 구멍도 냈다. 진수의 인내심도 한계에 다다르고 있었다. 냉장고에서 나온 것들은 엉망이 되어 냉장고로 다시 들어갔으며 싱크대의 부엌살림들은 비닐포장이 된 채로 수납되었다. 뭐라고 해야 되는 거 아냐? 진수의 아내가 인상을 찡그리며 나직하게 물어왔지만 진수는 입을 꾹 다물고 있었다. 말 좀 해봐! 진수는 오디오를 들여오고 있는 노란 조끼에게 갔다. 정말 이런 식으로 할 겁니까? 오디오를 들여오던 노란 조끼는 빤히 진수를 바라보왔다. 이런 식이 뭔데? 진수는 손가락으로 바닥을 가리켰다. 이 장판 찢어진 거 이거 어떡할 겁니까? 노란 조끼의 시선이 아래를 훑었다. 이거? 그래서 장판 새로 깔아달라구? 이사비보다 비쌀걸. 그냥 껌이나 붙여 쓰시지. 노란 조끼는 진수의 앞을 바람소리를 내며 지나쳐 갔다. 오늘 같은 날 목숨 걸고 짐 날라주면 고맙다고는 못할망정 뭐가 어째? 이런 비니루 장판이 뭐 천년만년 새삥이겠냐고. 재수가 없으려니까, 별 거지 같은 걸로 시비네. 젊은 놈의 새끼가 말이야.

진수는 노란 조끼의 멱살을 잡았다. 노란 조끼는 당황하지 않고 한 손으로 진수를 가볍게 뿌리쳤다. 진수는 상자와 상자 사이로 나가떨어졌다. 진수의 아내가 소리를 질렀지만 그 외에 누구도 이 싸움에 관심을 가지지 않았다. 조선족은 어디 갔는지 뵈지 않았고 여자는 애당초 관심이 없는 듯 부엌살림만 여기저기에 구겨넣고 있었다. 아저씨, 도대체 왜 이래요? 진수의 아내가 노란 조끼에게 달려가 따졌지만 노란 조끼는 태연하게 대답했다. 왜 이러냐고? 잘난 남편한테 물어보시지. 당신 남편이 멀쩡하게 가만있는 내 멱살을 잡으면서 달려들었잖아, 안 그래? 찢어진 입이 있으면 말을 해보시지.

진수는 허리를 만지며 힘겹게 몸을 일으켰다. 좋아. 이런 식으로 나오면 우리도 잔금은 못 줘. 진수의 말에 노란 조끼는 코웃음을 쳤다. 그으래? 그럼 저 아래에 있는 짐은 혼자 올리시게? 아니, 여기 올린 짐도 다시 내려놓고 가야겠구만. 밤새 저 아래에서 황사먼지 먹어가며 짐 한번 지켜보라구. 아주 볼 만할 거야. 노란 조끼가 소리를 질렀다. 야, 모두 철수해. 부엌에선 벌써 여자가 목장갑을 벗어던지고 있었다. 의사소통이라고는 없던 두 사람이 이럴 때는 호흡이 아주 잘 맞았다. 노란 조끼는 집을 돌아다니며 조선족을 찾았다. 어디에도 없었다. 마지막으로 그는 거실에 붙은 화장실 문을 열어젖혔다. 조선족이 거기에 있었다. 흰 운동화를 신고 변기 위에 올라가 쪼그리고 앉은 채 일을 보고 있었다. 그가 모두를 향해 실쭉 웃었다. 병신, 양변기도 사용할 줄 모르는. 노란 조끼는 욕을 퍼부으며 문을 닫았다. 그러면서 마치 변명처럼 모두를 향해 말했다. 어쩌겠어? 저렇게 안 하면 똥이 안 나온다는 데야.

잠시 후, 물이 내려가는 소리와 함께 조선족이 화장실에서 나왔다. 노란 조끼는 다짜고짜 그의 팔을 잡고 현관으로 걸어나갔다. 영문을 모르는 조선족은 흘러내리는 면바지를 추어올리며 그를 따라갔다. 진수의 아내가 그들을 붙잡았다. 미안하다, 죄송하다, 용서해달라, 그제야 그들은 엘리베이터 앞에서 발길을 돌렸다. 그리고 당당하게 돈을 요구했다. 주네 못 주네 소리 다시 듣고 싶지 않으니 먼저 주쇼. 아내는 노란 조끼의 손 위에 준비해둔 봉투를 얹어주었다. 그들은 그전보다 더 험하게 일했다. 있어야 할 곳에 놓인 짐은 냉장고밖에 없는 것 같았다. 진수는 그들을 피해 베란다에서 담배만 피워대고 있었다. 내려다보면 십칠층은 참으로 아득한 높이였다. 바람은 계속해서 거세게 창문을 흔들어대고 있었다. 아까 그 사다리차에서 조금만 더 불어주었더라면. 진수는 노란 조끼가 장롱과 함께 거꾸로 떨어져내리는 모습을 상상하고 있었다. 아마 둘이 거의 동시에 바닥에 닿겠지. 장롱은 네 조각으로 펼쳐지고 노란 조끼는 머리가 박살났으리라. 물체가 추락하는 속도가 무게와 관련이 없다는 걸 밝힌 게 갈릴레이였던가. 생각들이 이어지는 가운데 밖이 소란해졌다. 그들이 철수하고 있었다. 진수는 떨떠름한 표정으로 그들이 나가는 것을 지켜보았다. 그들 셋. 어쩌면 남매인 것도 같아 보이는 그 셋은 올 때와는 달리 너무도 다정하게 열을 지어 집을 빠져나갔다. 노란 조끼는 아내를 향해 미소까지 지어 보였다. 흰 운동화를 신은 조선족은 헤벌쭉한 얼굴로 그 뒤를 따라 나갔다. 진수는 아무 말도 하지 않은 채 그들을 따라 아래로 내려갔다. 그러곤 무뚝뚝한 얼굴로 트럭의 적재함을 살폈다. 적재함은 텅 비어 있었다. 불쾌하게 생각한다 해도 어쩔 수 없어. 도둑놈들. 진수가 지켜보는 사이 그들은 트럭에 올라타고 떠났다.

진수는 다시 집으로 돌아왔다. 형식적으로나마 그들은 자신들이 가져온 모든 짐을 풀어놓았다. 진수는 집 안 곳곳을 다니며 물건들을 체크했다. 그러는 사이에도 서풍이 실어온 황사가 집 안 곳곳에 스며들어 먼지냄새를 풍겼다. 그 냄새는 아주 먼 곳에서 전해오는 것처럼 느껴졌다. 동시에 아주 오래된 어떤 것을 상기시켰다. 의자에 앉아 있던 진수는 튕기듯 자리에서 일어났다. 없다. 어느 곳에도 가야토기가 없었다. 개새끼들. 진수의 마음은 다급해졌다. 베란다로 나가 아래를 내려다보았다. 지붕에 전화번호가 쓰인 오 톤짜리 트럭은 어디에도 보이질 않았다. 수첩을 꺼내 전화를 걸었다. 아무 응답이 없었다. 그들은 어디에서 왔다 어디로 간 것일까. 진수는 고개를 들어 창밖을 보았다. 산등성이의 윤곽은 완전히 사라져버리고 없었다. 정말 산이 거기에 있었던 것인지도 의심스러워졌다. 경찰에 신고해. 아, 우리가 그걸 얼마나 좋아했는데. 곁에서 입술을 잘근잘근 씹으며 아내가 말했다. 진수는 고개를 저었다. 경찰이 도굴품인 걸 알면, 괜히 우리만 고달파져. 아, 개새끼들. 그 노란 조끼가 뭘 아는 눈치였어. 피가 댕기네 어쩌고 할 때 알아봤어야 했는데.

혹시 그거, 거기 있는 거 아냐? 거기라니? 어디긴, 우리 옛날 집 말이야. 진수는 고개를 갸웃거렸다. 아까 다 확인해봤는데 아무것도 없었어. 그래도 다시 가봐. 진수는 자동차 키를 챙겨들고 십칠층 아래로 내려갔다. 그리고 잠시 후, 그들이 떠나온 아파트에 다시 도착했다. 계단을 따라 십이층까지 지친 다리를 끌다시피 하며 올라갔다. 새 주인들이 짐을 나르고 들여가고 있었다. 실례합니다. 혹시, 항아리 하나 못 보셨습니까? 그들은 눈을 가늘게 떴다. 항아리요? 못봤는데요. 진수는 물러나왔다. 그러곤 터덜터덜 다시 십이층을 걸어 내려왔다. 문득 어지러웠다. 계단은 한 층을 내려올 때마다 한 바퀴를 돌도록 되어 있었다. 정확히 열두 바퀴를 돌고서야 진수는 땅을 밟을 수 있었다. 개새끼들. 진수는 발치께에서 굴러다니는 콜라 캔을 있는 힘껏 걷어찼다. 콜라 캔은 럭비공처럼 튀며 굴러가다가 멈추었다. 진수는 발걸음을 멈추었다. 콜라 캔이 멈춘 곳에 무언가 있었다. 그는 천천히 걸어가 몸을 굽혔다. 잘게 부서진 토기 조각들이 어지럽게 흩어져 있었다. 그중 한 조각을 집어들고 진수는 천천히 몸을 일으켰다. 그리고 고개를 들어 위를 보았다. 누런 하늘 위로 새로 이사오는 사람들이 설치한 사다리가 거대한 탑처럼 우람하게 솟아 있었다. 토기는 정확히 그 사다리의 아래에 떨어져 아무 짝에도 쓸모없는 파편이 되어 있었다. 도대체 언제 떨어진 거지. 그는 오전 내내 난간의 사다리 옆에 서 있었고 그의 아내 역시 토기 조각이 발견된 곳에서 불과 십 미터도 안 떨어진 곳에 있었다.

뭐가 깨졌어요? 진수의 등뒤에 아파트 경비원이 서 있었다. 네, 깨졌나봐요. 경비는 빗자루를 가지고 왔다. 가야의 유물은 간단하게 쓰레기 봉지 속으로 쓸려들어갔다. 경비원은 투덜거렸다. 아, 죽일 놈의 황사 때문에 당최 눈을 뜰 수가 없네.

진수는 화단으로 들어가 버려진 토기 조각 하나를 주머니에 집어 넣고 집으로 향했다. 돌아오는 길에 그는, 이사가 아무것도 아니라고 했던 친구들의 이름을 떠올렸다. 이사는 저희한테 맡기고 여행이나 다녀오라던 이사업체가 어디였던가도 기억해냈다. 새로운 집으로 들어서는 그의 표정을 보고 아내는 아무것도 묻지 않았다. 진수는 주워온 토기의 조각을 신문지에 싸 책상 서랍 깊은 곳에 쑤셔넣었다. 어디선가 진한 흙냄새가 났다. 타클라마칸에서 날아온 황사에서인지 천오백 년 전의 무덤에서 끌려나온 토기 조각에서인지 분명히 알 수 없었다. 도무지 알 수 없는 것들 속에서 오직 분명한 한 가지는 그가 전날과는 전혀 다른 곳에서 잠들게 된다는 것뿐이었다. 사람들은 그것을 이사라 불렀다.

오빠가 돌아왔다

오빠가 돌아왔다. 옆에 못생긴 여자애 하나를 달고서였다. 화장을 했지만 어린 티를 완전히 감출 수는 없었다. 열일곱 아님 열여덟? 내 예상이 맞다면 나보다 고작 서너 살 위인 것이다. 당분간 같이 좀 지내야 되겠는데요. 오빠는 낡고 뾰족한 구두를 벗고 마루에 올라섰다. 남의 집 들어오기가 어디 그리 쉬운가. 여자애는 오빠 등뒤에 숨어 쭈뼛거리고 있었다. 오빠는 어서 올라오라며 여자애의 팔을 끌어당겼다. 아빠는 어처구니가 없다는 듯 둘을 바라보다가, 내 이 연놈들을 그냥, 하면서 방에서 야구방망이를 들고 뛰쳐나와 오빠에게 달려들었다. 오빠의 허벅지를 노린 일격은 성공적이었다. 방망이는 오빠 허벅지를 명중시켰다. 설마 싶어 방심했던 오빠는 악, 소리를 지르며 무릎을 꺾었다. 못생긴 여자애도 머리를 감싸며 비명을 질렀다. 그러나 계속 당하고 있을 오빠는 아니었다. 아빠가 방망이를 다시 치켜드는 사이 오빠는 그레코로만형 레슬링선수처럼 아빠의 허리를 태클해 중심을 무너뜨렸다. 그러고는 방망이를 빼앗아 사정없이 아빠를 내리쳤다. 아빠는 등짝과 엉덩이, 허벅지를 두들겨맞으며 엉금엉금 기어 간신히 자기 방으로 도망쳐 문을 잠갔다. 나쁜 자식, 지 애비를 패? 에라이, 호래자식아. 이런 소리가 안방에서 흘러나왔지만 오빠는 못 들은 체하고는 여자애를 끌고 건넌방으로 들어가버렸다. 물론 방망이는 그대로 든 채였다.

예상했던 결과다. 아빠는 갓 스물의 혈기방장한 오빠에게 이제는 도저히 게임이 안 된다. 그러면서도 가끔 저렇게 오빠한테 개기다가 두들겨맞는 걸 보면 정말 구제불능이다. 개도 몇 대 맞으면 꼬리를 내린다는데 저 아빠라는 인간은 똥개보다도 지능지수가 낮은 게 아닐까 가끔 의심스럽다. 어쨌거나 오빠가 데리고 들어온 여자애는 그날부터 우리집에서 살았다. 노랗게 물들인 머리하며 매니큐어를 바른 기다란 손톱 같은 걸 봐서는 어디 시골 다방 같은 데서 차 나르던 여자임에 틀림없었다. 처음에는 눈치보느라 그랬는지 말수가 적어서 벙어린 줄 알았는데 안면 트고 나니까 자기 쪽에서 먼저 슬금슬금 말을 붙여왔다. 그냥 언니라고 불러. 나한테 거지 같은 큐빅 머리핀 하나를 주며 수작을 걸었지만 내가 미쳤다고 저를 언니라고 부르나. 여자애 이름은 그때나 지금이나 똑같다. 저기다. 저기, 라고 부르면 지 이름인 줄 안다. 저기, 라면 좀 끓여줄래? 저기, 열쇠는 신발장 위에 있는데. 이런 식이다.

그래도 오빠는 못생긴 여자애가 좋은지 집에 일찍 들어와 여자애와 꿍딱꿍딱 논다. 둘이 뭐하고 노는지 내 모르는 바 아니지만 그거야 지들 사생활이니까 군이 밝히지는 않겠다. 모든 면에서 한심한 오빠지만 그래도 매번 눈감아주는 이유는 그래도 그 인간이 우리집 기둥이기 때문이다. 돈이 나와도 오빠 주머니에서 나오고 밥이 나와도 오빠 주머니에서 나온다. 아빠는, 이렇게까지 말하고 싶지는 않지만, 식충일 뿐이다.

공부만 열심히 해. 뒷바라지는 내가 할 테니. 오빠는 그런 식으로 말하기를 좋아했다. 훈계할 대상이 있는 게 얼마나 다행이냐는 듯한 표정으로 날 앉혀놓고 장광설을 늘어놓는데 한마디로 가관이다. 그럴 때마다 속으로 너나 잘하세요, 라고 비웃고 있지만 오빠는 그걸 아는지 모르는지 계속 심각하고 우스꽝스런 얼굴로 떠들어댄다. 그나마 오빠가 아빠보다는 덜 느끼고 그래도 하나밖에 없는 동생이라고 이것저것 챙겨주니까 참는 거다.

집에 돌아온 뒤로 오빠는 하루가 멀다 하고 이빨을 드러내고 아빠와 으르렁거린다. 물론 대개는 아빠 잘못이다. 예를 들어 여자애가 들어온 다음날의 일이 그렇다. 아무리 오빠한테 방망이로 몇 대 맞았기로서니 그렇다고 그렇게까지 행동한 건 정말 어른스럽지 못한 일이었다. 하긴 우리 아빠한테 어른스러움을 기대한다는 것부터가 잘못이다. 먼저 방망이를 휘두른 것도 아빠 아닌가.

그러니까 일은 그 다음날 벌어진 것이다. 오빠는 그날도 일찍 퇴근하여 발 닦고는 여자애가 있는 방에 들어가 시시덕대고 있었다. 일견 평화로운 저녁이었다. 그런데 누군가 문을 쾅쾅쾅 두드려 그

평화를 깨뜨렸다. 경찰일 가능성이 컸다. 드물지 않은 일이었다. 주로 아빠 때문이었지만 오빠에 관련된 일도 간혹 있었다. 담당 파출소의 몇몇 순경과는 안면까지 있었다. 이번에도 그런 일인가 싶어 문을 열었는데 모두 처음 보는 아저씨들이었다. 정복경찰 한 명과 조금 늙수그레한 사복형사가 서 있었다.

"이경식이, 집에 있나?"

사복형사가 물어왔다. 나는 고개를 끄덕였다.

"니 오빠냐?"

나는 그렇다고 했다. 나는 오빠와 여자애가 있는 방을 향해 소리를 질렀다. 오빠아아. 그러자 오빠는 바지춤을 추어올리며 마루로 걸어나왔다. 여자애도 고개를 빠끔 내밀어 상황을 살폈다.

"이경식?"

사복형사가 묻자 오빠는 그렇다고 했다. 형사는 여자애한테도 나오라고 했다.

"무슨 일입니까?"

오빠가 묻자 늙은 형사는 방에서 나오는 여자애를 힐끗거리며 대답했다.

"신고가 들어왔어. 미성년자 성매매 사범이라고."

오빠의 미간이 좁혀졌다.

"뭐요? 그러니까 원조교제라 이겁니까? 스무 살짜리하고 열일곱 살짜리하고 원조교제하는 거 봤어요? 돈을 줘야 원조교제죠. 내가 왜 돈을 주고 쟤랑 잡니까? 미쳤어요?"

형사는 볼펜으로 머리를 긁적였다.

"그럼 미성년자 약취 유인이겠지. 저 여자 어디 업소에라도 팔아 먹으려고 하는 거 아냐? 어쨌든 따라와봐."

고개를 갸웃거리면서도 순순히 따라가려던 오빠는 문득 무슨 생각이 났는지 형사를 노려보며 물었다.

"누가 신고한 겁니까?"

형사는 무심한 얼굴로 아무 대꾸도 하지 않았다. 그렇지만 오빠는 뭔가 감을 잡은 듯 아빠 방으로 가 문을 두들겼다. 문은 안에서 잠겨 있었다. 머리 나쁜 아빠는 문을 잠금으로써 자기가 신고자라는 걸 인정하고 있었다.

"그놈 그거 얼른 잡아가슈. 거 아주 나쁜 놈입니다."

아빠는 문 저쪽에서 문고리를 잡은 채 외치고 있었다. 결국 오빠와 여자애는 아닌 밤중에 경찰서까지 끌려가서 곤욕을 치러야만 했다. 원조교제, 그러니까 미성년자 성매매는 오고간 돈이 없으니 말이 안 되는 거였고 미성년자 약취 유인인가 하는 것도 둘이 합의 아래 동거하는 게 분명하였으므로 성립하지 않았다. 그렇지만 오빠와 여자애는 거의 밤새도록 경찰에게 시달리고 나서야 집으로 돌아올 수 있었다. 오빠는 집에 돌아오자마자 손도끼를 치켜들고 아빠의 방으로 돌진했다. 문이 잠겨 있자 방문을 찍어댔다. 결국 방문은 안이 들여다보일 정도로 부서져버렸다. 아빠도 가만히 앉아서 당하지는 않았다. 야전침대 다리를 들고 침대 위에서 기다리다가 오빠가 방으로 들어오는 순간 고함을 치며 덮쳤으나 이번에도 역시 오빠의 승리였다. 오빠는 간단하게 아빠를 제압하고는 방 안 구석구석을 때려부 쉈다. 철거촌이 따로 없었다. 분풀이를 끝내고 나가는 오빠의 뒤통 수에 대고 아빠는 욕을 퍼부어댔다.

"에라이, 이 탈레반 같은 새끼야."

오빠는 가소롭다는 듯 피식 웃고는 자기 방으로 들어가버렸다. 오 빠가 탈레반이란 말을 과연 알까? 아마 들어본 적도 없을 것이다. 여 하튼 아빠는 오빠가 없는 대낮에 나를 앉혀놓고 오빠 욕을 해대곤 했다. 그런 자식은 군대든 교도소든 담장이 있는 데로 보내서 사람 을 만들어야 한다고 했다. 아빠가 그러거나 말거나 오빠는 신경쓰지 않았다. 하루이틀 일도 아니었고 대응을 한다고 아빠가 달라질 것도 아니었다.

여자애는 오빠가 들어올 무렵이면 저녁밥을 차려냈고 아빠도 가 끔은 그 밥을 얻어먹었다. 여자애는 내 밥도 챙겨주었는데 요리솜씨 는 젬병이었다.

"너네 집도 대단하다."

아빠와 오빠의 격투를 보고 나서 여자애는 부엌에서 열무비빔밥 을 먹고 있는 내게로 도망와 말했다.

"병신. 그 정도 가지고 쫄기는."

내가 비웃자 여자애는 발끈해서 주먹을 치켜들었다.

"이 쪼끄만 게 정말."

한판 붙을까 하다가 그냥 이렇게 쏘아붙여주었다.

"오빠 봐서 참는 줄 알아. 밤마다 헐떡대는 주제에 큰소리는."

여자애가 어이가 없는지 입을 쩍 벌리고 있는 사이 나는 혀를 날름 내밀고는 내 방으로 쏙 들어가버렸다. 역시 싸움은 초장에 기를 꽉 눌러놔야 한다. 남자 맛은 일찍 알아서 오빠만 보면 침을 질질 흘리는 주제에 남의 집 일에는 웬 참견이며 가당찮게도 무슨 언니 노릇을 하겠다는 건지. 오빠는 그래도 그 계집애 덕인지 얼굴이 확 피었다. 요즘 들어 오빠하고 아빠하고 잠잠한 건 그나마 그 계집애 덕일 것이다.

오빠는 열여섯까지 아빠한테 죽도록 맞고 자랐다. 아빠가 오빠한테 한 짓을 생각하면 함께 살아주는 것만도 다행이다. 아빠는 실컷 두들겨패고도 분이 풀리지 않으면 오빠를 홀딱 벗겨 집밖에 세워놓기를 좋아했다. 그러고는 깡소주에 취해 세워놓은 것도 잊어버리고 고꾸라져 잠들기가 일쑤였다. 옷가지를 챙겨 밖으로 나가보면 팬티만 입은 오빠가 오들오들 떨며 아빠를 욕하고 있었다. 개새끼, 씨발새끼, 좆같은 새끼. 내가 가만두나봐라. 그 예언은 열여섯이 되자 현실이 되었다. 오빠는 술에 취해 달려드는 아빠를 주먹으로 때려눕히고는 줄넘기 줄로 꽁꽁 묶어놓고 집을 나갔다. 아빠는 줄넘기 줄에 묶인 채로 아들을 저주하다 모로 쓰러져 잠이 들어버렸다. 그후로 사 년 동안 오빠는 집에 한 번도 들어오지 않다가 스무 살이 다 되어서, 그러니까 올해 초에, 마치 점령군처럼 당당하게 입성했다. 너 이자식, 감히 어딜 기어들어오냐며 달려들던 아빠는 오빠의 발길질 한 방에 나가떨어졌고 그때부터 오빠가 법이었다.

어차피 누군가가 권력을 잡아야 한다면 아빠보다는 오빠가 나았다. 아빠는 오빠더러 탈레반이라고 욕했지만 탈레반이든 오사마 빈라덴이든 아빠보다는 낫다. 아빠는 아버지가 갖춰야 할 모든 것을 안 갖춘, 그야말로 나쁜 아빠 종합선물세트 같은 인간이다. 내가 볼때 좋은 부모, 아니 그냥 평범한 부모라도 되려면 두 가지가 있어야한다. 첫째, 돈이다. 부모라면 최소한의 돈은 줘야 한다. 교복 살 돈, 학용품 살 돈, 군것질할 돈 같은 거 말이다. 그런데 이 인간은 그 최소한의 돈을 잘 안 준다. 뿐만 아니라 아들이 벌어오는 돈도 가끔 쓱싹해가는 눈치다. 둘째는 멀쩡한 직업이다. 이 대목에서 오해 없기를 바란다. 내가 특정 직업을 비하하자는 게 아니다. 여기서 멀쩡하다는 것은 날마다 성실한 마음으로 그 직업이 요구하는 바를 달성하기 위해 열심히 노력하는(우아, 내가 이런 말을!) 그런 상태를 말하는 것이다. 그러니까 우리 아빠가 백화점 앞에서 구두를 닦아도 나는 떳떳할 수 있고 리어카를 끌고 다니며 폐지를 모아도 나는 당당할 수 있다. 그러나 고발꾼은 곤란하다. 그렇다. 아빠는 전문 고발꾼이다. 추석이나 설날 같은 명절에 동사무소에서 선물 들고 찾아올 정도니까 말 다했다. 박주사라는 공무원이 아빠 담당인데 손에는 십킬로짜리 쌀포대나 세제선물세트 따위를 들고는 비굴한 얼굴로 우리집 문을 두드린다. 박주사라고 자존심이 없겠는가. 그런데도 아빠 같은 인간 말종한테 고개를 숙이는 것은 아빠가 일 년에 수백 건의 민원을 제기하는, 그야말로 민원제조공장이기 때문이다. 주차구획선, 공사장의 분진, 민원인을 대하는 공무원들의 태도, 구청 홍보지의 오탈자, 심지어 구청장의 자동차 모델과 연식까지 문제삼는,

그야말로 지방자치제가 낳은 새로운 인간형이었다. 그러니 박주사가 명절 때마다, 그리고 선거 때마다 아빠를 찾아와 굽신거리는 것도 이해가 간다. 아빠는 그럴 때마다 박주사를 앉혀놓고 이 나라 정치현실과 지방자치제의 나아갈 바에 대해 일장연설을 하지만 박주사가 그걸 열심히 듣는 것 같지는 않다. 단지 그러지 않으면 언제라도 청와대나 정부종합청사 민원실로 달려가 하루 아니라 열흘이라도 보낼 수 있는 아빠가 두렵기 때문에 잠자코 듣고 있는 것뿐이다.

"내가 말요, 웬만하면 그냥 살아야지, 살아야지, 하다가도 눈에 뵈는 걸 어쩌냐고. 불의가 훤히 눈앞에 있는데, 부당한 일이 저질러지고 있는데, 그런데도 이 땅의 국민들은 청맹과니마냥 그냥 모르고 지나댕기는데, 나라도 나서서 바로잡아야지 하는 마음에 이 엄동설한에 그 서류들 다 작성해가지고 내 돈 들여가며 복사해가지고 관계요로에 진정하고 그러는 거란 말요. 이게 정치가 잘되려면 윗물도 맑아야지만, 엉, 우리 민초들을 직접 상대하는 대민접촉부서의 공무원들도 바뀌어야 한단 말씀이야. 내 말이 그른가?"

최근에는 일인 시위라는 새로운 민원제기 방식까지 등장해 그야말로 아빠는 신이 나 죽겠다는 표정이다. 툭하면 샌드위치맨이 되어 정부종합청사 앞으로 나가겠다고 설쳐대니 구청에서는 가히 죽을 맛인 것이다. 아빠야 그걸 무슨 사회정의를 구현하는 시민정신의 총화처럼 스스로 생각하고 있는 모양이지만 딸인 나로서는 그게 직업인 알코올중독자 아빠는 좀 곤란한 것이다. 차라리 서울역쯤에서 노숙이라도 하면 없는 셈 치고 오빠와 오순도순 살 텐데 아마 아빠는 숨이 넘어가기 전까지는 이 집에서, 문짝이 떨어져나간 저 방에서 우리를 괴롭히며 살 것이다. 물론 거기서 자기 아들도 서슴지 않고 고발해대면서 벽에 똥칠하는 그날까지 버틸 것이다.

도대체 아빠는 왜 오빠와 나를 낳았을까. 아니 이 질문은 엄마에게 던져야 되지 않을까? 아니 어쩌자고 나와 오빠를 낳아 이렇게 무책임하게 내팽개쳐두는 거예요? 며칠 전 나는 생각난 김에 엄마가 경영하는 함바집으로 찾아가 질문을 던졌다. 대답 대신 국자가 날아왔다.

"시끄러, 이년아. 개시부터 재수없이. 낳아준 것만도 고마운 줄 알고 잘 살어. 네년 낳느라고 밑이 다 빠질 뻔했는데 이년이 이제 와서 뭐, 왜 낳았냐고? 니 그 잘난 애비한테 가서 물어봐라. 그 인간 말종, 개같은 자식한테."

엄마는 그래도 아빠보다는 인간성이 좋은 편이어서 욕을 퍼부은 뒤에는 국물에 밥이라도 말아준다.

"먹어, 이년아. 근데 니 오빠는 왜 코빼기도 안 비친대?"

"오빠 살림 차렸어. 웬 기집애 손목 잡고 들어와서 눌러앉혔어. 입이 귀까지 찢어졌어."

"니 아빠는 뭐하고?"

"뭐라 그러다 오빠한테 두들겨맞고는 끽소리 못해. 밥도 가끔 얻어먹어. 좀 있으면 아주 며느리 행세하겠더라."

"이것들이 정말."

엄마는 정말 화가 난 것 같았다. 국자를 국통에 던져넣고 앞치마를 벗어던졌다. 마침 들어온 인부들이 국밥을 시켰지만 엄마는 들은 척도 않고 함바집 밖으로 나와버렸다.

"장사는?"

"윤정이 엄마 있잖아."

"어디 가는데?"

"며느리 될 년이 들어왔다는데 가서 낯짝은 봐야 할 거 아냐."

"며느리는 무슨. 개날라리야."

"개날라리든 소날라리든."

이건 정말 큰일이다. 우리집 먹이사슬은 이렇다. 오빠는 아빠를 이긴다. 아빠는 엄마를 이긴다. 그런데 엄마는 오빠를 이긴다. 나는? 엄지공주다. 나는 너무 작기 때문에 누구도 나 따위를 이기려고 하지 않는다. 싸움은 그 셋 사이에서 늘 벌어진다. 어쨌든 엄마가 출동했다는 건 오빠한테는 달갑지 않은 일이다. 이상하게 오빠는 엄마한테 약하다. 그건 오빠가 데려온 그 계집애도 엄마한테는 밥이란 얘기다.

바삐 걸어가는 엄마 소매를 잡았다.

"이혼하고 집 나간 주제에 우리집엔 왜 들락거려?"

"내가 뭐 나오고 싶어서 나왔냐?"

"그럼 아빠 쫓아내고 엄마가 들어와서 살지."

엄마는 입을 다물고 화난 사람처럼 땅을 꾹꾹 눌러가며 걷고 있었다. 나는 응석받이처럼 보챘다.

"응, 그러자. 아빠 내쫓고 우리끼리 살자."

"그럼 니 아빠는? 서울역에 보내고?"

"거기 가서도 철도청 비리 고발하면서 호의호식할 거야. 아니, 그럼 엄마는 지금껏 아빠 생각해서 함바집에서 먹고 자고 있는 거란 말이야? 엄마, 열녀야? 아님 바보야?"

"느 아빠, 인생이 불쌍하잖아."

"불쌍할 것도 많다. 우린 안 불쌍하고?"

"이년이 정말 오늘따라 왜 이 지랄이야. 이년아, 먼지 들어와. 입 닫고 따라오든지 아니면 니 갈 길 가."

엄마는 그러지 않아도 다 무너져가는 대문을 활짝 열어젖히고 마치 아침에 나갔던 사람마냥 당당하게 집으로 들어갔다(알고 보면 우리 식구들은 잘난 것도 없으면서 들어올 때는 항상 당당하다). 엄마는 뒷굽이 다 닳은 슬리퍼를 거의 던지다시피 현관에 벗어놓고 마루로 올라섰다. 여자애는 파를 다듬다 말고 갑자기 쳐들어온 엄마를 겁에 질려 올려다보았다.

일촉즉발. 두 여자 사이에 팽팽한 긴장이 흘렀다. 여자애의 오른손에 들려 있는 식칼이 눈에 거슬렸다. 아무래도 내가 나서야 했다.

"인사해. 우리 엄마야. 그 칼은 좀 내려놓지."

여자애는 그제야 식칼을 놓고 일어나 꾸벅 절을 했다. 영양기 없는 부스스한 염색 머리가 이마로 흘러내렸다.

"너 몇살이냐?"

여자애는 얼른 대답을 안 하고 쭈뼛거렸다.

"열일곱이래, 엄마."

"넌 가만있어."

엄마는 한참 동안 여자애를 노려보더니,

"너 나 좀 따라나오너라."

여자애가 계속 눈치를 보자 엄마는 다시 재촉했다.

"후딱."

여자애는 위에 카디건만 걸치고는 엄마를 따라나섰다. 여자애 뒤통수에다 대고 속삭였다.

"넌 이제 죽었다."

엄마는 아직 파냄새도 가시지 않은 여자애 손목을 잡아끌고 대문 밖으로 나갔다. 막상 끌려나가는 여자애 모습을 보니 좀 안됐다 싶었다. 갈 데도 없다던데, 가끔 라면도 끓여주고, 다방 출신이라 커피도 잘 끓이는데, 무엇보다 내 밥인데…… 창문을 열고 다세대주택들 사이로 간신히 비집고 들어선 골목길을 내려다보았지만 엄마와 여자애는 보이지 않았다. 도대체 뭘 하는 거야? 알 수 없었다. 그날따라 아빠도 어디 민원하러 갔는지 뵈지 않았고 할 수 없이 방바닥에다 새로운 장판 디자인이나 구상하며 시간을 보내고 있었다.

그렇게 저녁때가 되자 오빠가 들어왔다. 오빠는 들어오자마자 여자애를 찾았지만 기척이 없자 내게 의문에 가득찬 시선을 보내왔다.

"엄마가 와서 데려갔어."

"언제?"

"아까."

오빠는 가방만 던져놓고 바로 집을 나섰다. 대문 바로 앞에서 아빠와 마주쳤지만 둘은 아무 인사도 나누지 않고 서로의 갈 길을 갔다. 오빠는 아마도 엄마의 함바집에 갔을 것이다. 구경 삼아 오빠 뒤를 따라 함바집으로 달렸다. 셀룰로이드 필름이 너덜너덜 붙어 있는 문을 드르륵 밀고 들어가니 엄마가 국통에다가 통양파를 던져넣고 있었다.

"남매가 웬일야?"

"소연이 어디 갔어요?"

"소연이가 누구야?"

"엄마가 아까 데리고 갔다면서요?"

오빠는 엄마가 여자애를 국통에라도 넣어 삶고 있기라도 한 것처럼 얼굴을 잔뜩 찌푸린 채로 엄마를 노려보고 있었다.

"이놈이, 아주 엄마 잡아먹겠네. 이놈아, 지 발 달린 년이 알아서 다니겠지. 왜 나한테 눈 부릅뜨고 난리야? 그것도 눈이라고 달고 어디 가서 밉상 기집애 하나 끼고 들어온 주제에 어디 와서 행패야, 이놈아."

오빠는 거의 울상이었다. 오빠가 뭐라고 한마디 더 하려는 찰나 문이 열리며 여자애가 들어왔다. 여자애는 오빠와 나를 보더니 잠시 어리둥절해했다.

"뭐야?"

어리둥절하기는 우리도 마찬가지였다. 여자애는 그새 입성이 달라져 있었다. 엄마한테 손목 붙들려 끌려나갈 때의 후줄근한 카디건 대신 꽤 그럴듯한 스웨터를 입고 있었다. 털 상태로 봐서는 새것이 분명했다. 구질구질한 동대문제 청바지 대신에 꽤 괜찮아 뵈는 체크무늬 스커트도 받쳐입고 있었다. 그러고 나니 제법 부모 잘 만난 고등학생처럼 보였다.

"너 그 옷 뭐야?"

여자애 스웨터 소매를 잡아당기며 묻자 엄마는 긴 국자로 내 머리통을 때리며 말했다.

"이년아, 나이도 너보다 세 살이 위고, 오빠 안사람이니까 언니라고 불러."

"언니는 무슨."

입을 샐쭉거리는 사이, 다시 국자가 날아왔다.

"입어봤으면 어여 옷 갈아입고 일루 들어와."

"네."

여자애는 화장실로 갔다. 오빠가 더이상은 참지 못하고 엄마에게 물었다.

"엄마, 도대체 뭐야?"

"집에 있음 뭐하냐. 여기 나와서 일이나 거들라고 그랬다. 월급은 일하는 거 봐서 줄게. 왜 너 밥 안 해줄까봐 그러냐? 밥은 여 와서 먹음 되잖아."

"잠은?"

아마 그게 오빠 입장에선 가장 절실한 질문이었을 것이다. 사랑하는 동거녀를 시커먼 인부들 드나드는 함바집 가겟방에서 재울 수는 없는 노릇 아닌가.

"이 녀석아, 내가 끼고 자면 뭐할 거야. 때 되면 들여보내줄 테니까 걱정 말고 돈 벌 걱정이나 해."

"알았어요."

그제야 안심한 오빠는 실쭉 웃으며 돌아섰다.

"그리고."

엄마가 나가려던 오빠의 뒷덜미를 잡아세웠다.

"네?"

"엄마도 들어간다. 오늘."

이번에는 나도 깜짝 놀랐다.

"뭐?"

"이것들이 엄마가 간대도 반가워하지도 않고, 썩을 놈들, 다 웬수야. 그래도 들어갈 거야."

"어디서 잘 건데?"

"너랑 같이 자지 이년아, 그럼 누구랑 자겠냐?"

좋은 시절 종쳤다. 엄마는 내 방으로 들어오겠다고 했다. 그럼 내 사생활은? 울상을 조금 더 지었다가는 또다시 국자가 날아올 것이었으므로 나는 몸을 홱 돌려 함바집을 나와버렸다. 그러고는 돌멩이 하나를 힘껏 걷어찼다. 에이씨. 잘 지내다가 왜 갑자기 그 좁아터진 집으로 돌아오겠다는 거야. 돌아오면, 아빠와의 그 지긋지긋한 싸움이 새로 시작될 텐데, 아, 그건 생각만 해도 끔찍하다. 물론 이젠 오빠의 권위가 섰으니 예전처럼 아빠가 길길이 날뛰지는 못할 테지만.

엄마는 자기 말대로 정말 밤이 되자 보따리 하나를 들고 집으로 들어왔다. 장장 오 년 만의 귀환이었다. 이번에는 아빠가 뒤로 나동 그라졌다. 엄마는 아빠 쪽을 쳐다보지도 않은 채 체포된 게릴라 지도자처럼 비장하게 말했다.

"거 되도록 말 섞지 맙시다."

"한지붕 아래서 어떻게 그렇게 사나."

"살기 싫음 나가든가."

오빠가 눈을 부라리고 옆에 서 있었기에 그쯤에서 둘 사이의 기싸움은 끝났다. 엄마는 내 방에 짐을 부리고는 텔레비전을 켰다. 아빠는 은근히 엄마가 다시 돌아온 것을 반기는 듯한 기색이었다. 그도 그럴 것이 아빠 역시 엄마가 나간 뒤로 여자 구경을 거의 못했을 터였다. 엄마야 함바집에 있으니 그래도 이 남자 저 남자 품에 몇 번쯤은 안겨도 봤을 테지만 아빠 같은 무일푼의 고발꾼을 누가 거들떠본단 말인가. 그래서인지 아빠는 밤 열한시쯤에 날 불렀다.

"너 어디 안 놀러가니?"

"이 밤중에 어딜 놀러간단 말이에요?"

"그럼 엄마더러 내 방으로 좀 건너오라고 할래?"

"말해봤자야."

"말이나 좀 해봐."

엄마에게 말을 전하자 엄마는 흥, 하고 코웃음을 치고는 텔레비전 볼륨을 높였다.

"안 가볼 거야? 아빠도 나름대로 오래 굶었어."

당장 꿀밤이 날아왔다.

"어린 년이 어떻게 못 하는 말이 없어."

"사실인데 뭘."

"넌 안 자?"

"자야지."

나는 이불을 눈썹까지 끌어올렸다. 텔레비전에서는 아프가니스탄 탈레반 정권의 붕괴가 임박했다는 보도가 나오고 있었다. 우리 오빠가 탈레반인데…… 말도 안 되는 생각을 하며 뒤척이는 사이, 엄마가 방문을 열고 나가는 소리가 들려왔다. 그리고 잠시 후에 두런두런 사람 소리가 들리더니 곧이어 둔중하면서 격렬한 울림이 방바닥을 통해 전해져왔다. 앞으로 스테레오로 시끄럽겠군. 오빠 방에서도 나직한 고양이 울음소리가 흘러나오고 있었다. 어른이 된다는 건 간단하군. 우선 부모를 제압할 만큼 힘을 기르고 짝을 찾아 집으로 쳐들어오는 거야. 그럼 만사 오케이다. 나도 어서 어른이 되었으면 좋겠다. 추악한 두꺼비 모자에게 납치된 안데르센 동화 속의 엄지공주는 이리저리 떠돌다 딱 저만한 크기의 왕자를 만나 살림을 차렸다. 그리하여 엄지공주는 새로운 이름을 얻었다. 당신같이 아름다운 여자가 엄지공주라니 가당치도 않소. 당신을 앞으로 마야라 부르겠소. 얼마나 멋진가. 앞으로 내 이름도 마야다. 언젠가 내 짝이 나타나면 나를 마야라 부르라 명해야겠다. 경선이 같은 촌스런 이름보다는 마야가 제격이다.

엄마가 들어온 지 일주일 되던 일요일이었다. 아침에 일어나니 엄마와 여자애가 김밥을 말고 있었다. 태어나서 이런 장면은 처음 본다. 이건 TV 드라마에나 나오는 장면 아닌가? 현실에도 이런 일이 일어나나? 나는 눈을 비비며 마루로 나갔다.

"뭐하는 거야? 누가 보면 다정한 고부간인 줄 알겠네."

"이년아, 보긴 누가 본다는 거야. 너도 뻘쭘히 서 있지 말고 와서 다꾸앙이라도 썰어."

"다 썰어놨구만, 뭘."

나는 오이 한쪽을 들고 씹으며 마루를 둘러봤다.

"근데 엄만 어제 어디서 잔 거야? 자다보니 없던데?"

여자애가 보일 듯 말 듯 입꼬리를 올리며 웃고 있었다.

"이년아. 이빨이나 닦고 떠들어."

칫. 입을 비죽거리며 화장실에 갔지만 이미 거기엔 아빠가 있었다.

"다 쌌다. 좀만 기다려라."

아, 이 두꺼비 하우스에서 아름다운 언어란 함부로 기대할 수 없는 사치다. 화장실 앞에 쪼그려앉아 기다리자니 아빠가 바지춤을 추어올리며 나왔다. 잽싸게 화장실에 들어가 이 닦고 세수하고 나오니 오빠도 이미 마루에 나와 있었다.

"오빠, 일요일인데 일찍 일어났네?"

그러자 오빠는 대뜸,

"너도 가자."

"뭐?"

내가 '어디?'라고 묻지 않고 '뭐'라고 물은 이유는 '너도 가자'라는 말이 너무도 생소했기 때문이다. 우리집에선 도대체 '너도 가자' 같은 말이 나오지 않기 때문이다. '도'라는 주격조사와 '하자'형 어미는 우리집에서 여간해서 발견되지 않는 일종의 사어라고 할 수 있었다.

"야유회를 가기로 했다."

오빠는 자기도 멋쩍은지 어깨에 내려앉은 비듬을 털어내며 말했다.

"야유회? 이렇게 모두?"

그러니까 술주정뱅이에 고발꾼인 아빠와 그 아빠를 작신작신 두들겨패는 택배회사 직원인 아들, 그 아들의 미성년자 동거녀, 오피스텔 건설현장의 함바집 아줌마, 마지막으로 그 아줌마의 딸인 중학교 일학년짜리 소녀가 야유회를 간다는 거다.

"난 안 가."

오이를 잘근잘근 씹으며 나는 내 방으로 홱 들어가버렸다. 엄마가 내 뒤를 따라 들어왔다.

"너 이년, 엄마 들어오는 거 싫어? 엄마가 함바집에서 연탄가스 마시고 콱 죽어도 좋아, 이년아? 엉?"

"누가 엄마 들어오는 거 보고 뭐래? 야유회 가기 싫다는 거지. 도대체 아빠랑 야유회 가서 뭐해? 술이나 진탕 퍼마시고 해롱해롱대다가 사람들 쥐팰 텐데."

"이젠 오빠가 다 커서 아빠도 옛날처럼은 안 해."

"하여간 난 싫어."

그래도 야유회는 강행되었다. 엄마는 이번에 야유회를 못 가기라도 하면 세상이 뒤집어지는 것처럼 난리를 쳤다. 고기도 구워 먹고 노래방에도 가고 사진도 찍어야 한다는 것이다. 모름지기 가족이란 그런 거라는 거다. 세상에 오 년 동안을 집에는 코빼기도 안 비치고 함바집에서 인부들 밥해주며 살던 엄마가 난데없이 쳐들어와서 야유회를 가야 한다고 우기다니. 가족이 그렇게 좋으면 왜 지금껏 그렇게 살아왔는지 한마디 설명이라도 해야 되는 거 아닌가? 밤에 슬그머니 빠져나가 아빠 품에 안기고 나더니 머리가 어떻게 된 거 아닌가 모르겠다. 심히 걱정된다. 오빠는 이번 야유회를 틈타 자기 동거녀를 은근슬쩍 우리 가족(이런 게 있다면!)으로 편입시킬 야욕이 있는 것 같았다. 아빠는 당분간 엄마가 하자면 뭐든 할 태세였고 그 남자 밝히는 여자애야 오빠가 하자는 데 이견이 있을 리 없었다.

그렇게 야유회가 결정되었다. 우리는 각자 되는대로 준비를 끝내고 현관 앞에 모였다. 엄마는 중국 소수민족 축제에서나 볼 수 있을 촌스러운 진달래색 한복을, 아빠는 정부종합청사 민원실 들락거릴 때 입는 낡은 감색 양복을, 오빠는 삐끼 노릇 할 때 입던, 양복인지 교복인지 분간이 안 되는 옷을, 여자애는 엄마가 사준 스웨터와 스커트를 입었다. 나는 교복을 입어야 한다는 엄마와 피 터지게 싸운 끝에 결국 청바지에 점퍼를 입는 것으로 합의를 보았다. 서커스 가두 홍보단 같은 꼬락서니였다.

우리는 오빠가 운전하는 택배회사 봉고차에 올라탔다. 불행히도 그 봉고차의 짐칸엔 창문이 없었다.

"한 사람씩 번갈아가며 조수석에 타기로 하자."

아빠가 가장 먼저 조수석에 올라탔다. 우리는 어두운 짐칸에 올라탔다. 공교롭게도 짐칸에는 여자들만 타고 있었다. 침묵이 흘렀다.

어색했던지 엄마가 먼저 말을 꺼냈다.

"요담 곗돈 타는 대로 식 올려줄게. 경식이가 손이 잘 나와서 그렇지 애는 착하다."

"식은 됐어요. 언제 사진이나 찍어주세요."

"못생겨가지구 사진은 무슨."

내가 퉁박을 주자 엄마가 마치 유원지의 두더지 잡듯 강력한 꿀밤을 먹였다.

"언니라고 부르랬지!"

"싫단 말이야."

"됐어요. 어머니."

여자애가 아양을 떨었다. 오호라. 예쁜 스웨터랑 스커트 얻어 입고 신이 났구나. 얄미운 것. 나는 여자애 발이 있음 직한 곳을 겨냥해 발을 내질렀다. 정통으로 발등에 적중했는지 여자애가 신음소리를 냈다. 참고 있는 모양이 고소해 다시 한번 발로 발등을 콱 밟아주었다. 이번에는 여자애도 가만있지 않았다. 내 옆구리를 눈물이 찔끔 날 정도로 꼬집어왔다. 나도 집히는 대로 여기저기를 꼬집어댔고 여자애도 지지 않고 내 허벅살과 뱃살을 꼬집어댔다. 눈물이 쏙 빠질 정도로 아팠다. 해보겠다는 거야? 나는 그녀의 머리통을 잡고 귀밑 머리를 한 움큼 뽑았다. 내 머리핀과 그 근처의 머리털도 그녀의 우악스런 손에 의해 왕창 뽑혀나갔다. 팥빙수를 갑자기 삼켰을 때처럼 골이 띵했다. 그제야 상황을 안 엄마가 달려들었다.

"뭣들 하는 거야?"

그러나 우리 둘은 이미 누가 말릴 수 있는 상황이 아니었다. 어느새 우리는 교미중인 뱀처럼 엉겨버렸다.

"못 떨어져?"

엄마가 뜯어말렸지만 역부족이었다. 마침 봉고차가 우회전하는 바람에 우리는 바닥으로 굴러떨어졌다. 여자애가 짐승처럼 소리를 질러댔다. 잘 들어보니 소리를 지르는 게 아니라 엉엉 울고 있었다.

"왜 나한테 이래. 내가 뭘 잘못했다구. 엉엉. 나 잘못 없는데 왜 나한테 이러는 거야. 내가 얼마나, 내가 얼마나, 엉엉, 겁도 많고, 무서운데, 지들 집이라고 막 유세하고, 막 무시하고 막 괄시하고, 엉엉."

못된 계집애. 울긴 왜 운담. 누가 저더러 우리집에 들어오래? 나는 여자애를 내버려두고 일어나 운전석 쪽 벽을 두들겼다.

"차 좀 세워줘."

운전석 쪽에는 안 들리는지 차는 계속 달리고 있었다. 여자애는 계속 엉엉 울어대고 보아하니 엄마가 토닥거리고 있는 모양이었다. 함바집 사장님과 종업원 둘이서 잘해보라지. 나는 심통이 나서 짐칸 구석에 처박혔다. 이런 놈의 가족이 야유회는 무슨 야유회람.

잠시 후, 휴게소에서 아빠와 자리를 바꿨다. 내가 조수석으로 가고 대신 아빠가 짐칸으로 갔다. 여자애가 약간 걱정됐다. 캄캄한 데서 아빠가 더듬을지도 모르는데. 아빠는 능히 그러고도 남을 사람이다. 그런데도 오빠는 아는지 모르는지 싱글싱글이었다.

"우리 어디로 가는 거야?"

"남이섬."

"그럼 바다로 가는 거야?"

"아니, 강에 있는 섬이야."

"좋아?"

"나도 안 가봐서 몰라."

"근데 오빠, 저 여자애 졸라 칙칙해."

"왜?"

"몇 번 꼬집었더니 막 울어."

오빠의 표정이 약간 굳어졌다.

"언니를 왜 꼬집어?"

"자꾸 언니라고 부르라잖아."

"부르면 되잖아."

"싫어."

"너 그럼 학교도 안 보내고 옷도 안 사준다."

정말 치사해서. 막판엔 꼭 돈 얘기다. 나는 항의의 표시로 입을 꾹 다물고 앉아 있었다. 봉고차는 말없이 경춘국도를 달렸다. 경치는 좋았다. 하늘은 쾌청했고 들녘은 누렇게 물들어 이미 가을이 지나갔음을 일러주고 있었다.

목적지에 도착하자 오빠는 차를 세운 후 뒤로 돌아가 짐칸을 열었다. 갑자기 밝은 빛이 들어오자 눈이 부신 듯 손차양으로 햇빛을 가리며 세 사람이 내렸다.

"여기야?"

아빠는 눈을 가늘게 뜨고 강가를 둘러보았다.

"여기서부턴 배 타고 들어가야 돼요."

아빠는 혐오스러울 정도로 많은 양의 가래침을 뱉으며 말했다.

"배는 무슨. 여기도 좋은데. 매운탕집 같은 거 없나? 어, 저기 한 집 있네. 쏘가리 붕어 매운탕. 이런 날씨엔 뜨끈한 매운탕에 소주 한 잔이 최고지."

알코올중독자 아빠야 술 생각이 간절하겠지. 그 생각에 모든 걸 참고 저 짐칸도 마다 않고 여기까지 온 거겠지. 그치만 나도, 그리고 엄마도 배를 타고까지 가야 할 어떤 곳이 있다고는 생각하지 않았기 때문에 우리는 그냥 그 초라하고 허름한 쏘가리 붕어 매운탕집 안으로 기어들어갔다. 철 지난 강가라 손님이 귀했는지 주인은 반색을 했다.

"한 마리 더 넣었습니다."

주인은 매운탕을 가져오며 생색을 냈다.

"수제비도 좀더 넣어주세요."

오빠가 부탁했다.

"예에, 알겠습니다. 수제비야 얼마든지 드립죠."

주인은 그때쯤엔 이미 돈을 낼 사람이 누구라는 것쯤은 알아차린 눈치였다. 그건 오 분만 우리 가족을 지켜보면 누구라도 알게 되는 진실이다. 주인은 감자수제비를 더 가져와 매운탕에 넣었다. 울어서 눈이 통통 부은 여자애는 뭐가 그렇게 맛있는지 콧물을 질질 흘리면서도 허겁지겁 매운탕 국물을 제 입으로 퍼넣기 바빴다. 하여간 근본이 의심스럽다니깐. 그런데도 오빠는 그런 여자애를 측은한 눈길로 바라보고 있었다. 한편 엄마는 그러는 오빠의 숟가락 위에 살점들을 발라 얹어주었다. 아빠는 아무도 따라주지 않는 소주를 자작으로 부어 벌써 두 병째 마시고 있었다. 대화는 잘 이어지지 않았고 서로가 자기 이야기를 조금씩 하다가 말문이 막히면 매운탕에 코를 처박는 식이었다.

"엄마, 그럼 재결합하는 거야?"

이런 말 꺼낼 사람이 나밖에 없다는 게 우리집의 불행이다. 나는 어영부영 은근슬쩍 뭐하는 거 딱 질색인 사람이다. 엄마는 아빠가 들고 있는 소주병을 빼앗아 자기 앞에 있는 잔에 따르고 나머지는 오빠 잔에 따랐다. 그러고는 술잔을 들고 이렇게 말했다.

"재결합은 안 한다. 왜냐? 내가 함바집 해서 번 금쪽 같은 돈을 거저 느이 아버지한테 갖다바칠 수는 없기 때문이다. 그렇지만."

엄마는 오빠와 잔을 부딪치고는 말을 이었다.

"살기는 같이 산다. 왜냐?"

이렇게 말을 쉬는 게 엄마의 버릇이다. 그런데 이번에는 좀 오래 쉬었다. 게다가 뭐가 쑥스러운지 씩 웃기까지 했다.

"왜긴 왜야. 니들 불쌍해서지. 어이구, 내 새끼들."

엄마는 옆에 앉은 내 머리를 쓰다듬으며 말했다. 하지만 나는 엄마가 정말 하고 싶었던 말이 뭔지 안다. 뻔하지. 남자 품이 그리웠던 거지. 흥!

아빠는 엄마가 뭐라고 하거나 말거나 자기 앞에 있는 소주만 열나게 들이붓다가 결국 매운탕집에서 뻗어버렸다. 오빠는 아빠를 뉘

114

어놓고 여자애와 둘이 강변으로 산책을 나갔다. 나하고 엄마만 밥상 앞에 앉아 생선 눈알을 빼먹으며 시간을 보냈다.

"좋지?"

엄마가 생선뼈를 발라내며 물었다.

"좋기는 개뿔이 좋아? 심심하기만 하구."

"으이구. 이 심통하고는."

엄마가 내 머리통을 쥐어박고는 밖으로 나가 오빠네를 불러와 아빠를 짐칸에 실었다. 오빠는 호기롭게 지갑에서 만원짜리 네 장을 꺼내 계산을 했다. 여자애가 팔짱을 끼고 자랑스런 얼굴로 오빠를 올려다보았다. 우리가 모두 차에 오르자 매운탕집 주인과 그 마누라가 길가까지 나와 손을 흔들며 우리를 배웅해주었다. 그거 하나는 기분좋았다.

그렇게 서울로 돌아오던 길에 오빠가 어느 여고 앞에 차를 세웠다. 그러더니 우리 모두 차에서 내려 기념사진을 찍어야 한다고 했다. 어디에서? 오빠는 스티커사진 부스를 가리켰다. 엄마는 얼굴이 큰데도 맨 앞에서 찍어서 얼굴이 타이어만하게 나왔고 오빠와 여자애는 뒤에서 찍어서 쪼다처럼 나왔다. 나는 좀 예쁘게 나왔는데 여자애는 그게 조명발 덕이라고 구시렁거렸다. 바보. 조명은 나한테만 비추나.

그럼 아빠는? 아빠는 그때까지도 술이 안 깨 짐칸에서 내리지도 못했다. 아빠는 그대로 집까지 실려와 문짝이 부서진 자기 방에 부려졌다. 오빠와 여자애는 자기들 방으로 들어갔고 엄마는 아침을 준비해야 한다면서 함바집으로 갔다. 나는 내 방에서 생선 눈알을 괜히 먹었다고 후회하고 있다. 에이, 그런 건 고양이나 먹는 건데. 아참, 슈퍼 아줌마가 자기 집 고양이가 새끼를 다섯 마리나 낳았다면서 한 마리 주겠다고 했는데. 내일은 만사를 제쳐두고 그 고양이나 데리러 가야겠다. 야옹아, 하루만 기다려라. 언니가 간다.

그림자를 판 사나이

어린 시절에는 누구나 한 번쯤 이런 의문을 품는다. 저 별빛은 어디에서 오는가. 내가 태어나기도 전, 아니 내 할머니와 그 할머니의 할머니가 태어나기도 전에 생겨난 것일 텐데, 그렇다면 저 별은 도대체 지구로부터 얼마나 멀리 있는 것일까. 소년의 궁금증엔 해답이 없다. 그는 들고 있던 플래시의 불을 밝혀 별을 겨눈다. 이 빛도 언젠가 저 별에 가닿겠지. 내가 죽고 내 손자가 죽고 그 손자의 손자가 죽으면…… 물론 이런 가정은 터무니없는 것이다. 그렇게 약한 빛이 수만 광년을 날아가 반짝일 리가 없는 것이다. 그것보다 훨씬 더 강렬한 빛도 흔적 없이 사라지는 게 우주다.

어리석은 의문은 또 있다. 창공의 새에게도 그림자가 있을까? 저렇게 작고 가벼운 것에게 어찌 그림자처럼 거추장스런 것이 달려 있으랴 싶은 것이다. 그러나 새에게도 분명 그림자가 있다. 날아가는 새떼를 보고 있노라면 가끔, 아주 가끔, 뭔가 검고 어두운 것이 휙 지나간다. 너무 찰나여서 신경을 곤두세우고 있지 않으면 잘 모르기 십상이다. 달이 해를 가리는 걸 일식이라 하는데 그렇다면 새가 해를 가리는 이런 현상은 무어라 할까. 물론 나는 모른다. 그렇지만 가끔 새 그림자가 해를 가리는 일도 있다는 걸 말해두고 싶은 것이다.

헬리콥터에서 내려다보면 날아가는 것들에게도 그림자가 있다는 것을 분명하게 알 수 있다. 검은 카펫을 닮은 형체가 지표면에서 넘실거리며 집요하게 따라붙는다. 그림자는 광원과 자신 사이를 가로막은 물체를 결코 놓치지 않는다. 빛을 가로막으면 그뒤엔 그림자가 생긴다. 그리고 그 둘 사이엔 언제나 내가 있다.

제 그림자에 놀라던 소심한 어린아이는 어느새 자라 소설가가 되었다. 글을 써서 밥을 벌어먹고 살게 된 것이다. 아침에 일어나 조간신문을 읽고 자신을 위한 밥상을 차리고 창을 열어 안과 밖의 공기를 바꾸고 철 지난 음악을 듣는 삶. 얼마 전 옆집으로 이사온 노인은 녹차에 밥을 말아 먹으라 일러주었다. 차를 끓여 밥에 부어 먹으라는 것인데 청와지처럼 너무 짜거나 맵지 않은 밑반찬을 곁들이면 좋다. 입맛 없는 봄날, 혼자 먹는 밥상에 그만이다. 간소한 식사가 끝나면 찻주전자에 뜨거운 물을 부어 차를 또 한번 내린다. 선승의 공양처럼 깔끔하다. 그런 아침에도 마음을 살짝 흔들어놓는 것들이 있다. 이를테면 대학 시절의 연애 상대가 신문에 나와 대학생활은 그저 암울했을 따름이라고 말한다든가 하는.

마당으로 나가면 담장 아래 철쭉들이 때늦은 추위에 짓눌려 잔뜩 웅크리고 있다. 담벼락에 줄줄이 꽂혀 있는 깨진 병조각들의 위세도 오늘따라 초라해 보인다. 벽과 담 사이엔 폐타이어와 빈 화분, 스티로폼 상자들이 눈을 인 채 처박혀 있다. 언제 한번 다 들어내고 청소를 하긴 해야 할 테지만 그건 봄이나 되어야 가능한 일일 것이다. 마당 한쪽에 쳐둔 천막 아래엔 고물 자전거가 비를 긋는 여인처럼 날카로운 자세로 서 있다. 그걸 꺼내 툭툭 안장의 먼지만 털고 대문 밖으로 끌고 나간다. 페달을 밟으며 앞으로 나아가자 찬바람이 볼을 때린다. 2월 말이니 봄이라고 하기엔 좀 이르다.

신문지와 전단지를 묶었던 끈들이 어지러이 널려 있는 보급소의 문을 밀고 들어간다. 부스스한 얼굴의 중년 여자가 미닫이문을 열고 내다본다. 이불이 허리에 걸쳐져 있다. 잠시 눈을 붙이고 있었던 모양이다.

"신문을 그만 봤으면 해서요."

자는 이를 깨워 미안했지만 오래전부터 마음먹고 있던 일이었다. 매일매일의 흉사에서 벗어나고 싶었다. 아침부터 마음이 어수선하면 하루를 그냥 공치는 게 작가의 일이다. 언젠가부터 신문들은 거의 모두 조간이 되어버렸다. 아침에는 신문을 보고 저녁에는 텔레비전 뉴스를 보는 것이 평균적인 사람들의 삶이다.

"주소가……"

보급소의 여자는 의외로 선선하게 절독 신청을 받아준다.

"34-2번집니다. 행복슈퍼 옆 붉은 벽돌집."

여자는 장부를 뒤적이더니 서비스 받은 것도 없으니 구독료만 정산하고 가면 된다고 했다. 나는 지갑에서 만이천원을 꺼내 건네주고 영수증을 받았다. 여자는 내가 나가기도 전에 이불을 목까지 끌어당기며 문을 닫았다. 이렇게 간단할 줄 알았으면 진작 왔을 것을, 모두들 신문 끊기가 쉽지 않다고 하여 이제껏 망설여왔던 것이다. 나는 다시 자전거를 몰고 상가까지 나갔다. 앞바구니에 양파와 카레 분말, 감자, 포장된 닭가슴살을 싣고 집으로 돌아왔다. 어딘가에서 아릿한 비린내가 풍겼다. 자전거를 멈추고 킁킁거리며 여기저기 냄새를 맡아보았다. 나에게서 나는 것은 아니었다. 마침 부스럭 소리가 들려 뒤를 돌아보니 털이 북슬한 더러운 개 한 마리가 음식물쓰레기 봉지 옆에서 눈을 번득이고 있었다. 나는 다시 페달을 밟았다.

집에 돌아와 닭고기를 저미고 양파를 썰고 물을 끓였다. 카레 분말을 곱게 개어 끓는 물에 붓고 한쪽에선 당근과 양파를 볶았다. 고소하고 맵싸한 냄새가 온 집 안에 풍겼다. 뜨거운 김이 모락모락 나는 밥에 카레를 부어 먹었다. 저민 닭가슴살은 부드러웠고 당근도 몰캉몰캉 씹는 맛이 있었다. 그러다 한때 밥을 함께 먹던 사람들이 하나하나 생각나 울컥, 저 깊은 곳에서 무언가가 울렁거렸다. 그리고 심하게 어지러웠다. 식탁 위의 접시들마저 이리저리 움직이는 것만 같았다. 집 전체가 마치 달리는 지하철 안에 들어 있기라도 한 것처럼 가볍게 덜컹거렸다. 나는 숟가락을 놓고 눈을 감았다. 혼자 밥먹은 게 하루이틀도 아니면서 왜 이래? 어린애도 아니면서! 마음이 조금 가라앉았다. 다시 숟가락을 들었다. 그리고 묵묵히 카레와 밥, 닭고기와 익힌 야채 들을 입속으로 퍼넣었다.

접시들을 개수대에 처박고 있을 때 전화벨이 울렸다. 앞치마를 두르려다 전화를 받으러 갔다.

"여보세요?"

"나야."

"……미경이?"

"응."

"오랜만이네."

"괜찮아?"

"뭐가?"

"방송 못 들었어? 진앙은 옹진반도에서 삼십 킬로쯤 떨어진 곳이래. 몰랐어?"

그거였군, 그 흔들림은.

"진도는 얼마래?"

"몰라. 이점 몇이라던가 삼점 몇이라던가."

"너네 집은 별일 없어?"

"고양이가 집을 나갔어. 지진 나기 직전에. 고양이 찾으러 나갔다가 휘청했지 뭐야. 빈혈인 줄 알았어."

"잘 지내지?"

"응."

"……"

"오늘 좀 만날 수 있을까?"

달력을 봤다. 마감이 코앞이었다. 그리고 어쩐지 미경을 만나면 모든 일이 꼬여버릴 것 같았다.

"글쎄……"

"왜? 바빠?"

"아니, 그냥. 마감이 있어서. 무슨 일이라도 있는 거야?"

"아냐, 괜찮아. 일은 무슨. 그냥 심심해서."

"마감 지나면 전화할게."

"그래."

전화는 끊어졌다. 이 년 만에 전화를 걸어온 오랜 친구한테 아무래도 좀 가혹한 응대였다는 생각이 들었다. 그렇지만 그녀와 나 사이엔 원래 서로 일정 거리 이상의 접근은 허용하지 않는다는 묵계 같은 것이 있어왔다. 원래 저런 친구가 아닌데, 아마 지진 때문이었을 것이다. 나는 앞치마를 둘렀다. 그리고 카레가 묻은 접시를 깨끗이 씻어 건조대에 올려놓았다. 미경의 전화가 마음 한구석에서 자꾸 서걱거렸다. 어쩌면 지진은 한갓 핑계였을지도 몰랐다. 그럼 고양이를 찾자고 부른 거였나. 하지만 나는 고양이를 끔찍하게 싫어한다. 찾으러 다니는 일은 더더욱. 고무장갑을 벗어 싱크대에 걸쳐놓고 책상 앞에 앉았다. 책상 위에 올려져 있는 십사인치 텔레비전을 켰다. 지진 얘기는 어디에도 없었다. 바둑 두는 사람, 자반고등어의 맛을 보는 사람, 러닝머신 위에서 뛰는 사람들만 나왔다. 뉴스채널도 스포츠 소식만 전하고 있었다. 텔레비전을 껐다. 그때 다시 전화벨이 울렸다. 나는 수화기를 들었다.

"여보세요?"

"스테파노?"

"바오로구나."

"그럼 누구겠냐. 별일 없지?"

"응, 멀쩡해. 그냥 좀 흔들렸을 뿐이야."

"흔들려?"

"지진 얘기 하는 거 아냐?"

"지진이 났었나?"

"그럼 무슨 얘기야?"

"아니, 그냥. 안부."

"미사는?"

"다 지나갔어. 오늘 저녁은 우리 대빵이 들어가."

"잘 지내?"

"매일 똑같지 뭐. 오늘 저녁에 뭐해?"

"마감이야. 내일모레까지 단편 하나 끝내야 돼."

"하나도 안 쓴 거야?"

"아니, 거의 다 쓰긴 했는데 좀 고치기도 해야 하고."

사실은 거의 새로 써야 할 판이었다.

"그래도 좀 보면 안 될까? 신부 말 안 들으면 벌받아, 인마."

그 협박에 굴복한 건 아니었다. 그러나.

"그럼 우리집으로 와."

"알았어. 술은 준비하지 마."

금방 후회했지만 이미 어쩔 수 없었다. 하루에 두 명이나 매몰차게 돌려세울 수는 없었다. 순서가 바뀌었더라면 아마도 미경과 만나게 되었을지도 몰랐다. 에라 모르겠다. 컴퓨터를 껐다. 소설이야 어떻게든 되겠지. 꺼진 모니터의 검은 화면에 내 얼굴이 비쳤다. 나는 눈을 질끈 감았다. 어디선가 피아노 소리가 들려왔다. 옆집의 여중생이 모차르트 소나타를 연습하고 있었다. 엄한 선생한테 배우는지, 얼마 나가지 못하고 번번이 같은 소절을 반복하고 있었다. 어릴 적 대나무자로 손등을 때려가며 피아노를 가르치던 선생이 떠올랐다. 뚱뚱한 몸매에 볼품없는 턱을 가졌지만 신경은 언제나 날카로웠다. 어느 날 선생은 언제나 박자를 틀리는 한 남자아이의 뺨을 미친듯이 때려댔다. 강습생 모두 공포에 질려 울었다. 남자아이의 엄마가 찾아오자 선생은 사과를 하기는커녕 거품을 물다가 기절해버렸다. 남자아이는 선생이 죽었다고 생각했다. 아이는 선생 곁에 무릎을 꿇고 대성통곡을 했다. 대성통곡이 효험이 있었는지 선생은 곧 깨어났다. 얼굴이 하얗게 질린 남자아이의 엄마는 피아노 선생이 던져주는 반달 치 강습료만 받아들고 집을 나섰다. 그로부터 여섯 달 후, 피아노 선생은 일본 남자와 결혼하여 오키나와로 떠났다. 엄마들은 아파트 복도에 모여 선생이 사이비 종교에 빠졌다고 수군거렸다.

　바오로는 이른 저녁, 아직 해도 채 떨어지기 전에 왔다. 오른손에 밸런타인 병을 들고 있었다. 굵고 짙은 눈썹, 딱딱한 턱선 때문에 마치 엘리트 장교처럼 보였다. 그러나 발그레한 볼이 그런 딱딱한 인상을 중화시켜주었다. 그런 야누스적 풍모 덕이었는지 그는 여자애들에게 인기가 있는 편이었다. 여자애들은 편지를 보내고 그의 집 앞에서 죽치고 앉아 사람이 왜 그렇게 차갑냐며 엉엉 울었다. 짝사랑치고는 요란들 했다. 사춘기의 그 모든 난리법석은 그가 신학교에 들어가면서 끝이 났다. 그 뉴스는 너무나 충격적이어서 그가 원서를 낸 지 몇 시간 만에 온 성당에 알려졌다. 바오로가 신학교에 간대! 여자애들은 대놓고 훌쩍였고 남자애들은 입을 비쭉거렸다. 만인의 연인이 되겠다는 건가. 남자애들은 발치의 돌을 힘껏 차 굴렸다.

그러던 그도 서른다섯을 넘기면서 그런 아도니스적 매력을 잃어가고 있었다. 배도 나오고 턱선도 조금씩 무너지고 있었다. 눈의 총기는 희미해지고 가늘고 길던 손에도 살이 붙었다. 사파이어 반지가 손가락을 파고들고 있었다.

"앉아. 면 삶고 있으니까 뭐 좀 보고 있어."

나는 냄비에서 면을 건져 먹기 좋게 둥근 접시에 담아 미리 만들어놓은 토마토소스를 얹어 내갔다. 동네 슈퍼에서 사온 마주앙 스페셜을 곁들였다. 포도주 마시는 게 직업인 그는 빤히 포도주병을 쳐다보다 킥킥 웃었다.

"왜 웃어?"

"마주앙이 한국 천주교 공식 포도주잖아."

"그랬었나? 맛은?"

"좀 다르지, 아무래도."

포크에 면을 감아 돌리다가 문득 고개를 들어보니 그가 나를 빤히 보고 있었다.

"좋다."

"뭐가?"

"친구하고 스파게티 먹고 있으니까."

"왜 이래, 징그럽게."

그는 돌돌 만 면발을 입에 넣었다. 붉은 소스가 그의 베이지색 카디건 깃에 튀었다. 나는 냅킨을 건네주며 슬쩍 찔렀다.

"너, 연애하냐?"

바오로는 아무 말 없이 씩 웃었다.

"그것도 직장인데, 너 그거 그만두고 뭐 먹고살 거라도 있냐?"

"없지. 눈 깜짝할 사이에 무능력자가 되어버렸더군."

"원래 사제란 직종이 다 그렇잖아. 어느 사회든."

"나도 글 좀 써볼까?"

"글은 아무나 쓰는 줄 아냐?"

"사회적으로 무능력하기는 마찬가지잖아."

"무능력한 모든 인간이 글을 쓰는 건 아니야."

"하긴."

그는 마주앙을 홀짝거렸다.

"어떤 여자야?"

"대학생."

"미쳤구나."

"네가 무슨 생각 하는지 알겠는데, 그거하고는 달라."

"내가 무슨 생각 하는데?"

"무슨 생각을 하든, 하여튼 그건 아냐."

"그럼?"

"그냥, 내 미사 때마다 맨 앞에 와서 앉아 있어. 고등학교 때부터 그랬어."

"그게 전부야?"

"전부야."

"고백성사는 보러 안 와?"

"들어와. 그러곤 아무 말도 안 해. 말을 하라고 다그치면, 자기가 모르는 죄를 사해달래."

"예뻐?"

"예뻐. 청년단체들 엠티 갈 때 지도신부라고 따라가잖아. 한번은 청평으로 갔는데 추워서 강이 꽁꽁 얼었거든. 강 위에서 청년들이 썰매도 타고 게임도 하고 노는데, 신부님도 오세요, 그러면서 나도 끌고 들어가는데, 자꾸 걔만 보이는 거야. 그런 느낌 너는 알 거 아냐? 그애가 지나가면 어떤 광채가 지나가는 것 같아. 그애가 다른 남자애들과 장난을 치고 있으면 차마 볼 수가 없어. 하루는 배구를 하는데, 그애가 내 앞에 있었어. 여자치고는 키가 큰 편이거든. 그애가 블로킹을 하려고 점프를 할 때마다, 나 미쳤나봐, 청바지 속에 들어 있는 그 작고 단단한 엉덩이가, 올라갈 때는 잔뜩 긴장했다가 착지할 땐 살짝 출렁이잖아, 그런 게 보이는 거야. 아니, 느껴져. 마치 내가 손을 대고 만지고 있는 것처럼. 그런데 한번은 그애가 점프를 했다가 넘어졌어. 옆에 서 있던 남자애들이 팔을 붙잡아 일으켜주더라구. 그애, 까르르 웃으며 일어나면서 글쎄 오른손으로 제 엉덩이에 묻은 흙을 툭툭 털어내는 거야. 다시 흔들리는 두 덩어리의 그……"

"너 좀 심하구나."

"나도 알아."

"근데 걔가 너 좋아하는 거 확실해?"

"아니면 평일 미사까지 꼬박꼬박 챙겨서, 그것도 맨 앞자리에 서……"

"그건 그래."

"사실은 이메일도 보내와."

"내용은? 설마 자기 누드 같은 거 담아서 보내는 건 아니겠지? 날 좀 어떻게 해주세요, 신부님!"

그가 쓸쓸하게 웃었다. 그의 굵은 눈썹이 마치 위험을 감지한 곤충처럼 살짝 일그러졌다. 그는 반쯤 남은 채로 식어가는 면발을 포크로 뒤적이며 말했다.

"스테파노, 너 요즘 상태 안 좋구나."

"내용이 뭐냐니까?"

"그냥 이런저런 얘기. 상담을 가장한 연서."

"자꾸 나오네. 딴 건 없어?"

"딱 한 번 술 같이 마셨어."

"잠깐만."

나는 식탁 위의 빈 접시를 치웠다. 그리고 간단하게 술상을 보아 응접실의 소파로 자리를 옮겼다. 그러는 동안 바오로는 멍하니 앉아 내 책장 쪽을 보고 있었다. 나는 그가 가져온 스카치위스키의 봉인을 뜯었다. 아무래도 맨정신으로 듣기에는 힘든 얘기였다. 하는 사람이야 오죽하랴.

"내가 신부 같다야."

"될 뻔했잖아."

"아냐. 나는 금방 그만뒀을 거야. 연애도 맘대로 못하고 그게 뭐냐."

"저녁 미사 끝나고 나면 무지하게 공허할 때 있거든. 할머니들 앉혀놓고 기계적으로 영성체하고 복음 읽고, 복사들 데리고 들어갔다 나왔다 하다가 사제관에 오면, 문득, 이 생이 이대로 끝난다는 생각이 목을 죄어오는 거야. 나는 젊다는 게 뭔지도 모르고 토마스 아퀴나스나 파다가 이십대를 보냈어. 그런 생각 하다보니 갑갑해져서 옷 갈아입고 술집에 갔지. 바에 앉아서 막 병마개를 따는데 옆에 누가 와서 앉더라구. 걔였어. 확 향수냄새가 풍기는데 그야말로 아찔하더군."

"굶고 사니 감각만 발달하는구나. 그래서?"

"성당 앞을 지나다 봤나봐. 아님, 미행을 했는지도 모르지. 어쨌든 둘이 말없이 앉아 술을 마셨어. 술이 좀 도니까 그 여자애가 조잘조잘 말을 하는 거야. 그 작은 볼로 숨이 드나들고 그 숨이 말이 돼서 내 귓가에 살랑거리는 게……"

"그래서, 잤어?"

바오로가 나를 빤히 쳐다봤다. 나 역시 그 눈길을 피하지 않았다. 거짓말을 하려고 망설이는 눈빛은 아니었다. 그는 고개를 저었다.

"아니."

"신부가 신자하고 자는 건 반칙이겠지? 네 등뒤에 매달려 있는 예수 백으로 하는 거니까. 일종의 후광효과지."

"나도 알아."

"다행이다."

그는 소파에서 일어나 내 서가 앞으로 걸어갔다. 그러곤 손으로 책등들을 건성으로 훑었다. 드르르륵. 책들이 떨리는 소리가 들렸다.

"근데, 거기서 세실리아 봤어."

"세실리아? 미경이 말이야?"

"응, 혼자 와서 술 마시고 있더라구. 날 진작에 알아본 모양인데, 내가 어린 여자애하고 있으니까 등 돌리고 있었나봐. 화장실 가다가 딱 마주쳤어. 쪽팔리더구만."

"아침에 전화 왔었는데."

"그래?"

바오로가 몸을 돌렸다. 그때 문득, 새 그림자가 내 위를 휙 지나가는, 차갑고 선뜩한 느낌이 덮쳐와 나는 천적을 만난 설치류처럼 몸을 조금 웅크렸다. 그는 그 어린 여자애 때문에 온 것이 아니었다. 아무 근거도 없이 그런 확신이 들었다. 미경이었다. 지진이 있었고 미경이 전화를 해왔다. 그리고 바오로는 우리집에 와 있다. 이 모든 일이 우연은 아닌 것 같았다.

"맥주 없니?"

나는 냉장고에서 맥주 캔을 꺼내 갖다주었다.

"잔도."

그는 내가 갖다준 잔에 맥주를 따르고 그 위에 살짝 양주를 부었다.

"사제관에서 먹는 방식이야. 근데 아침에, 세실리아가 별말 안 하디?"

"내가 바쁘다니까 그냥 다음에 보자고 하던데."

바오로와 미경이 화장실 앞에서 조우하는 사이, 어린 여자애는 슬며시 술집을 빠져나갔다고 했다. 미안해, 나 때문에. 미경이 사과했고 그는 괜찮다고 했고, 근 십 년 만에 만난 둘은 자리에 앉아 새로운 술을 시켜 마시기 시작했다는 얘기. 그건 너무나 자연스런 일이었다. 고등학교 때부터의 오랜 친구, 게다가 술까지 센 두 남녀가, 일대일로 만났으니 술 한잔하는 것이 문제될 것은 없었다. 게다가 미경은 고등학교 시절, 바오로를 향해 연정을 불태우던 그 수다한 여자애들 중에서 단연 발군이었고 결국 인생의 한 시기, 바오로와 연인으로 지내는 영광을 누렸다. 지금까지도 그걸 영광으로 생각하는지는 모르겠지만 그때는 그랬다. 여자애들은 그녀에 대한 루머를 퍼뜨렸고 소문 속에서 미경은 수십 번 애를 낳고 유기했다. 전교 일이등을 다투는데다 미모까지 출중한 여자애가 인기 제일의 남자애와 사귀고 있었으니 그럴 법도 했다.

바오로와 나, 미경은 곧잘 함께 어울려 다녔다. 미경과는 바오로 얘기를 했고 바오로와는 미경이 얘기를 했다. 나는 아무것도 아니었지만 그랬기에 둘과 별 마찰 없이 지낼 수 있었다. 질투가 전혀 없었다면 거짓말이겠지만 그건 엄밀히 말하면 미경이라는 특정한 여성에 대한 욕망이 아니라 그런 관계에 대한 선망이었다고 할 수 있다.

사춘기에만 가능한 그 낯간지러운 진지함이 나는 부러웠다. 물론 미
경은 예뻤다. 분명한 의지를 드러내는 콧날에 동그랗고 검은 눈동자
가 어우러져 마치 네덜란드산 도자기인형 같았다.

"미경이가 그 동네에 살아?"

"친정이 그 동네잖아. 왔다가 들렀대."

"아, 맞다. 근데 남편은 어쩌고?"

나는 미경의 남편도 알고 있다. 그냥 알고 있는 정도가 아니라 한
때 꽤 친했다. 그랬으니 미경에게 소개도 해주었겠지. 바오로가 신
학교에 가겠다고 선언하자 미경은 더이상 바오로 앞에 나타나지 않
았다. 그리고 상당히 높은 점수가 필요한 대학에 여유 있게 진학했
다. 딱 한 번, 신학교 기숙사가 오픈하우스 행사를 하던 어느 봄날에
나와 함께 바오로를 만나러 간 적이 있었다. 그때도 바오로는 그녀
를 세실리아라 불렀다. 그들의 관계는 성당 주일학교에서 시작되고
끝났으므로 그게 자연스러웠다. 그러나 나는 대학에 들어가서도 미
경과 자주 만났고 간혹 남자를 소개해주거나 내 친구들과 어울려 술
을 마시고 놀았으므로 더이상은 세례명으로 부를 수 없었다. 그 봄
날, 미경은 바오로가 자는 방의 침대에 앉아 시트를 손으로 쓸어보
고 있었다. 마치 바오로의 무언가를 가져가겠다는 듯이. 그것은 일
견 에로틱한 장면이어서 바오로와 나는 짐짓 그녀를 외면한 채 애써
쾌활하게 봄을 맞은 교정의 아름다움에 대해 떠들어대고 있었다.

"그만 나가자. 답답하지 않니?"

우리 셋은 교정으로 나가 벚나무 아래 벤치에 앉았다. 바람이 불

때마다 꽃잎이 떨어져 날렸다. 그중 하나가 미경의 블라우스와 쇄골 사이 틈으로 떨어졌다. 그녀가 숨을 쉬자 꽃잎이 그녀의 가슴 속으로 내처 들어가버렸다. 나는 아무 말도 하지 않았다.

"뭘 좀 마실까?"

나는 자진하여 음료수를 사러 나갔다. 둘은 말리지 않았다. 내가 일어나자 그들도 일어나 벚나무 아래를 걸었다. 미경에겐 묻고 싶은 게 있었을 것이고 바오로에겐 답하고 싶은 게 있었을 것이다. 신학교의 교정은 그걸 하기에 적당한 곳이었다. 그들이 그날 나누었을 내밀한 대화를 나는 애써 캐내지 않았다. 그러지 않아도 그들 인생의 궤적을 통해 자연스럽게 알 수 있었다. 뭐 별거 있었겠는가. 가정을 만들기 두려워하는 남자, 지나치게 형이상학적 고민이 많은 남자와 그걸 이해하는 척해야 하는, 자기가 또래의 그 누구보다도 통제력이 강하고 지적이라고 믿고 있는 여자는 벚꽃 흩날리던 교정에서 풋사랑의 여운을 곱씹으며 서로의 앞날을 축복했을 것이다. 그리고 그후로 그 둘은 서로 어떤 인연도 맺지 않았다. 가끔 우연이 그 둘을 마주치게는 하였으나 그게 전부였다.

셋이 정식으로 다시 만난 것은 미경의 결혼식이었다. 식장은 서초동 성당이었는데 하객이 많았다. 신부는 아름다웠다. 고등학교 때처럼 예쁘지는 않았지만 하얀 웨딩드레스 안에 들어 있어 얼굴이 앙증맞아 보였다. 미경의 남편은 내게 다가와 양복을 사주겠다고 말했다. 나는 그러지 않아도 된다고 했다. 그는 돈이 굳었다며 좋아했다. 식이 끝나자 그들은 〈한여름 밤의 꿈〉에 맞춰 힘차게 팔짱을 끼고 걸

어나왔다. 둘은 행복해 보였다. 미경의 남편, 홍정식은 이미 공인회
계사 시험에 합격하여 회계법인에서 연수를 겸하여 근무하고 있었
다. 미경 역시 대학 졸업과 동시에 여의도에 있는 방송국에 라디오
프로듀서로 입사했다. 그야말로 잘나가는 선남선녀의 만남이었다.
피로연장에서 갈비탕을 먹고 있는 우리에게 다가와 미경과 정식이
반갑게 인사했다. 우리는 그들의 행복을 빌어주었다.

"애 낳으면 영세 받으러 갈게."

미경이 농담을 걸자 아직 부제였던 바오로가 웃었다. 그러나 정식
은 웃지 않았다.

"너네 본당 놔두고 왜 애한테 오냐? 그나저나 정식아, 잘해 인마.
너 땡잡은 거야. 회계사 주제에!"

정식은 그제야 웃었다. 그의 아버지는 시골 고등학교 교사였다.
그나마도 무슨 일인가로 때려치운 후, 그가 대학에 갈 무렵에는 농
사를 짓고 있었다. 늘 새로운 농법을 시도했기에 부침이 심했다. 그
는 어렵게 대학을 졸업했고 그래서 더더욱 회계사 시험에 매달렸다.
그리고 결국 시험에 패스했다. 좀 재미없는 녀석이었지만 이상하게
나와는 친하게 지냈다. 1987년도에 시위가 전국을 휩쓸 때에도, 대
학 정원의 칠십 퍼센트가 교문 앞에 모여 있을 때에도 그는 도서관
에 있었다. 그의 유일한 낙은 소설읽기였는데 숫자와 재무제표에 지
칠 때면 문학상 수상작품집이나 문예지를 읽었다. 훗날 자신이 권해
주는 소설이나 겨우 읽던 내가 작가가 되자 그는 가장 먼저 축하 메
시지를 보내왔다.

"작가가 되었다는 소식 듣고 내 일처럼 기뻤다. 부디 좋은 작품 써서 나같이 방황하는 청춘들을 구원해주렴."

나는 그가 방황했다고 한 번도 생각해본 적이 없었는데 소설을 읽던 그 시간들이 그로서는 꽤나 힘겨운 시간이었겠거니 생각하니 조금 쓸쓸해졌다. 게다가 아직도 문학이 '방황하는 청춘을 구원'할 수 있다고 믿고 있는 모습이 새삼 감동적이었다. 편지의 말미에 그는 어느 나라 민요에서 따온 구절이라며 이런 글을 덧붙였다.

"별은 빛나고 우리들의 사랑은 시든다. 죽음은 풍문과도 같은 것. 귓전에 들려올 때까지는 인생을 즐기자."

아마 미경과 연애할 때에도 그 말을 써주었을 것이다. 생긴 건 럭비선수처럼 건장했지만 내면은 소심하기 짝이 없던 그는 소설과 시의 갈피갈피마다 밑줄을 긋고 그걸 노트에 베껴쓴 후, 지하철에서 남몰래 그 구절들을 외우는 버릇이 있었다. 회계법인에 들어간 후로도 한동안은 문학에 뜻을 두고 소설깨나 써왔던 것 같은데 어느 순간, 아마 내가 작가가 된 직후일 텐데, 문학에는 관심을 끊었다. 그들 부부의 집에 초대받아 가면 그는 여전히 문학을 화제에 올렸지만 모두 오래전에 나온 책, 이제는 활발히 활동하지 않는 작가들이었다.

"그래도 네 건 읽어."

"장하다."

그들의 살림집은 아담했다. 둘의 수입이 상당했으므로 그들은 얼마 되지 않아 강남에 작은 아파트를 마련할 수 있었다. 몇 년 지나지 않아 미경은 자기 프로그램을 맡았고 정식은 점점 더 바빠졌다. 연말이라도 되면 부부끼리도 밥 한 끼 같이 먹기 어려울 만큼 바빴다. 그때쯤부터는 나한테도 연락이 오질 않았으므로 나는 서서히 정식과 소원해졌고 당연히 친구의 아내와도 그렇게 되었다. 미경이 만드는 라디오 프로그램을 들을 때도 있었지만 프로그램 어디에서도 그녀의 냄새는 찾을 수 없었다. 고등학교 때 자주 듣던 노래라도 하나 틀어주었으면 했지만 한 번도 그런 적은 없었다. 언제부턴가 미경은 십대 아이돌 스타들이 진행하고 또 그런 애들이 출연하는 저녁시간대의 음악방송만 맡고 있었다. 내가 더이상은 들을 수 없는 그런 방송들을. 그렇게 우리는 자연스럽게 멀어져갔다. 하긴, 고등학교 주일학교 친구를 서른이 넘어서까지 만난다는 것은 부자연스런 일일 것이다. 나는 점점 더 작가와 출판사 관계자 들만 만나는 사람이 되어갔다.

무언가 우당탕 넘어지는 소리가 났다. 밸런타인 병이 쓰러져 쿨럭쿨럭 내용물을 토해내고 있었다. 나는 병을 다시 세우고 휴지로 탁자를 닦았다. 바오로는 벌써 심하게 취해 있었다. 눈은 이미 풀렸고 자세도 허물어지기 직전이었다. 폭탄주 때문일 것이다.

"나, 미경이하고 잤다."

커다란 새가 날개를 펼치고 내 머리 위를 지나갔다. 어느 정도 예상했으면서도 나는 힘이 쭉 빠졌다.

"왜 그랬어? 그러면 안 되잖아."

"그럴 수밖에 없었어. 미경이가 너무 불쌍해서, 그것 말고는 어떻게 해줄 수 있는 게 없어서, 그래서 그랬어. 야, 씨팔, 그럼 어떻게 하냐. 불쌍한데."

"그래, 알았어. 뭐가 그렇게 불쌍한데? 과부라도 된 거야?"

"넌 몰라도 돼. 아니, 몰라야 돼."

그는 세차게 고개를 젓더니 노적가리 쓰러지듯 소파에 뻗어버렸다. 나는 스트레이트 잔에 술을 따라 단숨에 들이켰다. 그렇게 되었구나. 그렇게 될 거였구나. 그렇게 되지 않으면 안 될 것이었구나. 그러려고 그렇게…… 나는 화장실에 가서 오줌을 누고는 비척비척 침대에 가 몸을 뉘었다.

아침이 되자 그는 이미 사라지고 없었다. 거실 탁자도 깨끗했다. 술잔과 술병은 모두 싱크대에 옮겨져 있었다. 나는 바닥에 떨어진 것들을 주워 쓰레기통에 넣었다. 그는 너무 많은 걸 흔들어놓고 가버렸다. 아마 며칠은 소설에 손도 대지 못하리라. 그러다보면 마감도 지키지 못할 텐데. 나는 잡지사에 전화를 걸어 이번 계절에는 소설을 넘기지 못할 것 같다, 정말 미안하고 죄송하다고, 수화기에 대고 머리를 조아렸다. 편집부에선 아직 며칠 시간을 더 줄 수 있는데 왜 이러냐며, 이번 호는 가뜩이나 소설이 없어서 난리인데 당신마저 그러면 안 된다며 붙잡았다. 마음 약한 나는 결국 그럼 다시 한번 써보겠다고 말했지만 속은 영 개운하지 않았다. 숙취, 지킬 가망 없는 약속, 혼자만 간직해야 하는 비밀. 모두 지긋지긋한 것들이었다.

나는 집밖으로 나갔다. 속이 쓰렸지만 차가운 공기를 마시니 좋았다. 개천가에 만들어놓은 보도를 따라 걸었다. 자전거와 인라인스케이트를 탄 사람들이 바람을 일으키며 나를 앞서갔다. 힘이 좋은 시베리안 허스키 종의 개 한 마리가 주인을 거의 끌고 가다시피 하고 있었다. 개는 잠시 내 발치의 냄새를 킁킁거리며 맡더니 금세 흥미를 잃고 다시 주인을 끌고 앞서나갔다. 어깨가 시려오기 시작했다. 사람들은 산책로에서도 하나같이 활기찼다. 모두 뛰거나 바삐 걸으며 어딘가로 가고 있었다. 다리 밑까지만 갔다가 다시 돌아오리라. 나는 속도를 조금 높였다. 다리 밑에 다다르니 못 보던 천막이 하나 쳐져 있었다. 사오인용 주황색 천막 안에선 불빛이 흘러나왔다. 누군가가 있는 것이었다. 두런두런 말소리도 들려왔다. 밤이면 몹시 추울 텐데 용케도 여기서 버텼다 싶었다. 나는 주머니에 손을 꽂고 한참이나 그 천막을 내려다보고 있었다. 부욱, 지퍼가 열리며 남자가 얼굴을 내밀었다.

"뭐야?"

남자는 노골적으로 적의를 드러내고 있었다. 나는 당황하여 손을 내저었다.

"아닙니다. 그냥 지나가다가……"

열린 틈으로 여자의 얼굴도 얼핏 비쳤다. 스물이나 되었을까. 어려 뵈는 얼굴에 약이라도 먹은 듯 눈이 풀려 있었다. 세상 어떠한 것에도 관심이 없는 눈길이었다. 추운 줄도 더운 줄도 모를 얼굴로 그녀는 잠시 나를 응시하더니 다시 고개를 안으로 쑥 집어넣었다. 자전거를 탄 어린아이들이 나와 그들 사이를 가르며 지나갔다. 그 틈을 타 나는 집 쪽으로 되돌아가기 시작했다. 내 등에 대고 남자가 뇌까렸다.

"미친놈."

'여기서 한강까지 4.5km.' 개 한 마리가 표지판 밑동에 오줌을 갈기고 있었다. 나는 집으로 돌아와 따뜻한 물을 받아 몸을 담갔다. 괜히 아침부터 욕을 얻어먹었다는 생각에 누구에게랄 것도 없이 화가 났다. 나는 욕조에서 발로 물을 첨벙거리기 시작했다. 물이 사방으로 튀었다. 거울에도 변기에도 수납함에도 수건걸이에도 비눗물이 튀었다. 나는 손으로도 물을 튀겨올렸다. 그리고 있는 힘을 다해 소리를 질렀다. 야아아아아!

욕조에서 나와 몸을 닦고 간단한 아침을 먹었다. 옷장에서 마른 수건 몇 장과 건조대에 말려둔 걸레를 집어들고 욕실에 들어가 청소를 했다. 내가 하는 일이 이렇다. 화도 제대로 못 내고 혼자 저지른 일, 아무도 모를 일이나 조용히 뒷감당을 한다. 알고 보면 다들 별다르지 않을 것이다. 하고 싶은 대로 하고 사는 사람 몇이나 되냐. 그건 엄마의 말버릇이었다. 그렇지만 엄마는 대체로 하고 싶은 걸 다 하고 살았다. 남편도 셋이나 두었고, 여행이며 쇼핑이며 대체로 아무 생각 없이 저지르고 보는 스타일이었다. 이상한 것은 그렇게 살고도 별로 끝이 험하지 않았다는 것이다. 엄마는 헤어진 남편들에게 언제나 당당하게 생활비나 여행비, 쇼핑 대금 대납을 요구했다.

"내가 잘 살아줘야 다들 편한 거 아냐?"

엄마가 그렇게 말하면 다들 꼼짝을 못했다. 죄의식이 없는 여자에게 남자들은 약했다. 결혼을 마치 홈쇼핑처럼 여기는 여자를 어찌 당하랴. 엄마는 결혼이라는 제도의 소비자였다. 언제나 턱을 당당하게 쳐들고 자기 권리를 요구했다. "물러줘." "망쳐놨으니 책임져."
엄마는 그 몇 마디로 평생을 대체로 잘 살았다. 자식에 대해서도 별
다르지 않았다. 나로선 편한 면도 있었다. 이를테면 엄마는 내 결혼
을 결코 재촉하지 않았다.

"너 좋을 대로 해. 결혼, 그거 남자한텐 손해야."

내가 아파트 전셋값이라도 요구할까봐 엄마는 늘 전전긍긍했다.
내가 지금껏 결혼하지 않은 게 엄마 탓만은 아니지만 그렇다고 전혀
책임이 없다고는 할 수 없었다. 엄마는 끝없이 요구하는 빚쟁이, 입
을 벌리며 달려드는 아귀라는 흥미로운 여성상을 보여주었다. 내가
소설가가 되었다는 소식을 전하자 엄마는 자기가 아는 얼마 안 되는
영어단어를 다 동원하여 축하했다.

"브라보, 굿! 유어 마이 릴리 릴리 그레이트 썬!"

그리고 이렇게 충고해주었다.

"여자들을 위하는 문학을 하렴. 그럼 일생이 평탄할 거야. 여자는
아름답게 그려주고 남자들은 죽일 놈들로 만들어. 그럼 아무도 널
미워하지 않을 거다."

가끔 엄마의 그 이상한 충고를 생각하면 묘한 기분에 빠져든다.
여자를 위하는 문학? 그런 게 있기는 한 걸까? 엄마, 살아 있었다면
남편을 둘은 더 갈아치웠을 엄마. 잠재적 경쟁자인 모든 여자에 대
해 험담을 아끼지 않던 그녀는 미경에 대해서도 좋은 말을 하지 않
았다. 대학 시절, 카페에서 우연히 마주친 엄마는, 엉덩이를 들이밀
고 앉아 미경과 맥주 몇 잔을 나누어 마시다가 그녀가 화장실에 간

사이, 입이 석 자는 나와 있는 내게 짤막한 인물평을 남겼다.

"실속은 없을 상이야. 똑똑한데 남자 복이 없어. 지 속만 태우다 사십도 되기 전에 얼굴이 쭈글쭈글해질 거야. 엄마 말 틀리나 봐라."

애인이 아니라는 말은 아예 듣지도 않고 엄마는 만나기로 한 남자들과 어울려 카페를 나갔다. 물론 맥줏값도 내지 않은 채였다. 미경 역시 엄마에 대한 우회적인 평을 날렸다. 야, 너네 엄마, 끝내준다! 근데 엄마 맞아? 무슨 엄마가 이모 같아? 나는 얼굴이 벌게져 맥주만 들이켰다. 미경과 어떻게 해볼 생각도 없었지만 막상 엄마의 말을 듣고 보니 뭔가 모욕을 받은 느낌이었다.

욕실 청소가 모두 끝났다. 나는 텔레비전 앞에 앉아 이리저리 채널을 돌려가며 시간을 보냈다. 써야 할 소설은 머릿속에서 맴돌기만 할 뿐, 구체적인 인물을 보여주지 못하고 있었다. 그렇게 밤이 되었고 다시 아침이 되었고 또 밤이 되었다. 출판사 편집부에서 전화가 두 통 왔을 뿐, 아무도 날 찾지 않았다. 나는 수화기를 들고 미경에게 전화를 걸었다.

"여보세요?"

"나야."

"정말 전화했네. 안 할 줄 알았는데."

"볼까?"

"그래."

미경은 먼저 나와 기다리고 있었다. 우리는 커피를 마시며 그녀가 새로 맡은 프로그램이며 내 소설에 대한 얘기를 나누었다. 그녀는 라디오에서 텔레비전 쪽으로 옮겼다고 했다. 교양제작국으로 소속이 바뀌어 좀 바쁘다고 했다. 오랜만에 본 그녀의 얼굴은 정말 충격적이었다. 나는 엄마의 예언을 생각하지 않을 수 없었다. 이제 서른다섯이어야 할 그녀의 얼굴은 족히 마흔다섯은 되어 보였다. 확연하게 드러나는 눈주름, 힘없이 처진 볼, 퀭하고 어두운 눈, 윤기 없이 부스스한 머리카락을 보면 누구라도 나처럼 생각할 것이었다. 나름대로 명랑하게 떠들어대고 있었지만 연신 다리를 떨고 있는 것으로 보아 뭔가 심각한 문제가 있는 것 같았다. 나는 손을 들어 그녀의 말을 제지했다.

"미경아."

"웅?"

"이런 얘기 때문에 만나자고 한 건 아니지?"

"글쎄, 나도 잘 모르겠어. 내가 널 왜 만나자고 했을까?"

"자리를 옮길까?"

나는 그녀를 내 차에 태워 강변으로 데리고 갔다. 그녀는 더이상 내 얼굴을 마주하지 않게 된 게 편안한 모양이었다. 나는 라디오를 켰다. 진행자는 브라질 음악을 소개하고 있었다. 브라질을 흔히 삼바의 나라라고 하지요. 오늘 그 정열의 나라로 떠나볼까요?

"미경아, 왜 정식이 얘기는 안 해?"

미경이 신비한 자연현상이라도 본 것처럼 내 얼굴을 빤히 들여다보았다. 증오, 분노, 이해 불가능, 애처로움, 체념과 같은 감정들이 그녀의 눈빛에 드러났다가 빠르게 사라져갔다.

"너⋯⋯ 몰라?"

"뭘?"

"아, 몰랐구나. 그랬구나. 바보, 왜 넌 알고 있을 거라고 생각했지?"

그녀는 차창에 머리를 가볍게 부딪쳤다.

"난 그런 줄도 모르고 네가 잔인하다고 생각했어. 뭐 마감? 나쁜 자식. 그게 그렇게 중요해? 이러면서 너 되게 미워하고 있었어."

나는 라디오를 껐다. 삼바가 사라지고 적막이 찾아왔다. 데자뷔. 옛날에도 이런 순간들이 있었다. 미경은 찾아와 울고, 들어보면 바오로 얘기였다. 바오로가 찾아와 우는 때도 있었는데 들어보면 미경 얘기였다. 그들은 털어놓아야 할 뭔가가 있었다. 나는 그들이 부러웠다. 나에겐 누군가의 영혼에 어둠을 드리울 그 무언가가 없었다.

"내가 요즘 뭐 만드는지 알아?"

그녀는 핵심으로 나아가지 않고 화제를 돌렸다.

"다큐멘터리 만든다면서?"

"응."

"무슨 다큐야? 날아가는 철새라도 찍는 거야?"

"아니."

"그럼?"

"1994년, 영광군의 어느 국도변에서 가로수를 들이받은 차가 있었어. 화재가 발생해서 운전자는 즉사했고 차는 전소됐지. 운전자는 해산물 도매업자였어."

"그런데?"

"경찰은 사고 원인을 운전 부주의로 결론짓고 사건을 종결했어. 또, 1997년 제주도 순환도로에 세워져 있던 렌터카에서 화재가 발생했어. 신혼부부였는데 남자는 차 안에서 불타 죽고 여자는 전신에 화상을 입고 도망쳐나왔는데 지금 정신병원에 있어."

뜬금없는 이야기였다. 나는 그런 끔찍한 얘기는 본래 질색이었다. 미경은 창밖으로 담배연기를 훅 내뿜었다.

"참, 우리집 고양이 돌아왔어."

"그래?"

"근데 다리를 절어. 나갔다가 어디서 떨어졌나봐. 바보 같은 녀석. 세상엔 참 알 수 없는 일들이 많아."

"설마 〈엑스파일〉 같은 거 만드는 건 아니겠지?"

"〈엑스파일〉 좋아해?"

"아니, 난 로맨틱 코미디가 좋아. 투닥거리지만 마지막엔 모든 게 용서되잖아."

"미안해, 이런 얘기해서……"

"괜찮아."

"2001년에 강원도 평창군의 한 목장에서 소를 돌보던 남자가 화상으로 사망했어. 주변에 인부들이 여럿 있었는데 증언이 희한해. 소들이 갑자기 펄쩍펄쩍 뛰며 달려오기에 봤더니 그 남자가 온몸에 불이 붙어 고통스러워하더라는 거야. 그 남자의 주머니에선 어떤 발화물질도 나오질 않았어. 휘발유나 시너 같은 것도 검출되지 않았고. 그런데 그 남자는 뭘 뒤집어쓰기라도 한 것처럼 순식간에 불길에 휩싸여 죽어버린 거야. 그 남자의 팔과 다리는 채 불타지 않고 남았대."

"정말 끔찍하다."

나는 숨을 몰아쉬며 절레절레 고개를 저었다. 미경은 버튼을 눌러 차창을 열고 바깥 공기를 들이마셨다. 수족관의 물고기처럼 뻐끔거리며.

"2002년 가을엔 야근을 하고 나오던 한 회계사가 지하주차장에서 차를 빼다가 역시 차 안에서 불에 타 숨졌어."

어린아이들이 연줄을 잡고 우리 앞을 뛰어 지나갔다. 연은 별로 하늘 높이 날지도 못한 채 아이들의 손에 이끌려 이리저리 펄럭였다. 아이들과 연이 시야 밖으로 나가버리자 강변은 다시 고요해졌다. 어쩐지 통속적인 TV 드라마 속에 들어와 있는 느낌이었다.

"그 회계사, 너도 알고 나도 아는 사람이야."

나는 미경의 손을 잡았다. 그러는 게 예의라고 생각했다. 그녀의 눈물이 담배에 떨어져 담배 허리가 젖어들었다. 곧이어 손등에도 눈물이 떨어졌다.

"도대체 어떻게 된 거야?"

"조사중이야. 근데 희한한 건, 발화점이 이상하게도 사망자의 심장 부근이라는 거야. 있을 수 없는 일이거든. 그런데 그렇대. 안에서부터 타들어가면서 몸 전체를 태우고 그게 자동차나 집을 태운 거야. 그것도 순식간에."

"설마."

"보통 화상을 당하면 피부가 가장 큰 손상을 입는데 이런 경우엔 내부 장기가 더 심한 손상을 입는다는 거야. 안 믿어지지? 나도 그랬어. 우리들은 이런 사건을 자연발화라고 불러. 라이터도, 휘발유도 없이 그냥 한 인간의 내부에서 불이 타올라 모든 걸 태워버리는 거야."

"미경아. 나 좀 봐."

미경이 젖은 눈으로 나를 바라보았다. 나는 조심스럽게 물었다.

"너, 요즘 회사 나가지?"

미경이 고개를 끄덕였다. 그리고 억지로 웃어 보였다.

"나 정상이야. 네가 그렇게 생각하는 것도 무리는 아니야. 근데 미국에서 이런 유형의 사건에 대한 다큐가 만들어진 적이 있어. 어떤 카우보이는 사람들이 모두 지켜보는 가운데 갑자기 불길에 휩싸여 죽었어. 사람들이 달려들어 담요로 불을 껐지만 역부족이었어. 역시 손과 발, 머리는 별로 타지 않은 채로 남았어. 우리가 그냥 단순한 화재로 알고 있는 사건 중에는 분명 이런 사건들도 섞여 있어. 누군가 운전대를 잡고 콧노래를 흥얼거리며 가다가 갑자기 불길에 휩싸이는 거야. 그럼 가로수를 들이받고 쾅. 보험회사 조사팀과 경찰 교통사고 조사반은 운전 미숙으로 인한 추돌사고로 정리하는 거지. 그런데 아까 그 해산물 도매업자의 차에는 연료가 거의 남아 있지 않았어. 신혼여행중이었던 그 신부, 정신병원에 있다는 그 여자는 지금도 자연발화를 주장하고 있어. 갑자기 신랑의 몸에서 불이, 마치 휴대용 가스버너가 폭발하듯 타올랐다는 거야."

"정식이는?"

"역시 연료가 거의 없었어. 야근이 계속돼서 기름 넣을 시간도 없이 바빴거든. 너도 알잖아. 정식이는 담배도 안 피웠어. 주차장 폐쇄회로 화면을 봐도 외부에서 접근한 흔적은 없어. 그냥 정식이는 가방을 들고 차에 올라타 시동을 걸었어. 잠깐 예열을 하고 차를 몰고 앞으로 나오는데 차가 멈추더니 잠시 후 차에서 연기와 화염이 보여. 그리고 나오지도 못하고……"

미경은 더이상 말을 잇지 못했다. 나는 미경의 어깨를 감싸안으며 함께 울어주었다. 아무런 죄도 짓지 않고 성실하게 하루하루를 살던 남편이 제 속에서 타오른 불길로 죽었다는 걸 어떻게 쉽게 받아들일 수 있겠는가. 미경의 어깨를 안고 있으면서도 나는 핑크플로이드의 앨범, 'Wish You Were Here'의 표지를 생각하고 있었다. 몸에 불이 붙은 한 남자와 멀쩡한 한 남자가 황량한 거리에서 악수를 하고 있는 그림이었다. 당시의 우린 모두 핑크플로이드와 그 앨범을 사랑했었다.

"그래도 회사에서 너한테 이런 프로그램을 맡긴 건 좀 온당치 못하다는 생각이 드는데."

"맞아. 다큐 만든다는 건 거짓말이야. 생각만 해도 온몸이 벌벌 떨리는데 어떻게 만들어. 너무 우중충한 소재여서 아마 내가 하겠다고 해도 회사에서는 오케이 안 했을 거야."

"그렇게 몹쓸 회사는 아니구나."

"그냥 나 혼자 알아보고 있어. 나 말고도 꽤 돼. 그런 사람들이. 모여서 정보도 교환하고 피해자 주변 사람들도 만나보고 그래. 모두 그런 거라도 안 하면 안 되는 사람들이야. 근데 모여서 맨날 불, 불, 불 얘기만 하니까 힘들었어."

"나한테도 불 얘기만 하고 있잖아."

"그랬나?"

미경이 피식 웃었다. 나는 바오로 얘기는 하지 않았다. 그럴 만했으니 그랬을 것이다. 세상에는 알 수 없는 일들도 많고 말할 필요가 없는 일들도 많다. 어느새 하늘에는 별이 보이기 시작했다. 여의도의 불빛이 많은 별을 집어삼켰지만 그래도 몇몇 행성과 항성 들은 살아남아 오래전에 쏘아보낸 그 빛들로 반짝이고 있었다.

"그이가 죽고 나니까 문득 그 사람에 대해서 아무것도 몰랐다는 생각이 들더라구. 그냥 착한 사람이었다는 거. 애를 갖고 싶었지만 끝내 못 가졌다는 거, 아버지를 무척이나 좋아했다는 거, 야구라면 사족을 못 썼다는 거. 그 정도야. 허깨비랑 살았다는 기분이야."

"묘는 어디야?"

"납골당이 있어. 파주 쪽에."

"언제 같이 가자."

미경이 내 손을 꼭 잡아왔다. 바닥은 축축하고 등은 거칠었다.

"안 돼."

"왜 안 돼?"

"같이 가면, 너 나랑 결혼해야 돼."

미경은 처음으로 활짝 웃었다.

"미쳤구나."

"거 봐, 안 되잖아. 그러니까 너 혼자 가."

이것도 데자뷔. 똑같은 일이 그 옛날에도 있었다는 생각이 든다. 그러나 정식이 죽은 것은 처음이다. 그리고 마지막이다. 그러니 그랬을 리는 없는 것이다. 그런데도 어쩐지 이 일이 처음이 아닌 것만 같다. 나는 고개를 젓는다. 그리고 아무 말 없이 빌딩 위에서 빛나는 행성들을 바라본다. 나는 씩 웃으며 차에 시동을 건다. 부르릉. 뭔가 활기가 생기는 느낌이다.

미경을 바래다주고 집으로 돌아오는 길에 문득, 미경과 살아보는 것도 나쁘지 않겠다는 생각이 들었다. 막상 함께 지내보면 까짓, 아무것도 아닐 것이다. 같이 아침 먹고 바쁜 그녀를 출근시키고 녹차를 마시고 소설을 쓰고 음악을 듣고 퇴근하는 그녀와 저녁을 먹는 것이다. 오늘 많이 썼어? 그녀가 물으면 나는 그녀가 나간 사이에 쓴 소설들을 보여주리라. 우리 둘 다. 더이상은 어떤 것에도 흔들리지 않으며 한동안 살아갈 수 있으리라. 그렇게 누군가와 옥닥복닥 부대끼며 지내다보면, 어쩌면 내게도 그림자가 생길지 모른다. 그렇게 멋진 그림자가 생기면 사제관으로 불쑥 찾아가 얄밉도록 잘생긴 바오로 신부의 뒤통수를 한대 툭 치며 내 아이의 영세를 부탁하게 될지도 모른다. 멋진 세례명 하나 지어줘. 바오로 같은 거 말고. 일 년에 한 번은 정식의 제사도 지내주리라. 자식도 없이 죽은 녀석이 아닌가. 그 생각을 하는 사이 거대한 새 그림자가 내 머리 위를 지나간다. 하늘을 본다. 이상하다. 달도 없는 밤에 웬 새 그림자. 몸이 다시 움츠러든다. 덕분에 쓸데없는 상상은 끝. 나는 옷만 벗어던지고 침대 속으로 들어간다.

그리고 운다.

너의 의미

1

　오랜만에 도서관에 가본 사람들은 알 것이다. 뇌 속에 숨어 있던 작은 성기가 힘차게 발기하는 느낌을. 저 지중해 어딘가에 있다는 누드비치에 처음 당도한 관광객처럼 독자들은 도서관에 들어서자마자 여기저기를 기웃거린다. 책은 밝게 웃으며 어서 오라고 우리를 향해 손짓한다. 요염한 그 책들은 무한한 가능성에 대한 암시를 풍기면서 손만 대면 가랑이를 벌릴 준비를 하고 있는 것처럼 보인다. 오르가슴이 멀지 않았다. 바야흐로 우리의 뇌는 팽창하여 부풀어오르는 중이다. 우리는 허겁지겁 아무 책이나 뽑아 펼쳐댄다. 외설스런 장면이다. 그러나 이 누드비치의 풍경이 눈에 익으면 어느새 정신의 성기는 늘어지고 광대무변해 보였던 가능성의 세계는 일 제곱

미터 면적의 책상으로 한정된다. 졸음이 쏟아지거나 식욕이 생긴다. 햇빛을 오래 보지 못한 사람들의 몸에서 뿜어져나오는 퀴퀴한 냄새도 비로소 코를 간지럽힌다. 그때쯤 되면 사람들은 잡지 서가를 어슬렁거리기 시작한다. 아직 낡지 않은 것들이 주는 달콤함 속으로 빠져드는 것이다.

도서관의 그 독특한 분위기가 아니었다면 그녀의 소설은 나와 아무 인연도 없었을 것이다. 나 같은 인간이 문예지를 뒤적일 일이 어디 있으랴. 그거야말로 정말 오직 도서관에서만 가능한 종류의 일이다. 나는 국어사전만큼이나 두꺼운 문예지를 들어 표지를 훑어보았다. '한국문학과 상상력'이라는 특집 제목이 큼직하게 박혀 있었다. 상상력이라면 내 일과도 무관하지 않지. 나는 언제나 세상을 기절초풍시키고 싶어하니까. 우리 판에서는 그것을 '아이템'이라고 부른다. '깜'이라고 부르는 자들도 있다. 뭐라고 불리든 그들이 기다리는 것은 같다. 제작자들이 두 눈을 크게 뜨고 어서 계약하자고 달려들 이야기, 극장에 걸리기만 하면 수백만 관객이 내가 먼저다 네가 먼저다 앞다투어 몰려들 이야기를 말하는 것이다. 이놈의 보물찾기는 끝이 없다. 달이 가고 해가 바뀌어도 끝나지 않는다. 엄마가 도와주지도 않고 선생님이 찍어주지도 않는다. 내가 이렇게 도서관에서 시간을 죽이는 까닭이다.

그녀의 소설은 특집 바로 다음에 있었다. 그녀는 이름도 잘 기억나지 않는, 문학과 뭐라는 그 문예지에서 공모한 신인상의 당선자였다. 어느 정도 쓰면 신인상이라는 걸 타는지 궁금해진 나는 의자에 걸터앉아 책장을 넘기기 시작했다.

2

　그날 밤 아이스크림 광고 모델의 배 위에서 나는 다시 그 소설을 생각하고 있었다. 그러자 갑자기 단것이 먹고 싶어졌다. 냉장고를 뒤져 하겐다즈 아이스크림을 꺼냈다. 그걸 모델의 배 위에 숟가락으로 퍼 얹어놓았다. 녹아내린 크림이 배꼽에 고였다. 그 크림을 혀로 핥아먹기 시작하자 모델은 교미하는 뱀처럼 몸을 뒤틀었다. 다 드셨어요, 감독님? 모델이 제 배꼽 쪽을 내려다보며 물었다. 응. 맛있어. 너도 먹을래? 대답 대신 그녀는 내 머리통을 제 사타구니에 처박았다. 배꼽에서 흘러내린 아이스크림이 정수리를 적셨다. 아이스크림 모델의 사타구니는 달콤하지 않았다. 나는 끔찍한 공포에 사로잡혀 온 힘을 다해 소리를 질렀다. 이제 그만해!

　모델과 나는 침대 속에서 사이좋게 남은 아이스크림을 퍼먹었다. 처음 만나던 날, 그녀는 내 성기에 요플레를 붓고는 입으로 그것을 빨아먹었다. 아무래도 그것만은 잊을 수가 없어서 다시 그녀에게 전화를 했다. 이번에는 요플레가 없었다. 대신 하겐다즈 아이스크림을 준비해두었다. 그것은 한쪽에는 차가움을, 다른 한쪽에는 달콤함을 선사한다. 차가운 성기와 달콤한 입은 곧 달콤한 성기와 차가운 입으로 변한다. 차가워진 그 입으로 그녀는 묻는다. 감독님, 다음 작품

언제 들어가세요? 이번엔 내가 그녀의 머리통을 내 사타구니에 처박
는다. 곧 들어가. 스케줄 비워봐.

그녀는 내가 찍을 뮤직비디오의 여주인공이 되고 싶어한다. 그건
자연스러운 욕망이다. 눈 내리는 홋카이도에서 멋진 남자와 사랑하
다가 붉은 피를 점점이 뿌리며 죽는 역할이야 배우라면 누구나 한
번쯤 해보고 싶을 것이다. 이번 생은 틀렸으니 다음 세상에서 만나
자는 애절한 가사가 자막으로 깔리는 동안 그녀는 자전거를 타고 눈
길을 달려간다. 멋진 장면이 되겠지만 그녀의 몫은 아닐 것이다. 십
대 소녀들이 이름만 들어도 자지러지는 그 남자 가수의 매니저는 만
날 때마다 실실 웃으며 확답을 주지 않는다. 돈 때문이라면 뭐 현실
적인 수준에서 타협을 할 수도 있노라고 슬쩍 언질을 주었지만 이
인간은 계속 실실 웃기만 한다. 첫번째 앨범의 뮤직비디오를 찍었다
고 내게 우선권이 있는 것도 아니니 기다릴 수밖에 없다. 그래도 그
한 편 덕분에 벌써 세 명의 배우지망생과 두 명의 모델을 침대로 끌
어들일 수 있었다. 나는 누가 뭐래도 예쁜 여자가 좋다. 쓰레기라고
욕해도 어쩔 수 없다. 면전에서 하지만 않는다면.

3

그 소설가를 만났다. 남산 중턱의 호텔을 약속장소로 잡았다. 세
계적 호텔 체인의 로고가 입구에서부터 들어오는 사람을 압도하는

곳이다. 모델이든 소설가든, 신인들은 이런 데서 만나는 게 좋다. 호텔의 권위가 후광이 되어 내 머리 뒤에 찬란한 광배를 만들어준다. 처음 오는 신인들 입장에선 주눅이 들게 마련이다. 마키아벨리는 이렇게 말했다. "군주가 엄중하고도 엄중하게 경계해야 할 일은 경멸 당하거나 얕잡아 보이는 것이다." 정말 맞는 말이다. 군주가 아니더라도 경청 또 경청해야 할 말이 아닌가. 어쨌거나 그런 일을 겪지 않으려면 장소 선정부터 신중해야 한다.

검은 스커트에 새틴 재킷을 입은 신인 소설가는 결코 겁먹지 않겠다는 결의 어린 표정으로 자리에 앉았다. 아직 귀밑으로 솜털이 보송보송한 이십대 중반의 여자였다. 문예지에 실린 조악한 증명사진보다 실물이 훨씬 나았다. 저렇게 예쁜데 어쩌자고 소설 같은 걸 쓰는 걸까. 이런 호텔엔 아마 한 번도 못 와봤겠지. 여드름이 더덕더덕한 남자친구한테 손목 잡혀 어디 표백제냄새 나는 여관방 정도나 들락거렸겠지.

나는 말했다. 도서관에서, 이것이 중요하다. 도서관에서 당신 소설을 읽었고, 아주 감명깊었고, 그래서 꼭 한번 만나보고 싶었다. 한 사람의 팬으로서, 독자로서, 이런 자리를 마련해보고 싶었다. 찬사는 이쯤 하고 적당한 때가 되면 본론으로 들어간다. 당신같이 지적인 여자가 나를 위해, 그리고 한국 영화계를 위해 시나리오를 써준다면 정말 좋겠다. 우리는 멋진 파트너가 될 수 있을 것이다. 당신처럼 통통 튀는 감각의 소유자가 어쩌자고 그 칙칙한 소설 나부랭이를 쓰고 앉아 있는 거냐. 지금은 영상의 시대다. 나와 함께 걸작을 만들어 영화제 시상식에 나가는 게 어떠냐. 칸에서 붉은 카펫도 밟고.

나는 연출부로 참여해온, 사실은 그냥 기웃거렸다고 말해야 옳을 영화의 제목들을 주르륵 읊었다. 국제영화제에서 수상한 감독의 이름과 흥행 기록을 갈아치운 제작사의 이름, 억대 출연료 배우들의 이름을 차례로 주워섬긴다. 그러나 여자는 공항 안내방송이라도 듣고 있는 것 같은 표정이다. 어찌 보면 열심히 듣고 있는 것 같고 또 어찌 보면 딴전을 피우고 있는 것 같다. 골 빈 여자애들이었다면 벌써, 어머 그래요, 하며 달려들었을 텐데 역시 소설가는 좀 다르다.

그녀는 조근조근한 톤으로, 자신은 영화를 잘 모르는데다 여전히 문학을 사랑하며 게다가 신인이며 그러니 아직은 외도를 할 때가 아니라며 완곡하게 거절 의사를 밝혀온다. 거절을 해본 일이 거의 없는 여자인지 무척이나 불안정해 보인다. 벌써 다섯 잔이나 물을 마시고 있다. 무표정한 웨이터는 그녀가 잔을 비울 때마다 귀신같이 알고 다가와 또르르르 물을 따라준다. 그러면 그녀는 또 마신다. 정 못 하겠다면 어쩔 수 없는 일이다. 그러나 슬슬 본전 생각이 난다. 나는 역시 쓰레기다. 어쩔 수 없다. 그게 내 본질이다. 이제부터는 작업이다. 슬슬 침울한 표정을 짓는다. 영화 일은 너무 힘들다. 소재는 고갈되고 재능 있는 작가도 없고, 정말 힘들다. 여자는 안절부절, 미안해하고 있다. 앉아 있기가 이젠 좀 고통스런 모양이다. 그럼 내가 구원을 해줘야지. 나는 내가 지을 수 있는 최대한의 불쌍한 표정으로 이렇게 말한다. 이봐요. 그 일은 잊어버리고 요 아래 바에서 술이나 한잔하지요. 그 순간의 내 눈은 이렇게 말하고 있어야 한다. 설마 그것마저 거절하지는 않겠지, 라고. 여자는 마지못해 핸드백을 들고 자리에서 일어선다.

오늘밤은 호텔에서 잘 수 있을 것 같다.

4

상쾌한 마음으로 사우나에 들러 뜨거운 물에 몸을 푹 담그고 지난 밤의 쾌락을 생각한다. 모든 것이 쾌적했다. 이런 밤도 흔치 않다. 여자는 아무것도 요구하지 않았고 섹스 취향도 까탈스럽지 않았다. 말하자면 하자는 대로 다 하는 여자였다. 소설가들은 다 그런가? 그럴 리야 없겠지. 얼마나 까다로운 족속들인데. 그렇지만 그 여자는, 호텔방으로 끌어들이기가 좀 어려웠을 뿐, 아니 지금 생각해보면 그마저도 그렇게 어렵지는 않았는데, 여하튼 그 여자는 아무데도 걸리는 데가 없었다. 아침이 되자, 시나리오도 쓰겠다고 말했다. 커피숍에선 염소처럼 완강했지만 침대 위에선 너그러웠다. 이제 그녀는 나를 위해, 짧으면 삼 개월, 길면 일 년이 넘도록 내 영화의 대본을 써야 할 것이다. 뭐, 그 친구한테도 좋은 공부가 될 것이다. 소설가가 영화의 세계를 알아둬서 나쁠 건 없을 것이다. 이왕이면 나 같은 삼류 말고 일류와 만났다면 더 좋았겠지만 세상일이라는 게 다 그렇듯이 모든 세계에는 질서와 절차가 있는 것이다. 우리 영화만 잘돼보라. 메이저에서 왜 아니 달려오겠는가.

감독님, 하시고 싶은 이야기가 뭔데요? 침대 속에서 그녀가 물어왔다. 로미오와 줄리엣의 한국판이라고 생각하면 돼. 로미오와 줄리엣이 뭐 별건가? 이루어질 수 없는 사랑, 타오르는 정열, 자살, 질투, 뭐 이런 걸 엮어내면 되는 거 아니겠어? 조작가라면 잘할 수 있을 거야. 그 소설만큼만 쓰라구.

소설하고 시나리오는 다르지 않나요? 나는 그녀의 젖은 머리칼로 귓불을 감아돌렸다. 다를 거 하나도 없어. 조작가는 생각나는 대로 다 쓰라구. 그러고 나서 나랑 앉아서 고치면 돼. 여자는 한숨을 폭 쉬었다. 시트를 끌어올려 드러난 가슴을 가리며 여자가 물었다. 시나리오 작업을 하게 되면 감독님과 자주 만나야 되나요? 나는 그렇다고 말해주었다. 영화라는 게 본질적으로 공동작업이니까 어쩔 수 없는 일이라고 했다. 여자는 알겠다며 힘없이 고개를 끄덕였다.

5

도덕적으로 살면 걸리적거리는 게 없다. 주차위반 딱지도, 죄의식도, 전과도 없다. 도덕이라는 게 별건가. 행동방식을 규정하는 것이다. 그게 잘돼 있으면, 그리고 그게 그 사회의 도덕과 비슷하면 그것처럼 편리한 게 없다. 사람들은 이십 년 무사고 운전자를 존경한다. 무사고? 좋지. 그렇지만 그렇게 살고 싶지는 않다. 물론 그 이십 년 동안 그의 인생길은 평탄 그 자체였을 것이다. 그는 예비군 훈련을

불참하거나 범칙금 납부를 잊어버린 잘못으로 즉심법정에 불려나갈 일도 없었을 것이다. 약간의 불편만 감수하면 더는 피곤한 게 없는 삶. 그런 사람에게 인생이란, 다소 예외가 있기는 해도, 경부고속도로 같은 것이다. 규정속도를 지키면서 꾸준히 가기만 하면 목적지에 다다르는 것이다.

바람둥이에게도 도덕은 있다. 도덕적 바람둥이라는 말은 없지만 바람둥이의 도덕은 있다. 이를테면 소설『참을 수 없는 존재의 가벼움』에 나오는 토마시는 한 번 만난 여자는 삼 주 후에나 만난다는 식의 도덕을 가지고 있다. 두 여자를 동시에 만나지 않는다는 놈도 있고 심지어는 한 침대에서는 오직 한 여자와만 섹스를 한다는, 얼핏 당연해 보이는 규칙을 가진 놈도 내 주위에는 있다.

나는 아직까지 뭘 해야 되는지, 뭘 하지 말아야 하는지에 대한 개념이 부족하다. 그러다보니 내 인생은 언제나 무심결에 저지른 일들을 수습하는 데 바쳐졌다. 제작비를 감독이 좀 갖다 쓰는 게 왜 나쁜지 아직도 나는 납득하기 어렵지만 어쨌든 그 일 때문에 차를 팔아야만 했고 선배의 아내와 자다가 아닌 밤중에 린치를 당하기도 했다. 신인들과 자고 다닌다고 욕하지만 내가 강간을 한 것도 아니고 서로 좋아서 벌인 일에 대해서 왜 죄의식을 가져야 하는지 모르겠다. 물론 사정이 어려울 때는 그 여자들의 돈으로 지낸 적도 있지만 그것 역시 강도질도 아닌데 왜 비난받아야 하는지 도무지 이해할 수 없다.

나도 도덕적인 삶만이 순탄한 인생의 동반자라는 걸 잘 알고 있다.

그러나 예술가의 삶이 어찌 범인의 그것과 같으랴. 우리 예술가들은
위반을 통해서 배우고 고난을 딛고 성숙하는 존재들이다, 이거지.

6

제작사의 정피디가 계약서를 조작가에게 내밀었다. 조작가는 빈
칸에 조, 윤, 숙, 이라고 이름 석 자를 또박또박 써넣었다. 정피디는
계약금 천만원을 자기앞수표로 주면서 영수증에도 서명을 하라고
했다. 조윤숙은 그렇게 했다. 나머지 잔금 천만원은 영화가 크랭크
인하면 지급하겠다고 정피디가 말했지만 조윤숙은 그거야 무슨 상
관이냐는 무심한 표정으로 고개를 끄덕였다. 돈에 관심이 없는 건지
아니면 순진한 건지 알 수 없었다. 남의 일이지만 그래도 내 영화의
시나리오 작가가 나중에라도 돈이 적네 어쩌네 하면서 나자빠지면
곤란하기에 내가 끼어들었다.

"조윤숙씨, 계약서 꼼꼼히 잘 읽어보고 사인해. 나중엔 그게 다 족
쇄야, 족쇄."

조윤숙이 고개를 들어 나를 향해 씩 웃었다. 그녀가 그렇게 웃는
모습은 처음이었다. 그러고는 조용히 이렇게 말했다.

"족쇄도 길면 자유롭지요. 그리고 돈은 중요치 않아요."

횡령에 가담한 은행원처럼 늘 안절부절못하는 정피디는 다음 약
속이 있다며 자리에서 일어났고 천만원짜리 수표를 핸드백에 챙겨

넣은 여자와 나는 영화사 밖으로 나왔다. 갑자기 쏟아지는 햇빛이 눈부셔 우리는 잠시 멍하니 서 있었다.

"제 소설, 정말 좋았어요?"

"아, 그 소설. 글쎄, 뭐랄까."

나는 갑작스런 질문에 놀라 잠시 멈칫거렸다.

"어디가 어떻게 좋았어요?"

조윤숙이 핸드백에서 검은 선글라스를 꺼내 썼다. 초승달처럼 생긴 눈을 가리자 훨씬 자신감 있어 보였다.

"음, 역시 라스트가 죽였지."

"결말이요?"

"여자가 칼로 인형의 배를 가르면서 이렇게 말하잖아? 내 인생의 인형놀이는 이제 끝이다. 그게 멋지지."

"그거요?"

여자는 조금 실망한 눈치였다. 그렇지만 곧 밝은 목소리로 어디 가서 밥이나 먹자고 제의해왔다. 우리는 파스타를 먹고 맥주를 마셨다. 맥주를 마시는 동안 아이스크림 모델에게서 계속 전화가 왔다. 그 때문에 나는 몇 번이나 밖으로 나가 전화를 받아야만 했다. 그녀는 뜬금없이 자꾸 술을 사달라고 했다. 겨우 전화를 끊고 자리에 돌아와 앉으니 조윤숙이 물었다.

"인기가 좋으신가봐요."

"아니, 영화판이라는 데가 원래 이래. 하는 일은 없는데 전화통만 불이 나지."

"일은 언제부터 시작하죠?"

"우선, 조작가하고 내가 서로의 생각을 맞춰봐야 되거든. 이번 영화에 대한 생각이 서로 다를 수 있으니까, 우선 조작가가 간단한 시놉시스를 쓰고 그걸 갖고 어디 들어가서 트리트먼트로 발전시키자고."

"그냥 윤숙이라고 불러주세요."

"어, 그럴까?"

"다른 사람들도 그런 식으로 일하나요?"

"보통은 그렇지. 시나리오가 처음부터 나와 있는 경우도 있지만 요즘은 기획영화가 많아서 이렇게들 많이 하지. 일단 아이템 잡고 어디 들어가서 시나리오 쓰고 그다음에 캐스팅하고, 뭐 그렇게 굴러가는 거야."

그녀는 말없이 맥주를 들이켰다. 그날도 그녀는 집에 들어가지 않았다.

7

그녀가 시놉시스를 들고 온 날, 나는 지나가는 말처럼 물었다.

"윤숙씨는 사귀는 사람 없어?"

그녀는 고개를 가로저었다.

"혼자 좋아하는 사람은 있어요."

"어떤 사람인데? 글 쓰는 사람이야?"

"아뇨."

"그럼 뭐하는 사람인데?"

"나이가 좀 많아요."

"유부남이야?"

그녀는 입을 굳게 다물고 대답하지 않았다. 그랬군. 유부남이었군. 뻔한 도식이어서 묻는 내가 머쓱했다. 나는 그녀에게 너무 심각하게 생각하지 말라고 했다. 유부남은 누가 찔러주고 간 뇌물 같은 거야. 처음엔 짜릿한데 오래하면 지저분해져. 그러니 그냥 인생을 즐기라고 말해주었다. 그녀는 가타부타 대꾸하지 않았다.

나는 그녀가 만들어온 시놉시스를 검토했다. 잘만 만들면 말랑말랑하면서 산뜻한 멜로물 한 편 나올 것 같았다. 그녀에겐 다행히 영화적 감각이 있었다. 특히 멜로 코드에 강한 것 같았다. 그렇게 칭찬해주자 그녀는 얼굴을 붉혔다. 수줍음이 많은 친구였다. 수줍음, 자꾸 보니 그것도 좀 식상했다. 문득, 아이스크림 모델과 그녀의 요플레가 그리웠다. 이 말 없고 조용한 소설가에게선 점점 흥미가 사라지고 있었다. 격렬하고 퇴폐적인 섹스가 필요했다.

"정피디가 연락할 거야. 다음주에 양평쯤에 콘도 하나 잡아서 들어갈 거야. 준비하고 있어."

"네."

나는 시계를 보며 소파에서 몸을 일으켰다.

"그럼 그만 갈까?"

조윤숙은 일어나는 나를 빤히 바라보고 있었다.

"감독님 먼저 일어나세요. 전 좀 앉았다 갈게요."

"그래?"

조윤숙은 따라 일어서지 않았다. 나는 그녀를 남겨둔 채 카페 밖으로 나오자마자 아이스크림 모델에게 전화를 걸었다. 그녀는 다행히 근처에 있었다. 나는 패밀리마트로 들어가 요플레를 산 후에 그녀를 만나러 갔다. 그녀의 손에도 요플레가 들려 있었다. 우리는 쿡, 하고 웃고는 호텔방에 들어가 요플레 하나를 함께 퍼먹었다. 그리고 그녀 몸에도 부어 핥아먹었다. 그렇게 먹는 내내 자꾸 조윤숙의 얼굴이 떠올랐다. 어쩌면 그녀도 이런 섹스를 좋아하는 게 아닐까? 그런 줄도 모르고 내가 너무 얌전하게 다룬 것 아닐까. 문득 모험심이 솟구쳤다. 나는 아이스크림 모델의 배 위에서 내려와 주섬주섬 옷을 챙겨입었다.

"어디 가세요?"

"응, 편집실. 지난번 뮤직비디오 편집하기로 기사하고 얘기해놓고 깜박했다야."

아이스크림 모델은 입을 비죽거리더니 이불 속으로 쏙 들어가버렸다.

"감독님, 너무해."

"미안해. 저녁 시켜 먹든지 하고, 다음에 보자."

나는 호텔을 나와 다시 조윤숙에게 전화를 걸었다.

"나야."

"……감독님?"

"어디야?"

수화기 저쪽에선 말이 없었다. 나는 어딘지 알 것 같았다.

"아까 거기구나. 그쪽으로 갈게."

"……오세요."

나는 운전대를 잡았다. 그르르릉. 뒷바퀴가 힘차게 땅을 긁었다.

8

조윤숙은 그 카페에 그대로 앉아 있었다. 커피도 핸드백도 앉은 자세도 그대로였다. 나는 두 시간 전 떠났던 바로 그 자리에 다시 앉았다. 화장실에라도 다녀온 기분이었다.

"무슨 일이야?"

그녀는 눈을 들어 나를 바라보았다.

"일은 무슨 일이요. 일이 있었던 건 감독님이잖아요?"

그 말은 맞다. 그녀는 그대로 카페에 앉아 있었다. 그런데 왜 가만히 앉아 있느냐는 거다. 좀 이상한 거 아냐? 문득 무언가 완강한 어떤 것이 그녀에게서 느껴진다. 예감이 좋지 않았다. 여자들이 이렇게 나오면 항상 골치 아픈 일이 시작된다. 도대체 그 유부남과는 어떤 사이일까? 기분 나쁜 일에 휘말려들 것 같은 예감이었다. 호텔방에 두고 온 아이스크림 모델 생각이 다시 났다. 벌써 체크아웃하지는 않았겠지?

"감독님, 목에 립스틱 묻었어요."

그녀의 눈길이 내 목덜미에 고정돼 있었다. 손으로 목을 문지르려는데 하필 그때 휴대전화가 울렸다. 요란하게 울려대는 휴대전화를 주머니에서 꺼내려 애쓰는 동안에도 그녀의 눈동자는 내 목덜미를 뚫어져라 쳐다보고 있었다. 전화는 한 달 전에 오디션을 왔던 스무 살짜리 신인 배우였다. 안부전화라고 했다. 꼭 부적절한 시간에 안부를 묻는 여자애다. 새벽 네시에 전화를 걸어 안녕히 주무시라는 애다. 대충 윽박질러 전화를 끊고 목덜미를 문지르려는데 윤숙이 자기 핸드백에서 거울이 달린 분갑을 꺼내주었다. 비춰보니 정말 왼쪽 목덜미에 시뻘건 립스틱 자국이 나 있었다. 그녀는 티슈도 꺼내주었다. 나는 그것으로 립스틱 자국을 닦아냈다. 티슈에는 부인할 수 없는 연사의 흔적이 남았다. 차라리 손으로 닦을걸. 나는 후회했지만 이미 늦었다. 마치 연극무대에 처음 선 배우처럼 나는 허둥대고 있다. 갑자기 조윤숙이 고개를 숙인다. 그리고 어깨를 들썩이기 시작한다. 흑. 도대체 왜 우는지 까닭을 모르겠는 나는 어쩔 줄을 모르며 윤숙을 달랜다.

"이봐 조작가, 아니 조윤숙씨 왜 이래?"

윤숙은 고개를 쳐들지 않고 계속 흐느긴다. 세련된 매너의 압구정동 주민들도 더이상은 못 참겠는지 이십대 중반의 여자를 울리고 있는 남자를 힐끔거리기 시작한다. 미칠 노릇이었다. 나는 윤숙의 옆자리로 옮겨가 어깨를 감싸안았다. 윤숙이 내 어깨에 얼굴을 파묻는다. 눈물이 양복을 더럽힐 생각을 하니 우울했다. 나는 테이블 위의 티슈를 그녀의 눈과 내 어깨 사이에 슬그머니 밀어넣는다. 그런데 그녀가 그걸 빼앗아 코에 대고는 팽하고 코를 푼다. 콧물 몇 방울이 다시 내 양복을 적신다. 슬슬 짜증이 나기 시작했다.

"도대체 왜 이러는 거야?"

나는 그녀가 울지만 않는다면 유부남과의 그 상투적이고 신파적인 불륜담을 들어줄 용의가 있었다. 그리고 술도 한잔 사줄 수 있었고 뭐, 잠자리에서 따뜻하게 품어줄 수도 있었다. 울지만 않는다면. 그러나 그녀는 계속 울었고 그러자 다시 아이스크림 모델 생각이 났다.

"감독님."

그녀가 드디어 고개를 쳐들었다. 나는 그게 너무 고마워 밝은 얼굴을 지어 보였다.

"그래, 말해봐. 뭐야?"

"화 안 내실 거죠?"

"그래, 얘기하라니까."

"저 감독님…… 아, 오늘 날씨 좀 춥죠? 옷을 든든하게 입었어야 했는데, 그러니까 저는, 제가, 내가 왜 이러지, 아, 저, 네! 저, 감독님 사랑하는 것 같아요. 아니, 확실해요. 저 감독님 사랑해요. 미쳐버릴 것 같아요."

비행기가 곧 추락하겠으니 승객 여러분은 기도나 하시라는 안내 방송을 들은 것 같았다. 카페 천장에서 산소마스크가 떨어지지는 않았다. 맥이 탁 풀려버린 나는 양복이 구겨지거나 말거나 소파에 몸을 깊숙이 파묻었다.

앞에서도 말했지만 조윤숙은 미인이다. 물론 소설가치고는 미인이란 뜻이지 뮤직비디오나 영화의 주인공으로 나서도 될 정도란 얘긴 아니다. 그건 자신도 잘 알고 있다. 그러니 그녀가 시쳇말로, 뜨고 싶어서 그러는 건 아닐 것이었다. 그럼 왜? 정말 사랑에 빠졌다는 건가? 그럴 리가. 그녀는 배울 만큼 배웠고 비록 신인이지만 엄연히 소설가이고 게다가 젊고 예쁘다. 나와 두 번이나 잠자리를 같이했지만 그렇다고 사랑에 빠졌다는 건 웃기는 일이다. 가끔 배우들은 연기를 한다. 당연하다. 그들은 배우니까. 〈해리가 샐리를 만났을 때〉의 멕 라이언처럼 오르가슴도 연기하고 헤어질 때는 슬픈 표정도 짓는다. 베개를 껴안으며 사랑한다고 말하기도 하지만 그건 다 거짓말이다. 말하는 그들도 알고 듣는 나도 안다. 우리들 사이엔 보이지 않는 동시통역기가 있어 사랑의 밀어를 비즈니스 용어로 부지런히 바꾸어주고 있는데 단지 모른 체하고 있을 뿐이다. 그게 일종의 거래라는 걸 시장 참가자들은 모두 다 알고 있다. 단지 소설가 조윤숙만 모르고 있는 것이다. 저 철없는 숙맥만이.

저 여자가 날 사랑한다는 건 정말 믿을 수 없는 일이다. 그건 안 되는 거다. 나는 나를 사랑한다는 여자와 시나리오를 쓸 생각이 전혀 없다. 그 시나리오가 잘되겠는가? 나의 모든 의사표시는 사랑의 맥락에서만 해석될 것이다. 시나리오의 문제점을 지적하면 그녀는 울겠지? 시나리오의 어떤 점이 좋다고 하면 그걸 확대해석해서 하루 종일 행복해하겠지? 무슨 일이 있어도 나는 이번 영화로 입봉을 해야 한다. 그리고 이 충무로에서 내게 그럴듯한 시나리오를 써줄 사람은 저 조윤숙밖에는 없다. 오직 그녀만이 아직 내 정체를 모르고 있다. 아니 그런데 그녀는 몰라도 너무 모른다. 내가 쓰레기라는 것을. 지금까지 읽어온 사람들이라면 모두 동의할 것이다. 그녀는 내 목덜미에 묻은 립스틱 자국도 보았고 내 입에서 튀어나가는 그 교양 제로의 말투도 들었고 양아치를 방불케 하는 내 패션감각도 잘 알고 있다. 누가 보아도 난 그저 한심한 충무로 낭인이다. 이곳저곳 영화판을 기웃거리며 귀동냥이나 하고 가끔 신인들 뮤직비디오나 찍고 왕년의 연출부 시절 무용담이나 떠들고 다니면서 어리숙한 초짜 배우들이나 따먹는, 그게 일상인 나를 사랑한다니. 아무리 순진해도 그건 좀 심했다. 남자 여자가 하룻밤 잘 수는 있지. 그렇다고 엉기는 건 곤란하다.

이런 내 생각은 고스란히 말이 되어 그녀의 귓바퀴를 향해 날아갔다. 그녀는 묵묵히 듣기만 했다. 그렇게 다 듣고, 그녀는 말했다.

"감독님, 왜 자학을 하세요?"

하도 오랜만에 들어보는 말이라 나는 잠시 어리둥절했다. 자학이라니. 오, 신인 소설가 조윤숙. 넌 자학이란 말이 무슨 뜻인지 모르는구나.

9

제작사의 정피디를 만났다.

"감독님, 시놉시스 나왔다면서요?"

"시놉이 문제가 아니야."

"그럼 뭐가 문제예요?"

"조작가가 이상해."

"뭐가요?"

"글쎄, 아, 이거 참 황당해서, 하, 이걸 어째야 되지."

"감독님, 사고치셨군요. 진도를 천천히 빼셨어야지."

"그게 아니야."

"그럼요?"

"날 사랑한대."

정피디는 심드렁한 표정이었다. 사랑, 사랑, 이제 좀 지겹다는 투였다.

"이건 아주 심각해. 울고불고 난리가 났어."

"물론 데리고 잤겠지요?"

나는 고개를 끄덕였다. 정피디는 턱을 괴고 생각에 잠겼다.

"조작가 나이가 몇이죠?"

"스물여섯."

정피디는 씩 웃으며 말했다.

"데리고 사세요. 지가 좋다는데. 감독님도 미혼이고. 뭐, 여자 작가, 좋잖아요? 돈도 벌고 일은 집에서 하고."

"농담하지 마. 영화는 어쩌고."

"홍보에도 좋겠는데요. 〈연예가중계〉에 슬쩍 흘리죠. 감독과 시나리오 작가는 영화가 끝나는 대로 결혼하기로 했다고. 장르도 어차피 멜로고. 딱이네요."

"그러다 영화가 안 들어가면?"

정피디는 대답하지 않았다. 그거야 누구도 알 수 없는 일이다. 충무로는 바다거북의 세계와 비슷하다. 알에서 깨어난 새끼 거북들이 모두 바다로 가는 것은 아니다. 수많은 영화들이 제작단계에서 엎어진다. 그 정도만 돼도 양반이다. 나는 거기까지 가보지도 못하고 벌써 두 번이나 기획단계에서 주저앉았다. 그러니 영화가 안 들어가면 조윤숙과 나의 절망적 결혼관계만이 남겠지. 무엇보다 나는 조윤숙이 왜 하필 나를 택했는지를 납득할 수가 없다. 정피디를 비롯한 누구도 내게, 그도 그럴 만하다고 말해주지 않았다. 내가 여자라도 반했을 거예요, 따위의 말을 기대하는 건 아니다. 그래도 한 명쯤은, 조윤숙이 그러는 것도 무리는 아니에요, 라고 말해주지 않을까 싶었지만 그건 헛된 기대였다. 다들, 어쩌다 그런 대형 사고를 쳤느냐는 표정이다. 세상이 이럴 수는 없는 것이다. 하긴, 나 자신도 속일 수 없는데 어찌 다른 사람들을 속이랴.

"정피디, 진지하게 말해줘."

"네?"

"조윤숙이 왜 그러는 걸까?"

"좋으니까 그러겠죠."

"농담 아냐. 잘 알잖아. 나 같은 걸 뭘 보고 좋아해? 내가, 만든 영화가 있어, 얼굴이 번듯해, 집안이 빵빵해, 돈이 많아, 나이가 적어?"

감독님이 뭐가 어때서요, 란 말을 절대 하지 않으면서 정피디는 심각한 얼굴로 내 말을 듣고 있었다. 필시 잠시 후에 열릴 다른 영화 기획회의 안건을 생각하고 있음이 분명했다.

"말해봐."

"남녀관계야 아무도 모르는 거 아닙니까? 혹시 모르죠. 속궁합이 잘 맞는지."

"에이, 그건 아니야."

말은 그렇게 했지만 그러고 보니 그것밖엔 없었다. 그러나 정말 그것뿐이라면 한심한 일이었다.

"너무 그렇게 타박하지 마세요. 사랑에 빠져서 걸작 멜로물을 쓸지 누가 압니까? 다른 작가들은 그러고 싶어도 안 되는데."

10

일주일 만에 만난 조윤숙은 사막에라도 다녀온 사람처럼 얼굴이 바싹 타들어가 있었다.

"집에는 잘 얘기하고 온 거야?"

"네."

우리는 정피디가 예약해놓은 양평의 콘도로 향했다. 지난주의 고백 때문에 일을 하러 간다기보다 애정의 도피행각이라도 벌이는 분위기였다. 엿 같은 기분이었다. 지금까지 이런 늪을 얼마나 잘 피해왔던가. 이 바닥 애들과는 결코 사랑놀음을 하지 않았다. 그런 빈틈을 주지 않았던 것이다. 영악한 애들이어서 그게 거래라는 뉘앙스를 조금만 풍겨도 금세 알아들었다. 소설가니까, 언어에 민감한 사람이니까 더 잘 알아들을 거라고 생각했던 것은 착각이었다. 이런 밥통일 줄이야.

십오 평 면적의 콘도의 객실에 짐을 풀고 소파에 앉아 담배를 피워물었다. 콘도라는 곳은 참으로 묘하다. 모두를 가족으로 만들고 싶어하는 강박증 환자처럼 보인다. 콘도에만 들어오면 사람들은 기가 막히게 자기 공간과 역할을 찾아낸다. 물론 그 모델은 가족이다. 조윤숙은 벌써 그릇들을 씻고 있었다.

"뭐하는 거야?"

"쌀을 안치려구요."

"제작비에서 다 나오는데 궁상떨지 마. 나가서 사먹으면 되지."

"밥을 뭐하러 사먹어요."

그녀는 은근히 고집스러운 데가 있었다. 나는 노트북을 꺼내 전선을 연결하고 상태를 점검했다. 설거지를 마친 그녀는 노트북으로 게임을 하고 있는 나를 끝내 일으켜세워 지하에 있는 슈퍼마켓으로 끌고 갔다. 어느새 그녀는 콧노래를 부르고 있었다. 랄라라라. 바구니에 물건들을 담던 그녀는 차오르는 그 무언가를 도저히 막을 수 없다는 듯 쇄골에 손을 얹더니 이렇게 말했다.

"아, 행복해."

나는 맥주와 위스키를 바구니에 던져넣었다. 그녀가 경탄 어린 시선으로 나를 쳐다보았다.

"왜 그렇게 봐?"

"감독님은 술도 잘 드시잖아요."

"그게 뭐?"

"멋지다구요!"

나는 사랑이 호르몬의 이상분비 때문에 빚어지는 일종의 병리현상이라는 걸 잘 알고 있는, 나이 먹을 만큼 먹은 남자다. 사랑이, 우리가 지금 하려고 하는 멜로영화에서 그렇듯이, 애들 코 묻은 돈 우려낼 때나 써먹는, 일종의 청소년용품이라는 것도 잘 알고 있다. 유일하게 내가 모르는 것은 바로 내 앞에서 콧노래를 흥얼거리는 저 여자다.

늦은 저녁, 위스키와 맥주를 섞어 마시며 나는 말했다.

"우리는 살림을 하러 온 게 아니라 시나리오를 쓰러 온 거라구. 잊지 말았으면 좋겠어."

"시나리오도 쓰고 살림도 하면 좋잖아요? 영원히 할 것도 아니고."

"아니, 시나리오만 썼으면 좋겠어."

조윤숙은 다시 울먹이기 시작한다.

"정말 왜 이러는 거야? 큐피드의 화살이니 뭐니 하는 진부한 얘기 말고 내가 납득할 수 있게, 솔직하게 말해봐. 도대체 왜 자꾸 사랑이니 뭐니 하면서 사람을 괴롭히는 거야?"

"그게 그렇게 괴로우세요?"

"아니, 꼭 괴롭다기보다 일에 방해가 되니까 그렇지."

그녀는 맥주잔에 위스키를 부어 단숨에 들이켰다. 벌써 두 잔째였다. 그러더니 작심을 한 듯이 이야기를 시작했다. 너무 길고 횡설수설이어서 요약할 수밖에 없는데 요지는 이렇다. 호텔에서 나를 처음 본 순간부터 가슴이 떨렸다. 우선 그날 내가 입은 풀오버가 나와 정말 잘 어울렸다(주변에선 모두 갖다 버리라던 옷이다). 내가 바 탁자 위에 호텔 열쇠를 꺼내놓았을 때, 너무 행복해서 눈을 꼭 감아야만 했다(나는 그녀가 방으로 데리고 가도 될 만큼 충분히 술에 취했다고 생각했었다). 그녀는 나 같은 사람을 이전에는 단 한 번도 본 적이 없다고 했다. 그녀의 말을 종합해보면 나는 보헤미안적 예술가의 현신이었다. 그녀에 의하면 나는 충무로라는 지옥 같은 현실을 견디기 위해 허무한 섹스와 독한 알코올에 탐닉하고 있으며 심지어 늘 허탈한 표정을 짓고 있는 것도 그 때문이라 했다(그녀 말에 의하면 자신의 문학판 동료들은 모두 좀팽이이며 멋도 낭만도 모르는 샌님들이라고 했다). 그런데도 돈만 좇는 제작업자들은 내 가치를 모르고 있으며 나르시시즘에 빠진 배우들은 오만이 극에 달해 캐스팅에 좀처럼 응하지 않으며, 때문에 재능 있는 시나리오 작가들은 감독 보는 눈이 없어서 나 같은 감독에게 좋은 원고를 넘기지 않는다고 했다. 그녀가 언제부터 그렇게 영화계 사정에 정통해졌는지 모르겠지만 그건 사실이 아니었다. 나는 돈이 안 되는 영화를 만들 생각이 전혀 없으며, 그러므로 제작자나 투자자 들이 지금까지 내게 돈을 대지 않은 것은 나와 영화에 대한 견해가 달라서가 아니라 내가 돈 될 만한 아이템을 갖고 있지 못해서였고 배우 캐스팅이 안 된 건 보여줄 시나리오가 없어서였고 시나리오가 없는 까닭은 제작사들이

돈냄새 나는 시나리오를 내게 밀어주지 않은 까닭이다. 동어반복이다. 시나리오 작가들은 제작사를 위해 글을 쓰지 감독을 위해 쓰지 않는다는 것을 내 앞에 앉아 있는 조윤숙만 모르고 있는 것이다. 물론 그녀가 날 위해 기가 막힌 시나리오를 써주면 그것으로 만사 오케이다. 제작사는 캐스팅에 나설 것이고 배우들은 시나리오만 좋다면 까다롭게 굴지 않는다. 그러니 조윤숙이 할 일은 내가 세상으로부터 버림받은 비운의 천재라는 사실을 증명하는 게 아니라 수백만 관객을 극장 앞으로 끌어들일 멋진 시나리오를 쓰는 것이다. 그런 진실을 채 설득하기도 전에 그녀는 내 품에 안겨왔고, 정말 원치 않았지만, 나는 다시 그녀와 몸을 섞었다. 이 어쩔 수 없는 육체의 감옥! 이 개미지옥에서 감미로운 고통에 사로잡힌 여자와 정사를 벌이는 건 정말이지 부담스런 일이다. 난 그 고통과 감미의 원천이다. 내가 사라지면 모순은 사라진다. 그렇지만 난 사라질 수 없다. 나는 가늘고 길게 살면서 세상의 온갖 향락을 최대한 즐겨볼 작정이니까. 나는 고통도 감미도 다 싫다. 문득 그 두 가지가 모두 필요 없는 아이스크림 모델 생각이 간절했다.

11

그녀가 시나리오의 초고를 쓰는 동안에 나는 콘도를 나와 서울로 차를 몰았다. 처음에 그녀를 만났던 도서관으로 돌아갔다. 이렇게 자주 오게 되면 도서관도 더이상 에로틱하지 않다. 들어서자마자 목표한 책으로 그대로 돌진하게 된다. 일체의 전희도 애무도 없이 바로 본론으로 들어가는 중년의 섹스처럼 되어버린다. 어째서 내 머릿속의 모든 비유들은 그것과 관련되어 있는 것일까. 아 정말 쓰레기인 것이다, 나는.

어쨌거나 내가 직행한 곳은 정기간행물 열람실이었다. 목표는 조윤숙이 신인상을 받은 바로 그 문예지였다. 그녀의 소설을 다시금 꼼꼼히 읽어보았다. 남자 주인공은 어떤 여자를 만나 사랑에 빠진다. 그러나 여자는 그 남자를, 뭔가 아주 섬세한, 내가 도저히 이해할 수 없는 이유로 싫어한다. 그래서 남자는 극심한 고통을 겪는다. 출판사 편집장인 그 남자는 결국 자살을 택한다. 남자는 유서를 남긴다. 유서는 장황하게 인용되어 있는데 그 부분은 좀 지루하여 그냥 지나갔다. 출판사에선 가뜩이나 읽기 힘든 유서를 더 작은 글씨로, 게다가 친필의 느낌을 더한답시고 비뚤비뚤한 글자체로 편집해놓았다. 어쨌거나 그 여자는 자신을 스토킹하던 남자가 죽은 후, 오랫동안 곁에 두고 있던 인형의 배를 칼로 가른다. 다시 읽어보니 좀 섬뜩한 내용이었다. 조윤숙이 나를 스토킹하는 건 아니었지만 그래도 결말이 그렇다는 건 좀 꺼림칙했다. 뭐야? 왜 그때는 이 소설이 좋다고 생각했던 거지? 지금 보니 아주 상투적인 이야기였다. 여자는 요즘 소설 속의 주인공들이 그렇듯 관습적으로 우울하고, 물론 살기도 혼자 살고, 친구도 없다. 나중에 죄도 없이 할복을 당한 인형이 그녀의 유일한 친구다. 직업도 현실에서는 보기 힘든 직업이다. 식충식물

재배가 본업이고 홈쇼핑 텔레마케터를 아르바이트로 하고 있다. 남자는 어느 날, (뻔하다) "식충식물을 사러 왔다가 그녀와 마주친다. 그리고 (유치한 비유다) 식충식물에 끌려드는 한 마리 파리"처럼 그녀에게 이끌린다. 여기까지 봐서는 나와 아무런 상관이 없어 보인다. 나는 식물을 기르지도 않고 출판사에 다녀본 적도 없다. 소설 속의 남자처럼 진지하지도 않다. 약간 안심을 한 상태에서 독서를 끝냈지만 어쩐지 개운하지가 않다. 도대체 뭘 얘기하려는 거야? 갑자기 주제가 궁금해졌다. 내 능력으로는 도저히 그걸 밝혀낼 수 없을 것 같았다. 다행히 이런 문학상 수상작은 뒤에 심사평이 따라붙는다. 그걸 읽어보기로 한다.

근엄한 얼굴의 심사위원 둘, 좀 덜 근엄한 얼굴의 심사위원 한 명이 두 페이지 가량의 평을 써놓았다. 그중 가장 근엄해 뵈는 심사위원의 글을 먼저 읽었다. 그는 심사과정을 다소 장황하게 써놓은 후에 조윤숙의 작품은 근래 보기 드문 진지한 작품이며 특히 주제를 포착하고 그것을 형상화하는 능력이 탁월하다고 했다. 그 심사위원이 보기에 조윤숙 소설의 백미는 바로 그 '유서'라고 했다. 내가 읽지 않은 바로 그 부분이 핵심이라니. 좀 당혹스러웠으나 일단 끝까지 읽어보기로 했다. 심사위원 생각에는 바로 그 유서에 소설의 주제가 드러나 있는데 그 주제는 바로, 왜 하필 그 사람인지를 설명할 수 없는 데에서 오는 고통, 이라고 했다. 한국말인데도 금방 이해되지 않았다. 왜 하필 그 사람인지 설명할 수 없는 데에서 오는 고통? 과연 유서가 있는 페이지를 다시 들춰보자 그 말이 이해가 갔다. 남자는 그 여자와 사랑에 빠졌지만 왜 하필 그 여자인지 끝내 납득하지 못했다. 왜 하필 너지? 누구에게도 소개할 수 없고 못생겼고 정말 형편없는 너, 그런데 왜 너의 매력은 시들지 않지? 그리고 너로 인한 이 고통은 왜 이토록 오래 지속되는 거지? 출판사 편집장을 괴롭힌 건 바로 그 문제였다.

조윤숙의 소설보다 심사위원의 심사평이 더 흥미로웠다. 그 주제는 지금의 우리 관계에 어떤 암시를 던져주고 있었다. 우린 뭐지? 조윤숙의 태도로 봐서 우리 관계는, 그 주제에 부합하지 않는다. 그녀는 나를 진심으로 사랑한다고, 수없이 '간증'을 했다. 심지어 내가 술을 많이 마시는 것조차 멋지다고 한다. 믿습니까? 믿습니다! 소설 속의 남자는 그 어떤 사랑의 증거도 자신에게, 그리고 타인에게 제시할 수 없어 괴로워했지만 윤숙은 아니다. 아, 고급 문학을 오래 읽고 있으니, 게다가 심사평까지 읽고 있노라니 머리에 쥐가 난다. 나는 머리를 쥐어뜯었다. 그러나 명작은 언제나 해답도 마련되어 있다. 백 번 읽으면 제아무리 어려운 문장도 그 뜻을 알게 된다고 하지 않던가. 나는 세번째 독서에서 내게 다가온 운명의 정체를 알았다. 나는 문학과 뭐라는 그 문예지를 조용히 바지 속에 집어넣었다. 아마 도서관에서 문예지를 훔쳐나가는 사람은 나밖에 없을 것이다. 설령 들고 나가다 걸려도 가난한 문학도라며 동정해줄지도 모른다는 생각에 용기를 냈다. 나는 불룩해진 바지를 겨우 추스르며 도서관을 빠져나왔다.

.

12

나는 노트북 컴퓨터 앞에 앉아 열심히 자판을 두드리고 있는 그녀에게 훔쳐온 문예지를 펼쳐 들이밀었다.

"이 초등학교 교감처럼 생긴 심사위원의 평, 어떻게 생각해?"

"뭐가요?"

"동의하는 거야? 왜 하필 그 사람인지를 설명할 수 없는…… 어쩌구 하는 거?"

조윤숙은 고개를 살짝 오른쪽으로 기울였다.

"글쎄요."

어쭈, 이것 봐라?

"글쎄요라니? 동의하면 하고 아니면 아니지 글쎄요가 뭐야? 자기가 썼잖아?"

"자기가 썼다고 다 아나요? 해석이야 하는 사람 마음이지요."

"오호? 써놓고 모르시겠다?"

"제 소설이라서 객관화가 잘 안 돼요."

나는 그녀 옆에 앉아 빤히 그녀의 옆모습을 바라보았다. 그녀는 개의치 않고 열심히 액정모니터를 응시하고 있었다.

"내 생각엔 말이야, 조윤숙씨가 그 평에 너무 감명을 받고 아예 인생도 그렇게 살아버리기로 마음먹은 것 같아. 말하자면 속편을 쓰는 거지. 야, 멋지다. 인생이 소설의 속편이라니. 안 그래?"

"속편이라니요?"

"속편이 아니라는 거야?"

"도대체 무슨 말씀이세요? 시나리오 말씀하시는 거예요?"

"아니, 네가 나를 사랑하네 어쩌네 하는 거 말이야. 나 딱 감 잡았어. 이번 연애의 주제는 그거 아냐? 왜 하필 나인지를 설명할 수 없는 데에서 오는 고통! 나에겐 그런 우스꽝스런 고통을 안겨주고 실실 쪼개면서 관찰하고 있는 거 아냐?"

조윤숙은 나이 많은 누이들이 하찮은 잘못을 저지른 동생들에게 그러하듯이 한없이 따사로운 미소를 지었다. 그리고 손을 내밀어 내 손을 잡았다.

"자학하지 마세요. 감독님은 누구보다도 멋진 분이세요."

나는 그녀의 손을 뿌리쳤다. 어쩐지 그녀가 쓰고 있는 시나리오에 이 장면이 들어갈 것 같은 불길한 예감이 들었다.

"정말 미치겠군. 그게 바로 내 고통이래두."

그녀는 고개를 저으며 내 쪽으로 다가앉았다.

"그런 주제 분석은 평론가에게 맡기세요. 우리는 영화에만 집중해요. 영화는 살아 있는 생물이잖아요. 『해석에 반대한다』 같은 책도 못 보셨어요? 우리, 걸작 한번 만들어봐요. 그래서 칸의 레드 카펫을 함께 밟아요."

"시나리오 작가는 카펫 안 밟아."

"감독님이 밟으실 거잖아요. 그것만으로도 충분해요."

나는 양철재떨이에 담배를 비벼껐다. 거대한 어둠이 입을 벌리고 있었다. 예술의 길은 왜 이리 험난한가. 나는 한숨을 푹 쉬었다.

"그래, 알았어. 열심히 해보자구."

조윤숙의 얼굴이 밝아졌다. 나는 자리에서 일어나 통유리창을 열고 콘도 베란다로 나가 담배에 불을 붙였다. 있는 힘을 다해 연기를 빨아들였다가 양평의 하늘을 향해 힘차게 내뿜었다. 어느샌가 그녀는 베란다로 따라나와 등뒤에서 나를 꼭 껴안고 있었다. 그러곤 나직이 속삭였다.

"감독님, 사랑해요."

마지막 손님

"아무래도 저녁을 차려야 하지 않을까?"

영선은 분홍색 고무장갑을 벗어들며 거실 쪽을 향해 물었다. 부엌과 거실 사이엔 두 사람이 겨우 앉을 수 있는 호두색 식탁이 있었다. 식탁 너머에선 정수가 등을 보인 채 작업을 계속하고 있었다.

"밥은 무슨. 금방 왔다 갈 거야. 신경쓰지 마."

정수는 목장갑을 낀 왼손으로 땀을 닦으며 말했다. 영선은 마른행주로 싱크대를 훔쳤다. 그리고 고개를 들어 개수대 위쪽으로 난 창에 시선을 주었다. 가끔 고양이가 창틀에 앉아 빤히 그들의 반지하 방을 내려다보고 있을 때도 있었다. 그럴 때면 영선은 먹다 남은 생선토막이라도 던져주곤 했다. 그러나 요즘 들어 고양이의 방문은 조금 뜸해졌다.

정수가 가는 붓을 물통에 담가 헹구자 영선은 그 물통을 화장실

변기에 가져가 비웠다. 그리고 새로 물을 받았다.

"하필 오늘 같은 날 온다는 거야? 그것도 오밤중에."

거실에 켜놓은 텔레비전에선 보신각 타종을 구경하러 종로로 몰려드는 인파를 보여주고 있었다.

"뭐, 자기도 궁금하겠지."

"하여간 부엉이들이야. 아, 내년이 원숭이 해라며?"

영선은 물통을 가져다주며 정수의 어깨에 살며시 손을 얹었다. 정수는 여러 색의 물감을 섞어 자신이 원하는 색을 만들고 있었다.

"너, 원숭이지?"

"응."

영선은 스물넷이었다. 미술로 유명한 대학의 조소과를 졸업했고 졸업장의 잉크가 마르기도 전에 같은 과 선배인 정수와 결혼했다. 청첩장을 돌렸을 때 장난으로 생각했던 친구가 많았을 정도로 이른 결혼이었다. 결혼 전부터 이미 그녀는 인터넷 관련 회사에 취직해 그래픽 디자인 일을 하고 있었고, 남편은 아는 사람의 소개로 들어간 한 영화사의 미술부에서 일하고 있었다. 소규모 벤처기업에 다니는 영선도 바빴지만 정수는 더했다. 밤샘작업이 날마다 이어졌다. 일정이 넉넉한 영화는 한 편도 없었다. 장도리와 망치를 끼고 사는 세월이었다. 며칠 만에 뚝딱뚝딱 근사한 세트를 만들어내기도 하고 그렇게 만든 세트를 단 몇 시간 만에 박살내기도 했다. 미술부의 일이라는 게, 잘한 건 여간해서 티가 안 나고 못한 건 눈에 확 띄었다. 좋은 소리보다는 욕을 많이 먹는 일이었다. 영선은 그런 곳에서 썩

히기엔 남편의 재능이 아깝다고 생각하는 편이었다. 그러나 입 밖에 내서 말하지는 않았다.

일주일 전, 정수는 화방에서 재료들을 사와 집에 들여놓았다.

"이게 다 뭐야?"

"시체가 필요하다는군. 감독이 전공을 살려보래."

정수가 최근에 시작한 영화는 연쇄살인사건을 다룬 미스터리 스릴러였다. 시나리오상으로는 모두 다섯 구의 시체가 등장하는데 그중 네 구는 배우들을 특수분장시켜 찍을 생각이었다. 나머지 한 구가 미술부의 몫이었다. 마네킹에 분장을 하고 적당한 변형을 가해 진짜 시체처럼 만들어야 했다. 정수는 정말 열심히 일했다. 조소과에서 오 년 동안 익힌 기술과 영화판에서 어깨너머로 배운 기법을 모두 동원해 그야말로 그럴듯한 여고생 시체를 만들어가고 있었다. 물론 영선도 틈틈이 그를 도왔다. 마네킹에 입힌 교복도 영선 것이었다. 그들은 아직 결혼식의 부케도 시들지 않은 신혼이었다. 영선은 학창 시절처럼 함께 뭔가를 만들고 있다는 것만으로도 행복했다. 비록 그것이 살해된 여고생의 시체일지라도.

"감독은 언제 온대?"

"거의 다 왔대."

"혼자 오는 거야?"

"응."

"결혼은 했어?"

"했었지. 몇 달 전에 마누라가 뉴질랜드로 떴어. 중학교 다니는 딸까지 데리고."

영선은 물끄러미 남편의 손동작을 지켜보았다. 그의 붓은 입가에서 목으로 흘러내리는 핏자국을 검붉은 물감으로 그리고 있었다. 가장 섬세한 터치를 요구하는 얼굴 부분에서 그는 바짝 긴장하고 있었다. 그쪽으로 클로즈업이 들어올 게 분명했다. 거무튀튀하게 부패해들어가기 시작한 목줄기는 훤한 형광등 불빛 아래에서도 정말 감쪽같았다. 만약 도둑이 들어와 이 마네킹에 발이라도 걸려 넘어진다면, 아마 심장이 턱, 멎어버릴 것이다. 그 생각을 하며 영선은 쿡, 웃었다.

"뭐가 웃겨?"

"아니야, 아무것도. 아, 이제 다 끝나가네?"

"너도 고생 많았어. 감독만 오케이하면 내일부턴 좀 쉬자. 가까운 온천에라도 다녀올까?"

"늙은이들처럼 무슨 온천?"

"새해잖아."

영선은 벽시계를 쳐다보았다. 밤 열한시가 다 되어가고 있었다. 정수는 마네킹을 훑어보다가 발 쪽을 가리켰다.

"어, 저 오른발 좀 제껴라. 너무 똑바로잖아. 시나리오엔 달아나다 발목이 부러지는 걸로 돼 있어."

영선은 여고생 마네킹의 오른발을 잡아 살며시 비틀었다. 그러나 의외로 완강했다. 그녀는 두 손으로 힘껏 바깥쪽으로 발목을 비틀어젖혔다. 으드득. 발목이 돌아갔다. 어쩐지 기분이 좋지 않았다. 바로 그때 딩동, 벨이 울렸다. 정수는 붓질을 멈추었고 영선은 현관으로 나갔다. 문을 여니 안경을 쓴 감독이 서 있었다. 영선은 가끔 신문의 연예면에 등장하는 그 얼굴을 기억하고 있었다.

"어서 오세요. 날이 춥죠?"

감독은 조용히 세제가 담긴 비닐봉지를 내밀었다.

"이거 받으세요."

"뭘 이런 걸."

"신혼집에 그냥 오기가……"

영선은 세제선물세트를 받아 식탁 옆에 세워놓았다. 감독은 파카도 벗지 않고 바로 정수가 서 있는 거실 쪽으로 걸어갔다. 정수와 목례를 나눈 후, 마치 강력계 형사처럼 거실에 가로누워 있는 시체 모형을 조심스럽게 내려다보았다.

"이거구만."

"네."

장난을 하다 들켜버린 어린아이처럼 정수의 볼이 발갛게 상기되어가는 것을, 영선은 슬쩍 훔쳐보았다. 이런저런 전시회에 내보낼 작품을 완성할 때면 정수는 언제나 저런 표정을 짓고 있었다. 그것은 그녀에겐 아주 익숙한 모습이었다. 감독은 그런 정수에겐 관심이 없었다.

"잘 나왔네."

감독이 쯥, 입맛을 다셨다. 영선은 정수의 눈치를 살피며 감독에게 물었다.

"저, 커피 한잔 드릴까요?"

"아 네, 좋지요."

영선은 감독을 그들 부부가 아침마다 얼굴을 맞대는 식탁으로 안
내했다. 식탁으로 가면서도 감독의 시선은 계속 거실의 시체를 힐끗
거렸다. 감독이 후드 달린 오리털파카를 벗으며 의자에 앉자 정수도
감독의 반대편에 자리를 잡았다.

"하, 벌써 올해가 다 가다니."

감독이 부엌 벽에 붙어 있는 달력을 보며 말했다.

"그러게 말이에요."

정수가 불쑥 일어나 12월 치 달력을 부우욱, 뜯어냈다. 달력이 걸
려 있던 자리에 텅 빈 벽이 나타났다. 달력 때문에 때를 덜 타서 그런
지 주변보다 조금 밝아 보였다.

"고생 많았겠는데?"

"뭘요."

"시체는 처음이지?"

"네, 근데 생각보다 쉽지 않네요."

정수가 머리를 긁적였다.

"그럴 거야."

"감독님도 미스터리는 처음이시죠?"

감독은 대답하지 않았다. 대신 양손으로 제 양볼을 쓰다듬으며 마
른세수를 했다. 피로해 보였다. 영선은 커피메이커에서 포트를 분리
해 감독과 남편에게 커피를 따라주었다. 감독은 각설탕을 넣고 스푼

으로 휘휘 저었다. 어정쩡하게 서 있던 영선은 작은 스툴을 가져다 그들 사이에 앉았다.

"개봉일은 언제쯤인가요?"

감독이 영선을 빤히 쳐다보자 영선은 슬쩍 그 시선을 피해 식탁의 설탕단지를 끌어당겼다.

"글쎄요, 촬영이 끝나봐야."

감독은 어깨를 슬쩍 치켜올리고는 커피 잔을 들어 홀짝거렸다. 영선은 그런 남자들을 알고 있었다. 모든 것에 불투명한 태도를 보이면서 심지어 그것을 멋으로 생각하는 남자들. 그는 왜 이혼했을까. 바람이라도 피운 것일까. 생각해보았지만 답이 없었다. 그러는 사이 감독의 눈길은 거실에 누워 있는 여고생 마네킹 쪽으로 돌아갔다. 그의 시선을 따라 정수와 영선의 시선도 움직였다. 결국 셋의 눈길은 교복을 입은 채 피를 흘리며 쓰러져 있는 여고생 마네킹으로 모였다. 영선이 물었다.

"거의 다 된 거 같은데…… 언제 가져가실 거예요?"

감독은 다시 영선의 눈을 정면으로 바라보며 천천히 입을 뗐다.

"……여기 며칠 좀 놔둘 수 없을까요?"

"왜요?"

"가져가도 마땅히 놓을 데가 없어서요. 이 신 찍으려면 아직 며칠 남았거든요. 사무실도 비좁고……"

영선은 자신도 모르게 얼굴을 찌푸렸다. 입가에 피를 흘리는 마네킹도 문제였지만 무엇보다 작품이 눈앞에 있으면 끝없이 수정을 계속하는 정수의 성품이 마음에 걸렸다. 그러나 어쩌랴. 가져갈 데가 없다는 데야.

감독은 커피 잔을 깨끗이 비운 뒤, 자리에서 일어났다. 그는 마지막으로 거실에 가로누운 여고생을 힐끗 훔쳐보고는 현관에서 검은색 구두를 신었다. 구둣주걱을 찾는 듯 주변을 두리번거리더니 포기하고 그대로 뒤꿈치를 밀어넣었다.

"벌써 가시게요?"

"새해 복 많이 받으십시오. 정수 너도."

영선은 문을 열어주었다.

"안녕히 가세요."

"연락드릴게요."

반지하의 계단을 올라가는 그의 발걸음 소리가 들렸다. 그는 아주 천천히 발을 옮기고 있었다. 둘은 큰 소리가 나지 않도록 조심스럽게 문을 잠갔다. 그리고 거실로 돌아와 다시 마네킹 옆에 앉았다. 영선은 물끄러미 마네킹에 입혀진 자신의 교복을 내려다보았다. 정수는 굳기 시작한 물감을 풀고 있었다.

"어라, 이것 봐라. 얘가 원래 눈을 뜨고 있었던가?"

정수의 손이 마네킹의 눈을 가리켰다. 이런 장난이 한두 번은 아니었지만 영선은 새삼 그 눈빛의 생생함에 놀라 가벼운 몸서리를 쳤다.

"아이, 왜 그래? 무섭잖아."

영선이 눈을 흘기며 정수의 팔을 살짝 때렸다. 어디선가 야옹. 고양이 울음소리가 들렸다. 고개를 들어보니 창턱에 흰줄무늬의 도둑고양이가 앉아 있었다. 영선은 창 쪽으로 걸어가 고양이를 잠시 쳐다보았다. 낯선 놈이었다. 영선은 손을 뻗어 쾅. 유리창이 깨지도록 거칠게 창문을 닫았다. 바로 그때 텔레비전에선 카운트다운을 하는 아나운서의 목소리가 들렸다.

뎅, 뎅, 뎅. 서른세 번의 둔중한 종소리와 함께 새해가 시작되었다. 종로에 모인 십만의 인파가 소리를 지르고 있었다. 불꽃과 폭죽들이 도시의 대기 속으로 치솟아올랐다. 그제야 정수도 텔레비전으로 시선을 돌렸다. 아무 표정도 없었다. 영선이 일어서며 방바닥에 굴러다니는 리모컨을 집어들었다. 텔레비전이 꺼지자 젤리처럼 끈적한 침묵이 그들의 반지하 신혼방으로 스르르 내려와 차곡차곡 고였다. 새해였다.

너를 사랑하고도

1. 남男

그해 겨울 나는 날마다 수영을 하러 다녔다. 새벽 다섯시 반에 눈 비비고 일어나 머리맡에 놓여 있는 수영복 가방을 들고 살을 도려내 겠다며 달려드는 칼바람을 헤치고 수영장까지 걸어갔다. 탈의실에 서 옷을 벗으면 온몸에 닭살이 돋았다. 그때까지도 잠이 덜 깨어 있 기 일쑤였다. 샤워장에 들어가 뜨거운 물을 뒤집어써야 비로소 정신 이 들었다. 그렇게 대충 몸을 씻고 수영모자와 물안경을 쓰고 종종 걸음으로 달려가 다이빙을 했다. 잘되는 날은 상쾌했지만 자세가 나 빠 물안경이 벗어지거나 배에서 펑 소리가 나는 날엔 어쩐지 그날의 운수가 좋지 않을 것만 같았다. 그러니까 다이빙으로 하루의 운세를 점친다고 할 수 있었다.

"발끝을 보세요."

수영강사는 그렇게 가르쳤다. 물로 뛰어들 때 자기 발끝이 보여야한다는 것이다. 그렇지만 그렇게 한다고 다 성공하는 건 아니었다. 그것 말고 뭔가 더 중요한 것이 있을 것이다. 말로는 설명할 수 없는그 무엇이.

단조로운 일상만 반복될 것 같은 수영장에서도 가끔은 이상한 일이 벌어진다. 언젠가 어떤 오십대 여성이 수영모자와 물안경만 쓰고 샤워장을 나섰다. 샤워하느라 벗어놓은 수영복은 그대로 샤워기조절 레버 위에 걸쳐둔 채였다. 이미 풀에 들어와 있던 다른 여자들이 어서 돌아가라고 열렬히 손짓했지만 그녀는 그걸 어서 오라는 신호로 받아들인 것 같았다. 더 잰걸음으로 풀을 향해 달려왔다. 그러고는 풀 앞에서 잠시 멈칫하더니 풍덩 물속으로 뛰어들었다. 그러고나니 이제는 다시 나가기도 어려워져버렸다. 수영장에는 침묵이 흘렀다. 여자 강습생들이 물속에 갇힌 그녀를 둥그렇게 에워쌌다. 검은색 아레나 수영복을 입은 여자가 사다리를 잡고 풀 밖으로 나와샤워장으로 뛰어갔다. 수영장의 모든 눈이 그 여자의 뒷모습을 주시하고 있었다. 잠시 후, 그녀는 손에 수영복을 들고 다시 나타났다. 자기가 벌거벗기라도 한 것처럼 여자는 위축되어 있었다. 곧 그녀의손으로부터 수영복이 전해졌다. 수영복의 주인은 울 것 같은 표정으로 조심스레 수영복을 꿰어입었고 한 동료가 그녀의 수영모자를 벗겨 자기 것과 바꾸어 썼다. 이어 강사들의 호각소리가 다시 들려왔다. 강습이 재개되었다. 강습생들이 일제히 팔을 젓고 발을 차며 차례차례 앞으로 나아갔다. 다들 비슷비슷한 모습이어서 누가 조금 전 소동의 주인공인지 금세 알 수 없게 되어버렸다. 그렇지만 아무것도 모른 채 태연하게 풀을 향해 걸어나오던 그 여성의 검은 사타구니와 늘어진 젖무덤만은 뇌리에서 쉽게 사라지지 않았다. 그것은 슬프다고도, 그렇다고 우습다고도 할 수 없는 기묘한 이미지였다.

소동이 있은 후 수영장 측에선 샤워장 출구에 대형 거울을 갖다 놓았다. 사람들은 거울 앞에서 매무새를 고치고 플로어로 들어섰다. 더이상 나체로 걸어오는 여자는 만날 수 없었다. 대신 수영복을 입은 중학교 동창생을 만났다.

"박영수? 오랜만이야."

"그렇네. 아직 이 동네를 뜨지 않았군."

"넌 무슨 반이야?"

"중급반. 접영을 배우는 중이야. 넌?"

"난, 초급반이야."

"근데 왜 우리가 처음 만나지?"

"그동안은 저녁반이었으니까."

"초급이면 물장구치겠네?"

"발차기는 끝났고 숨쉬기 배우는 중이야."

"숨쉬기가 좀 어렵지."

그녀는 한숨을 폭 쉬었다.

"가슴 좀 그만 볼 수 없니?"

"미안해. 눈 둘 데가 마땅치 않아서."

그녀는 숨쉬기를 배우러 갔다. 나는 접영을 연습했다. 물에 빠져 죽는 사람처럼 손을 높이 쳐들다가 결국 수영장 물을 원 없이 들이켜는 것이었다. 그녀는 고개를 돌리다 물을 먹고 나는 고개를 쳐들다가 물을 먹었다. 수영장 물에는 소독약이 들어 있어 많이 마시면 몸속의 균이 죽는다고 말하며 킬킬대는 사람이 있었는데, 그가 바로 나를 가르치는 수영강사였다. 강습이 끝나고 샤워장에서 소독약냄새가 끈적하게 들러붙어 있는 입을 헹구고 밖으로 나가 그녀를 기다렸다.

"인숙아."

"나 기다린 거야?"

"커피나 한잔할까?"

그녀는 휴대폰 폴더를 펼쳐 시간을 확인했다.

"아침 일곱시 반에 여는 데도 있어?"

"아니."

나는 자판기를 가리켰다. 우리는 휴게실에 앉아 자판기에서 뽑은 밀크커피를 마셨다.

"아까 미안해."

"뭐가?"

"가슴."

"됐어. 수영장이잖아."

그러면서도 그녀는 팔짱을 껴 불룩한 가슴을 가렸다. 나는 그런 인숙의 얼굴을 물끄러미 바라보았다.

"넌 변한 게 없구나. 중학교 때랑 똑같아."

"화장을 안 해서 그래. 자꾸 보지 마."

"그렇구나. 화장하면 못 알아보겠네?"

"아마 그럴걸."

그녀는 빈 종이컵을 내게 주고는 자리에서 일어났다.

"매일 오니?"

"응."

"내일 보자."

그러나 그녀는 다시 수영장에 나타나지 않았다. 가슴이나 쳐다보는 중학교 동창 녀석이 있는 수영장에 왜 다시 오겠는가. 하지만 나는 하루도 거르지 않고 새벽마다 수영장에 나왔다. 수영강사는 그런 나를 이상하게 생각했다.

"술도 안 마셔요?"

"네, 원래 잘 못해요."

"수영 되게 열심히 하시네요. 올 여름에 어디 피서라도 가시려구요?"

"아뇨, 그냥 물이 좋아요."

"오늘부터 선두에 서세요."

"네."

그는 나를 중급반 1번으로 지명했다. 나는 레인의 선두에서 물살을 갈랐다. 내 뒤를 다른 중급반 강습생들이 따라왔다. 선두가 처지면 모두의 속도가 다같이 느려지기 때문에 책임감이 생겼다. 나는 더 열심히 수영을 했다. 일곱시에 강습이 끝나도 가지 않고 남아 채 마스터하지 못한 접영과 배영을 연습했다. 그렇게 물속에서 시간을 보내고 있는데 강사가 나를 찾아왔다.

"대학생이시죠?"

"네."

"그러시군요."

그러곤 말이 없었다. 실없는 사람이었다. 트레이닝복을 입은 모습은 어딘지 후줄근해 보였다. 수영복만 입고 있을 때는 멋졌는데 트레이닝복을 입고 물가에 쭈그려앉아 있으니 꼭 백수 건달 같았다.

"왜 그러시는데요?"

그는 머리를 긁적였다.

"저……"

"말씀하세요."

"저번에 보니까 정인숙씨하고 얘기하고 계시던데. 접때 저 휴게실에서……"

"중학교 동창이에요. 근데 요즘 안 나와요."

"왜 안 나오는지 혹시 아세요?"

가슴 때문이라고 말할 수는 없어서 나는 그냥 고개를 저었다.

"혹시, 그분 연락처 좀 알 수 있을까요?"

"회원카드 같은 데 적혀 있지 않나요?"

만약 그렇다면 나도 좀 알고 싶었다.

"그 전화로 하니까 안 되더라구요. 핸드폰 번호를 바꾸신 것 같아요."

이 수영장이 언제부터 이렇게 안 나오는 회원을 열심히 챙기게 되었을까를 생각하는 동안에 그가 실망한 얼굴로 일어났다. 돌아서서 가려는 그에게 중학교 졸업앨범을 뒤지거나 동창회 사이트에라도 들어가 연락처를 알아봐주겠다고 했다. 그는 게임기를 선물받은 어린아이처럼 얼굴이 환해졌다. 그러고는 선심 쓰듯 내 자세를 교정해주었다.

"아참, 아까 보니까 접영하실 때요, 다리를 그렇게 구부리시면 안 돼요. 최대한 편 상태에서 탕, 탕, 물을 차줘야 되거든요."

그는 손으로 발 모양을 만들어 보여주었다. 그러는 그의 모습을 자세히 쳐다보니 어쩌면 그가 나보다 어릴 수도 있겠다는 생각이 들었다. 구릿빛 얼굴 때문에 나이보다 대여섯 살은 많아 보일 수 있었다.

그런데 공교롭게도 바로 그날 인숙을 만났다. 수영장 옆 백화점에 스니커즈를 사러 나간 참이었다. 친구와 함께 팔짱을 끼고 걸어오던 인숙을 처음에는 잘 알아보지 못했다.

"인숙아, 옷 입고 만나니까 정말 몰라보겠구나."

아버지는 늘 인사가 인생에서 얼마나 중요한지를 역설하셨다. 인사만 잘해도 밥은 안 굶는다는 게 아버지의 지론이었다. 하지만 난 언제나 인사 때문에 곤욕을 치른다. 인사에는 진실이 필요 없다는 걸 곧잘 까먹는 것이다. 인숙의 입가가 올라가다가 다시 내려갔다.

"누가 들으면 우리가 되게 친한 줄 알겠다."

"미안해. 예쁘다는 말을 하려던 거였는데."

도도한 표정의 인숙이, 제대로 차려입은 인숙은 정말 예뻤다. 수영모를 뒤집어쓴, 눈썹이 거의 없던 그 인숙이 아니었다. 부풀린 머리에 세련된 화장, 거기에 백화점의 조명까지 받쳐주니 미인 축에 들고도 남음이 있었다.

"우리 수영강사가 너 찾더라."

인숙은 한쪽 입꼬리를 치켜올리며,

"흥, 정말, 그 인간 집요하네."

"아는 사이야?"

"저녁반이었을 때 강사였어. 그 인간 때문에 아침반으로 옮겼는데."

"무슨 일 있었어?"

"몰라두 돼."

"수영장엔 왜 안 나와?"

"좀 바빴어. 그리고 그 강사한테 쓸데없는 짓 하지 말고 강습이나 열심히 하라고 전해줘."

"알았어."

인숙은 친구와 함께 또각또각 소리를 내며 걸어가버렸다. 나는 뭘 사려고 했는지도 잊어버리고 백화점을 나섰다. 해가 중천에 떠 있었다. 나는 수영장으로 향했다. 회원카드를 보여주고 안으로 들어가 양말만 벗고 플로어로 나갔다. 중급반 강사가 호루라기를 불며 어린 아이들을 지도하고 있었다. 내가 부르자 황급히 내 쪽으로 다가왔다. 우람한 가슴과 상대적으로 빈약한 엉덩이가 서로 다른 방향으로 흔들리고 있었다.

"인숙이 만났어요. 우연히 요 백화점에서요."

"벌써요? 빠르시네요."

강사의 눈초리엔 의처증의 조짐이 있었다.

"우연히 만났어요. 백화점에 갔다가요."

"제 얘긴, 어떻게, 하셨습니까?"

"그대로 전해도 돼요?"

그가 얼굴을 찌푸렸다.

"뭐라고 하던가요?"

"쓸데없는 짓 하지 말고 강습이나 열심히 하시라던데요."

그의 얼굴이 붉어졌다. 숨이 거칠어지고 있었다.

"인숙씨 또 만나시거든, 후…… 부디 행복하라고 전해주십시오."

"저는 말 전하는 사람이 아닌데요. 무슨 비둘기도 아니고."

"아이 씨발아, 하라면 해."

"네."

나는 습기찬 수영장에서 황급히 빠져나와 겨울의 건조한 공기를 들이마셨다. 발의 물기를 채 닦지 못하고 양말을 신어 발이 척척했다. 아, 거친 사람들은 정말 질색이야. 그런데 그때 기이하게도 머리에 수영모자만 쓴 채 당당하게 걸어오던 그 나체의 중년 여성 모습이 떠올랐다. 왜 하필 그때였는지 모르겠지만 어쨌든 그후로도 모욕을 받거나 궁지에 몰리면 여지없이 그 이미지가 집요하게 점멸하였다. 그러는 바람에 나는 모욕을 되갚아주거나 궁지를 탈출할 기력

마저 잃어버리곤 하였다. 얼굴도 없이 오로지 몸통만으로 된 그 이미지는 마치 무슨 토르소 조각 같았다. 위기의 국면, 모멸의 순간마다 그 토르소는 이렇게 말하고 있는 것 같았다. 뭘 그 정도 가지고 그래? 힘내라구!

2. 여女

그와 처음 자고 난 다음날의 일기를 들춰보니 나는 이렇게 쓰고 있었다. "사랑은 애써 제 이름을 부르지 않는다." 내가 이런 글을 썼다니. 유치한 사춘기 소녀처럼 감상이 덕지덕지 묻어나고 있었다. 제정신이 아니었던 것이다.

서랍을 열고 공작용 칼을 꺼내 드르륵 칼날을 위로 밀어올린다. 그러곤 플라스틱 자를 일기장에 대고 스윽 칼을 그어내린다. "사랑은 애써 제 이름을 부르지 않는다"와 "아, 그를 사랑하게 될 것만 같은 예감이다"가 적힌 종이를 오려낸다. 일기는 다시 새것이 되었다. 새로운 인생을 시작할 준비가 된 것이다. 나는 오려낸 종이를 양손으로 북북 찢어 쓰레기통에 던져넣는다. 그러곤 불을 끄고 침대 속으로 들어간다. 탁상시계의 야광 시침이 한시를 가리키고 있다. 나는 베개에 얼굴을 파묻고 운다. 엉엉. 그러곤 큰마음 먹고 세 음절을 발음한다. 개, 새, 끼! 그런다고 마음이 풀리는 것은 아니다. 오히려 그의 모습, 그의 냄새, 그의 말버릇 따위가 떠오른다. 내가 사랑했던 그. 그는 이런 식으로 말하기를 좋아했다.

"정치는 예술이야. 둘은 아주 비슷해. 둘 다 사기지. 속고도 속은 줄 몰라야 하거든. 그리고 하는 사람은 재밌는데 보는 사람은 지루할 때가 많아. 또 있어. 키워주면 꼭 자기들끼리 놀아."

냉소를 고급 넥타이쯤으로 생각하는 사람이었다. 실제로는 아무것에도 냉소할 수 없는 사람이면서 입만 열면 찬바람이 쌩쌩이었다. 그게 한갓 포즈인 줄 뻔히 알면서도 나는 내색하지 않았다. 야근을 밥먹듯 하는 그는 늦은밤 가끔 전화를 걸어왔다.

"어디예요?"

"국회."

"의원님은요?"

"사우나."

"오늘 어때요?"

"국감기간이잖아. 피감기관에서 한턱낸대. 한잔 꺾고 들어가 자야지."

"예술의 길, 정말 멀고도 험하군요."

"도제는 더 힘들어."

"내일도 보자기 날라요?"

"날라야지. 요즘 뭐해?"

"수영 배워요."

"수영은 뭐하러?"

"뱃살 빼려구요."

"빼야겠던데."

"저 뱃살 없어요."

"물장구치겠네?"

"그건 끝났고 숨쉬기 배워요."

"숨쉬기, 그거 만만치 않지."

"수영 잘해요?"

"아니, 못해. 국감 끝나고 보자고. 우리 영감 이번에 떠야 되거든."

"전화하세요."

"열심히 해."

국회의원 보좌관, 팔자에도 없는 별정직 공무원인 그를 만나기는 쉽지 않았다. 그는 자기 가문에서 배출한 유일한 공무원이었다. 온 갖 청탁이 그에게 집중되었다. 싫지는 않은 기색이었다.

"설마 내가 처음은 아니겠지요?"

"처음이야. 운동하느라 바빴고 줄곧 돈이 없었지."

"돈은 지금도 없잖아요?"

"대신 권력이 있잖아. 쥐꼬리 권력."

"친척동생 공익근무요원 보직 바꿔주는 권력?"

"잊어버리지도 않네."

"뭐 잘 안 잊어버려요."

"전쟁 발발시 적 전차가 교통법규를 위반하면 단속 적발해야 하 는 위험천만한 임무에서 망한 왕조의 능이나 지키면 되는 안전한 임 무로 바꿔줬으니 생명의 은인이라고 할 수 있지. 능참봉이면 출세한 거야."

"대단하시네요."

"남자들이 왜 기를 쓰고 성공하려고 하는지 알아?"

"몰라요."

"거절당하지 않기 위해서야."

여의도에 자리잡은 그 수상쩍은 연구소에 아르바이트 자리를 얻은 건 대통령선거를 일 년쯤 앞둔 작년 초였다. 여론조사와 정치마케팅을 겸한다는 곳이었는데 평소엔 이름 한번 들어본 적 없었다. 도대체 직원들이 뭘 먹고 사는지 궁금할 지경이었는데 사장은 언제나 싱글벙글이었다. 도다리도 한철이라는 게 여의도에서 잔뼈가 굵은 그의 지론이었다. 처음엔 조사프로젝트 기획, 데이터 처리 따위를 한다고 했지만 막상 가보니 설문조사 결과를 기계적으로 컴퓨터에 입력하는 코딩이 주된 임무였다. 숫자를 하도 많이 보아 어질어질해질 지경이 되면 팀장이 나를 불러 봉투를 건네주며 의원회관으로 심부름을 보냈다. 반가운 임무였지만 그래도 너무 좋아하는 티를 내서는 안 되었으므로 이렇게 물었다.

"이메일로 보내면 안 되나요?"

팀장은 한심하다는 듯 나를 쳐다보며 말했다.

"이 업계는 보안이 생명이야. 봉투 똑바로 들고 날치기 조심해."

나는 봉투를 가슴에 꼭 껴안고 의원회관으로 갔다. 그리고 그곳에서 그를 만났다. 처음엔 그가 국회의원인 줄 알고 허리를 구십 도로 숙여 인사를 했지만 알고 보니 의원은 늙다리 대머리였고 그는 보좌관이었다. 다섯번째로 찾아갔을 때는 마침 점심시간 직전이었다.

"점심 안 했겠지요?"

"네."

"나랏밥 한번 먹어볼래요?"

"나랏밥이요?"

그는 나를 데리고 검은 양복들이 득실거리는 의원회관 식당으로 갔다. 거기서 우거지 갈비탕을 먹었다.

"통계학과 다닌다면서?"

그는 은근슬쩍 말을 놓기 시작했다. 평소 그런 남자를 싫어했지만 이상하게 그가 하니까 그렇게 끔찍하지는 않았다.

"휴학중이에요."

"왜?"

"그냥요. 갑자기 졸업이 너무 가깝게 느껴져서요. 좀 놀면서 세상 공부도 좀 하고."

"노는 것 같지 않은데?"

"놀아요."

"언제?"

"일 끝나구요."

"같이 놀면 안 될까?"

그는 이를 쑤시고 있었다. 흰 와이셔츠의 소매가 드러났다. 눈부실 정도로 깨끗했다. 오른손 약지에 낀 결혼반지도 누렇게 번쩍이고 있었다. 바로 그 순간 그에게서 어떤 가난의 냄새를 맡았다. 너무 깔끔

214

한 와이셔츠 때문이었을까. 셔츠가 몇 벌 없는 남편을 위해 날마다 빨아 아침이면 정성스레 그걸 다리는 아내를 상상했는지도 모른다.

"같이 놀아요."

"대답 한번 빨리 한다."

나는 그의 핸드폰에 내 번호를 찍어주었다. 그리고 그의 명함을 건네받았다. 명함에는 나라 국자가 금박으로 새겨져 있었다. 우거지 갈비탕엔 우거지와 갈비만 남아 있었다. 우리는 자리에서 일어났다. 그는 의원회관 318호로, 나는 회사로 돌아왔다. 그리고 그날 밤 다시 만나 국회 상임위 활동과 야당의 파렴치한 정치공세, 다가올 대선 전망, 지역구 민심 따위를 안주로 술을 마셨다. 그런 술자리는 처음이었다. 재미없는 화제였지만 그의 냉소적인 말발 덕분에 들어줄 만했다. 남자들 특유의 허풍이 없다는 점이 그의 매력이었다.

"집이 어디야?"

"잠실이요."

알고 보니, 우리는 같은 동네에 살고 있었다. 택시가 도착했고 나란히 뒷자리에 올라탔다. 반포대교를 지나는데 불이 붙었다. 나라가 암울하니 청춘이라도 즐거워야 할 것 아니냐며 그가 바람을 넣었고 내가 호응했다. 나라의 운명이야 알 바 아니었지만 술집에서 더욱 분명하게 드러난 그의 가난 때문에 선심을 쓰기로 했다. 생맥주 몇 잔 마시고 간이영수증까지 챙겨가는 꼴을 보면 누구라도 마음이 좀 약해졌을 것이다. 우리는 신천에 있는 여관골목으로 들어가 방을 잡았다. 몸을 섞고 나서 그에게 물었다.

"부인은 어떤 분이세요?"

"궁금해?"

"어떻게 만났어요?"

"같은 과 후배였지."

"그래서요?"

"만날 때마다 야단을 쳤어. 화장하지 마라. 치마 입지 마라. 머리가 그게 뭐냐. 쥐 잡아먹었냐. 구로공단의 노동자들을 생각해봐라. 부끄러움을 알아라. 아마 계속했으면 노이로제 걸렸을 거야."

"그렇게 했더니 넘어오던가요?"

"아니. 나만 보면 벌레 보듯 피해다녔어. 마음이 아팠지만 어쩔 수 있나? 촌놈이 연애를 뭘 알아야지. 사귀고는 싶은데 입만 열면 개구리가 나오는 거야. 우웩."

마침내 그는 그녀를 미행했다. 그녀는 잠실운동장역에서 내려 여관 밀집지역으로 들어가더란다. 88올림픽을 맞아 부족한 숙박시설을 늘리기 위해 정부가 세제혜택을 주는 바람에 그 무렵 그 근처엔 우후죽순처럼 여관과 모텔 들이 들어서 있었다. 그녀는 그 골목을 걷다가 너무도 자연스럽게 한 여관으로 들어가버렸다. 미래의 별정직 공무원인 그는 자기 눈앞에서 벌어진 사태를 믿지 못하고 그 자리에서 멈춰섰다. 달리 할일이 있던 것도 아닌 그는 그러곤 건너 구멍가게 평상에 앉아 그녀가 다시 나오기만을 기다렸다. 해가 떨어지고 가게 문 닫히고 가로등마저 꺼져도 그녀는 나오지 않았다. 오기가 생긴 그는 덜덜덜 떨며 새벽까지 평상을 지켰다. 먼동이 터오기 직전, 그는 쏟아지는 졸음을 참지 못하고 평상 위에서 오그린 채 잠이 들었다. 깨어나니 그녀가 평상 앞에 서서 그를 내려다보고 있었다.

"어떻게 된 거예요?"

그녀는 떨고 있는 그를 여관 안으로 데려갔다.

"엄마, 방 하나만 주세요."

"누군데?"

"학교 선밴데, 요 앞에서 자고 있었어요."

"미친놈 아니냐?"

그는 빈방에 들어가 몸을 녹였다. 어여쁜 그녀가 뜨거운 차를 끓여주었다.

"우리집 여관 하는 거 비밀이에요. 쪽팔리잖아요."

"알았어."

"근데 선배, 여관 주인도 자본가예요?"

"아니야. 생산수단을 소유한 자가 자본가라고 몇 번을 얘기해야 되니? 여관에 무슨 생산수단이 있냐, 이 밥통아."

"그렇군요. 근데 나 학교 가야 돼요."

"같이 가자."

둘은 그후로 가까이 지냈다. 가난이 그의 후광이었다. 그가 군대에 다녀오고 사회단체와 운동단체 몇 군데를 거친 후, 둘은 결혼했다. 그때에도 장모는 그를 미친놈이라 불렀다. 당시엔 야당이었던 고향의 지역구 의원이 주례를 섰고 그의 동지들도 대거 참석했다. 결혼식장에 온 그들은 〈함께 가자 우리 이 길을〉이란 운동가요를 축

가로 불렀다. 그 결혼식에 참석한 사람들 중에서 '우리'가 되어 끝까지 '함께' 간 이는 주례와 신랑밖에 없었다. 그는 침대에서 일어나 여관의 창문을 드르륵 열었다. 도난과 투신자살을 막기 위한 알루미늄 창살이 가로막혀 있었다.

"볼래?"

"뭘요?"

나는 시트를 몸에 두르고 일어나 창가로 갔다. 그는 손가락으로 열시 방향에 있는 여관을 가리켰다. 파크뷰모텔이라는 붉은 네온이 빛나고 있었다.

"저기였어."

나는 그의 가슴을 주먹으로 때렸다.

"하필 왜?"

"괜찮아. 저거 팔고 호주로 이민갔거든. 캥거루가 있다는 것밖에 모르면서."

"그래도 기분이 이상해요. 혹시 여자 만날 때마다 여기로 데려오는 거 아니에요?"

"흐흐. 그럼 얼마나 좋겠어? 그치만 네가 처음이야."

그와 만나서 행복했는지는 잘 모르겠다. 친구들은 국회의원도 아닌 보좌관과 왜 만나느냐, 머리가 어떻게 된 거 아니냐고 했다. 그의 사진을 보여주자 그들은 돌연 엉뚱한 소리를 하기 시작했다. 연예계 동정이나 최근 떠오르는 휴양지, 다가올 취업전쟁에 대해서 분분하게 떠들어댔다. 그들은 내 남자에게 아무 흥미가 없었다. 별볼일 없는 유부남이라는 말은 꺼내지도 않았는데 그들은 사진만 보고도 다 알아버린 눈치였다. 하긴 비슷한 경우엔 나도 그들처럼 행동했었다. 굳이 진실을 얘기할 필요는 없는 거니까. 가장 친한 한샘이만 화장실에서 화장을 고치다가 지나가는 말처럼 진심을 전했다.

"티슈 좀 줄래? 응, 고마워. 근데 그거 끝내라. 안 좋아. 이거 너무 번들거리지 않니? 괜찮아? 너 진지한 거 아니지? 얼른 끝내. 니가 뭐가 아쉬워서."

나는 그녀의 엉덩이를 찰싹 때렸다. 아얏. 그녀가 소리를 질렀다. 그날 밤 늦게 보좌관에게 전화를 했다.

"너무 늦었죠?"

"아니, 괜찮아. 마누라는 자."

"벌써요?"

"원래 잠이 많아. 여덟시 뉴스 보다가 잠들어."

"아침잠이 없나보죠."

"우리 마누라도 새벽에 수영 다녀."

"그래요? 어디? 나 다니는 데?"

"아마 그럴걸. 이 동네에 거기밖에 없지 않나? 수영은 다녀왔어?"

"다녀왔어요. 근데……"

"근데 뭐?"

"수영장 코치가 날 따라다녀요."

"귀찮게 굴어?"

"경찰이라도 보내려구?"

"그쯤은 할 수 있어. 내 친구 중에 검사도 있다구. 옛날에 그 친구 수배중이었을 때, 내가 삼만원 쥐여준 적도 있어."

"대단한 우정이네요. 근데 그 정도는 아니에요. 가끔 물속에서 받쳐주는 척하며 배를 만지는 것 말고는 견딜 만해요. 자꾸 전화질하는데 번호 찍히니까 안 받으면 그만이에요."

"나쁜 자식이네. 많이 더듬어?"

"괜찮아요. 단지 기분이 좀 이상하다는 것뿐. 여자들은 알거든요. 일하고 있는 건지 더듬고 있는 건지."

"반을 바꾸지 그래?"

"그러잖아도 아침반으로 바꿀까봐요."

"잘하면 우리 마누라하고 같은 물에서 놀겠군. 하긴 아침 일찍 일어나는 게 건강에도 좋아. 그리고 말이야."

"네?"

"이제 우리 그만 만나는 게 좋을 것 같아."

텔레비전 소리가 간간이 섞여들고 있었다. 혹시 잘못 들었나 싶어 다시 물었다.

"뭐라구요?"

"이제 그만 만나자구."

"지금 무슨 얘기를 하는 거예요?"

"한국말 모르니? 그만 만나. 하반기 정치일정도 빡빡하고……"

"됐어요."

전화를 끊었다. 어이없었다. 삼십대 후반의 국회의원 보좌관이 동치미 국물 마시듯 간단하게 스물세 살의 대학생을 차? 침대에 누웠지만 잠이 오지 않았다. 뭐 하반기 정치일정? 그것 때문에 여자관계를 정리해? 자기가 무슨 대통령후보라도 되는 줄 아는 모양이지? 자리에서 벌떡 일어나 불을 켜고 달력을 보았다. 눈 쌓인 거리 사진이 눈에 확 들어왔다. 12월이었다. 곧 크리스마스가 다가오는데 웬 하반기? 나는 다시 전화를 걸었다. 그가 받았다.

"진짜 이유가 뭐예요?"

"마누라가 눈치챈 것 같아."

"뭐라고 그래요?"

"아니, 그냥 느낌이야. 요즘 좀 이상해. 나랑 말도 잘 안 하고."

그렇다. 그에겐 합법적인 아내가 있다. 아무데서나 이를 쑤시고 속은 꼬일 대로 꼬여 있고 도덕성이라고는 쥐뿔만큼도 없는 무능력한 그에게도 법이 맺어준 아내가 있는 것이다.

"그것뿐이에요?"

"아니."

"그럼 뭐예요?"

"마누라한테는 지레 찔려서 그런 거고. 사실은 우리 영감탱이가 탈당하겠대. 저쪽 당으로 옮긴다는 거야."

"그래서요?"

"나는 못 가."

"왜요?"

"글쎄, 모르겠어. 그냥 그건 안 될 것 같아."

"야당이라서?"

"아니."

"그럼?"

"넌 이해 못해."

"노력해볼 테니 얘기해봐요."

"마누라한테 차마 그 말을 못하겠는 거야. 몰래 옮길 수도 없고. 불륜은 숨길 수 있어도 당적은 그럴 수 없잖아?"

"지금 불륜이라고 그랬어요?"

"불륜이잖아? 아냐?"

그의 말투에 익숙해질 때도 되었지만 난 매번 상처받는다.

"그래서 어쩔 건데요?"

"내일 영감한테 가서 말할 거야. 저는 이 당에 남겠습니다. 라고."

"상해에 임시정부라도 세우지 그러세요. 그런데 그거하고 나하고 는 무슨 관계예요?"

"앞으로는 윤리적으로 살아야 할 것 같아서."

"새해가 되면 담배 끊는 사람들처럼 이제 묵은 관계는 청산하시 고 새사람이 되시겠다?"

"미안해. 난 입만 열면 개구리가 나와."

잘 먹고 잘살라는 말도 못하고 나는 전화를 끊었다. 정말 머릿속 에 개구리가 한 바구니 들어 있는 것 같았다. 속은 휑하고 귀에선 이 상한 소리가 들렸다. 그러나 내일은 무슨 일이 있어도 새벽같이 일 어나 수영장으로 갈 것이다. 이대로 무너진다면 날 용서할 수 없을 것이다. 정인숙! 그딴 놈 때문에 손해볼 거 하나 없어. 평소와 똑같이 행동하는 거야. 행복해지는 것. 그게 바로 복수라고.

　다음날 새벽 다섯시 사십분. 정치인에 대한 불타는 적개심으로 자리에서 일어났다. 자명종이 울어대고 있었다. 미리 준비해둔 수영복을 챙겨 밖으로 나갔다. 세상은 벌써 분주하게 돌아가고 있었다. 야광 밴드를 두른 청소원들이 큰길가에서 비질을 하고 있었고 시장으로 나가는 몸빼바지의 노년 여성들이 시내버스에 오르고 있었다. 나는 지하도를 통해 수영장이 있는 백화점 건물로 들어갔다. 모든 가게에 셔터가 내려져 있었다. 새벽 풍경은 낯설었지만 기분은 좀 나아지는 것 같았다. 수영장으로 들어가 회원증을 제시했다. 오늘부터 아침반으로 옮기겠다고 말했다. 카운터의 여자는 선선하게 그러라고 했다. 그리고 회원대장을 내밀며 주소와 전화번호를 새로 기입해 달라고 했다. 시키는 대로 하자 그녀가 열쇠와 수건을 주었다. 그걸 받아들고 탈의실로 들어가 옷을 벗었다. 시계를 보니 여섯시 오분이었다. 좀 늦었군. 수영복과 수영모자와 물안경을 들고 샤워장으로 들어섰다. 레버를 돌리자 차가운 물이 쏟아졌다. 정신이 번쩍 나는 것 같았다. 물러나서 몇 초쯤 기다리자 미지근한 물이 쏟아졌다. 온몸에 비누질을 해대며 하반기 정치일정과 아무도 알아주지 않을 한 보좌관의 정치적 결단, 철새 정치인에 대해 생각했다. 그날 함께 샤워를 하던 사람들 중에서 그런 생각을 하며 한국 정치 전반을 혐오하던 사람은 나밖에 없었을 것이다. 바로 그때 내 옆에서 샤워를 하던 뚱뚱한 여자가 내 어깨를 치고 지나갔다. 뭐가 그리 급했을까. 수영모자와 물안경만 쓴 채로 그녀는 샤워장의 강화유리문을 열고 말릴 틈도 없이 그대로 플로어로 뛰어나갔다. 그녀가 떠난 자리엔 수영복이 그대로 레버 위에 걸쳐져 있었다. 수영장에서 들려오는 모든 소음이 멈추었다. 강사들의 호각소리, 물장구소리, 웃음소리, 말소리 모두. 잠시 후, 상기된 얼굴의 한 여자가 뛰쳐들어와 두리번거렸다. 나는 레버 위의 수영복을 그녀에게 집어주었다. 그걸 받아든 여자는 고개를 숙이고 풀을 향해 종종걸음을 쳤다.

물에 뛰어들 때까지도 몰랐던 걸까. 어쩌면 그 직전에 깨달았을 수도 있었을 거야. 그렇지만 수영장의 모든 눈이 자신을 향하고 있으니 차라리 물로 풍덩 뛰어드는 게 더 낫다고 생각했을 거야. 샤워기의 물을 끄고 온탕으로 가 몸을 담갔다. 아직 물이 채 뜨거워지지 않아 미지근하였다. 발과 팔을 흐느적거리며 물을 휘저었다. 맨몸으로 뛰어나가던 그녀의 뒷모습이 자꾸 떠올라 불쾌한 기분이 되었다. 나는 그날의 수영을 포기하고 한증막에서 모래시계만 뒤집다 집으로 돌아갔다.

다음날 새벽에도 나는 불타는 적개심으로 자리에서 일어나 수영장으로 갔다. 거기에서 자꾸만 가슴을 쳐다보는 덜떨어진 중학교 동창을 만났다. 밍밍한 자판기 커피를 사주면서도 계속 그랬다. 수영강사는 멀찍이에서 타월을 정리하는 척하면서 그와 얘기하는 모습을 훔쳐보고 있었다. 점점 수영에서 정나미가 떨어지고 있었다. 보좌관으로부터는 아무 연락도 오지 않았다. 회사에서도 더이상 의원회관으로 봉투 심부름을 보내지 않았다. 나는 여론조사 결과를 컴퓨터에 입력하는 단순노동을 계속했다. 눈이 아팠다. 누가 눈동자를 힘껏 쥐었다 놓은 것 같았다.

모처럼 주말을 맞아 들른 백화점에서 또 박영수를 만났다. 거기서 가장 듣고 싶지 않은 수영강사 얘기를 들어야만 했다. 그 얘기를 하면서도 박영수는 눈 둘 데를 모르고 있었다.

"아예 벗고 다닐까?"

쫑코를 주자 그제야 불안스레 눈동자를 굴렸다. 어쨌거나 그에게서 수영강사가 여전히 날 스토킹하려 한다는 사실을 알았다. 나는 집으로 돌아가는 길에 수영장 회원증을 꺼내 북북 찢어 휴지통에 버렸다. 그리고 백화점에서 사온 티셔츠를 입고 노래방 새우깡을 뜯어 먹으며 텔레비전을 보았다. 밤이 되었고 휴대폰 벨이 울렸다. 여의도 쪽 번호가 찍혀 있었다. 망설이다간 가족들을 다 깨울 것 같아 전화를 받았다. 보좌관이었다. 그는 술에 취해 있었다. 그는 주절주절 무언가를 이야기했고 한 얘기를 또 하고 또 했으며 내 얘기는 아예 듣지 않았다. 한 시간이 지나서야 나는 그가 무슨 얘기를 하고 있는지 종합할 수 있었다. 나는 그에게 다시는 전화하지 말라고 했다. 그러자 그가 말없이 전화를 끊었다.

그제야 비로소 모든 것이 끝났다는 느낌이 들었다. 내게 결심을 밝힌 그다음날 아침, 그는 사표를 들고 국회의원의 방으로 들어갔다고 한다. 의원은 그에게 자리를 권했다. 그의 양복 안주머니엔 보좌관 생활을 마감한다는 사표가 흰 봉투에 담겨 얌전히 들어 있었다. 의원이 씩 웃었다. 유권자용 웃음이었다. 그는 어떤 설득에도 넘어가지 않겠다고 결심을 했다. 그 당과 그 당에 있는 인간들과 싸우느라 청춘을 바쳤는데 그쪽으로 갈 수는 없습니다! 그는 자기답지 않은 비장한 대사까지 준비해두었다. 그러나 역시 정치적 감각과 생각의 속도에서 그 영감을 따라갈 순 없었다. 늙다리 대머리 의원이 먼저 주머니에서 봉투를 꺼내 그에게 건네주었다.

"이게⋯⋯?"

"어, 그간 애 많이 썼어. 안사람하고 어디 바람이라도 쐬고 와. 그동안 정치일정 때문에 휴가라곤 없었잖나. 혹시 들었나? 이번에 저쪽으로 가면서 보좌진 구성을 새로 하기로 했어. 저쪽은 정치 정서도 다르고, 아무래도 좀⋯⋯ 내가 다른 의원들한테 자네 얘기 잘 해놨으니까 일간 누구든 연락이 갈 거야. 야당생활, 그거 고되거든. 자네까지 데려가려니 아무래도 부담스러워서. 뭐, 이 판에 있으면 언젠가 또 만나게 되겠지. 돌고 돌잖아? 이 바닥이라는 게."

그는 자신의 정치적 결단을 밝힐 기회도 얻지 못한 채 잘리고 말았다. 주머니 속의 사표는 문서쇄절기로 들어가버렸다. 아직도 대학교 시간강사인 그의 옛 동지는 그 얘기를 듣더니 낄낄낄 웃더란다. 그거 별거 아니네. 대학교 조교 아냐? 처지가 똑같은데 뭘 그래? 그러면서 친구는 이렇게 충고하더란다. 야 인마, 냉소적인 인간이 함부로 진지해지면 큰일나. 갑자기 인생이 정색을 하고 달려들거든. 지금이라도 의원한테 가서 빌어. 따라가겠다고. 그리고 거기 가서 계속 냉소적으로 살아. 그게 좋아.

"씨팔, 그 사표 때문에, 그것만 없었어도, 싹싹 빌 수 있었는데, 꼭 앞에 앉아 있는 영감탱이가 주머니 속의 사표를 들여다보고 있는 거 같은 거야. 그게 머릿속에 꽉 들어차 아무 말도 생각이 안 나고."

그러거나 말거나. 다음날 나는 이동통신 대리점에 가서 전화번호를 바꾸었다. 그 인간이라면 집으로는 절대 전화하지 않을 것이었다. 그리고 대학교에 찾아가 복학계를 제출했다. 평범한 대학생이 되고 싶었다. 대학은 여의도에서 아주 멀었다.

3. 남男

크리스마스가 지났지만 나는 계속 수영을 하러 다녔다. 새로운 달, 새로운 해가 되었고 나는 고급반으로 올라갔다. 접영은 여전히 잘되지 않았지만 그래도 나는 고급반의 1번이었다. 고급반 위에는 선수반이 있었는데 거기까지 올라가는 건 정말 힘들다고 했다. 언제쯤 나는 완벽한 나비가 되어 물위를 날아갈 수 있을까?

어여쁜 동창생은 더이상 수영장에 나타나지 않았다. 나 때문일까 아니면 수영강사 때문일까. 문제의 그 수영강사도 보이지 않았다. 새벽반이 아닌 다른 반만 가르치는 것일까. 나는 그 둘의 안부를 궁금해하며 꾸준히 수영을 했다.

새로 온 수영강사는 예전 강사보다 훨씬 무뚝뚝했다. 물속으로 들어오는 법이 거의 없이 밖에서만 가르쳤다. 본래 고급반은 그러는 거라고 했지만 성의가 없어 보이는 건 사실이었다. 그래도 나는 고급반의 선두로서 책임감을 가지고 힘차게 물살을 갈랐다.

　여느 때처럼 나는 탈의실에서 선풍기로 머리를 말리며 아침 뉴스를 보고 있었다. 각 방송사마다 경쟁적으로 아침시간대를 겨냥해 내보내고 있는 쇼 형식의 뉴스였다. 겨울에 다녀올 만한 온천관광지도 소개하고 오리털파카가 다시 유행한다는 소식도 전해주었다. 정치 뉴스도 있었다. 출신 정당을 탈당한 후 무소속으로 있던 국회의원 다섯 명이 다른 정당에 일제히 입당했다는 소식이었다. 다섯 명의 국회의원들은 밝은 얼굴로 후진적 한국 정치를 개혁하기 위해 결단하였으며, 앞으로 백의종군의 자세로 헌신하겠다고 포부를 밝히고 있었다. 기자는 대선을 앞두고 정치권의 이합집산이 더 활발해질 것이라고 심각한 표정으로 덧붙였다. 경부고속도로에서 있었던 12중 추돌사고도 생생한 현장 화면과 함께 보도되었다. 나라엔 정말 이런저런 사건 사고가 많았다. 마지막으로 살인사건 뉴스가 이어졌다. 야산으로 올라가는 경찰관들의 모습이 배경으로 처리돼 있었다. 서울 모 수영장 강사 김모씨가 변심한 애인이 자신을 만나주지 않자 이에 격분, 그녀를 자신의 자동차로 납치, 경기도 용인의 한 야산으로 끌고 가 공기총으로 머리를 쏘아 살해했다는 뉴스였다. 운동선수들이 흔히 입는 종아리까지 내려오는 패딩코트를 입은 남자는 고개를 푹 숙이고 경찰서 조사실로 들어서고 있었다. 탈의실에 있던 사람들의 눈길이 일순 TV 쪽으로 쏠렸다. 수건을 정리하고 있던 직원들이 동작을 멈추었고 카운터에 있는 여자들이 자리에서 일어났다. 뉴스는 금세 끝났다. 한 직원이 리모컨으로 텔레비전 채널을 바꾸었다. 나는 카운터로 가 직원에게 물어보았다.

"저 사람 맞죠?"

"글쎄요, 누구 말씀하시는 거예요?"

"지난달 중급반 강사 요즘 왜 안 나와요?"

"누구요? 저 새로 와서 잘 몰라요."

여직원은 당황한 기색이 역력했다. 그녀는 자리에서 일어나 외부인 출입금지라고 쓰여 있는 내실로 들어가버렸다. 나는 덜 마른 머리를 매만지며 수영장 밖으로 나왔다. 경찰서에 가서 말하고 싶었다. 어여쁜 중학교 동창생은 그의 변심한 애인이 결코 아니었다고, 그냥 스토킹을 당하고 있었을 뿐이라고, 어떻게 살인 피의자의 말만 믿고 그렇게 조서를 꾸밀 수 있냐고, 항의하고 싶었지만 일단 옷을 갈아입어야 했다. 트레이닝복을 입은 사람 말을 믿어줄 것 같지 않아서였다.

집으로 돌아와 나는 중학교 졸업앨범을 꺼내 보았다. 단발머리의 귀여운 인숙이 동그라미 안에서 밝게 웃고 있었다. 나는 눈물을 흘렸다. 아무리 한국이 세계적으로 여성 살해율이 높은 나라라 해도 스토커 수영강사에게 총을 맞아 죽을 운명이었다니. 그건 너무 가혹한 일이다. 나는 졸업앨범 뒤의 주소록에 기록된 그녀의 집 전화번호를 찾아보았다. 이사가지 않았다고 했으니 이 번호가 맞을 것이었다. 시계를 보았다. 아침 여덟시였다. 내가 알고 있는 것들을 이야기해주어야만 했다. 최소한 그런 놈과 사귀지는 않았다는 것만큼은.

나는 전화를 걸었다.

"여보세요."

"여보세요."

착 가라앉은 목소리의 중년 여성이 전화를 받았다.

"인숙이네 집이지요?"

"……그런데요?"

경계심이 느껴졌다.

"말씀드릴 게 있습니다."

그러나 아주머니는 내 말을 듣지 않고 있었다. 잠시 후 다른 목소리가 전화선을 타고 들려왔다. 좀더 젊은 여자의 목소리였다.

"여보세요."

"여보세요?"

"정인숙인데요. 누구세요?"

"어? 누구시라구요?"

"정인숙이라구요."

"……인숙이구나."

"누구신데요?"

"나, 박영수."

"무슨 일이야, 아침부터?"

"어…… 그게…… 아무것도 아니야."

잠시 침묵이 흘렀다. 인숙이 말했다.

"어린애도 아니고, 뭐야?"

"미안해. 혹시 아침에 뉴스 봤니?"

"아니."

살인범으로 체포된 수영강사 얘기를 해주려다가 갑자기 모든 것이 확실치 않다는 생각이 들었다.

"왜 요즘 수영장 안 나와?"

"요즘 바빠. 그리고 별로 할말 없으면 전화 끊자. 나 준비하고 도서관 가야 돼."

"그래. 안녕."

살아 있다니 기뻐. 이런 말은 공포영화에나 어울리는 대사일 것이다. 언제부턴가 나의 상상력은 너무 이상한 방향으로 발달해온 것 같다. 그렇지만 그녀가 살아 있다는 게 정말 기뻤다. 다시 그 토르소가 선명하게 떠올랐다. 태연하게 나를 향해 다가오는 그 토르소는 이렇게 말하고 있었다. 살아 있으니 됐잖아. 설마 죽기를 바랐던 거야? 아니, 바란 건 없어요. 그냥 생각했던 거랑 너무 달라서요. 토르소는 또 말했다. 나도 내가 이렇게 될 줄은 몰랐어. 그렇게 뛰쳐나가기 전까진 나도 멀쩡한 인간이었다구. 너 따위의 머릿속에 토르소로 남기는 싫었다구. 미안해요, 아줌마. 나는 머리를 흔들고 엄마가 차려주는 밥을 먹었다. 수영을 해서 배가 고팠다. 꾸역꾸역 두 그릇의 탄수화물을 뱃속에 욱여넣고 조간신문을 펼쳐들었다. 거기에도 수영강사의 공기총 살인사건이 나와 있었다. 읽고 또 읽어도 아무것도 알 수 없었다. 어설픈 불가지론자가 되어 나는 토익 책을 펼쳐들었다. 역시 아무것도 알 수 없었다. 취업을 하면 뭔가 나아지겠지. 나는 애써 낙관적으로 생각하며 한 단어 한 단어에 집중하며 앞으로 전진

했다. 어휘와 문장의 숲에서 벌이는 이 전투가 과연 언제 끝날지 도
저히 가늠할 수 없었다.

크리스마스 캐럴

한번 봐야 되지 않겠어? 가장 먼저 만남을 제의한 것은 정식이었다. 뉴스 봤구나. 중권이한테는 연락했어? 그래, 그럼 내가 하지. 영수는 전화를 끊고는 중권의 번호를 신중하게 눌렀다. 전화는 쉽게 걸리지 않았다. 집에는 없었고 휴대전화는 먹통이었다. 두더지 같은 새끼, 도대체 어딜 간 거야. 영수는 전화를 소파에 집어던지고 자리에서 일어났다. 무슨 일 있어? 아내가 부엌 쪽에서 눈을 가늘게 뜨고 물어왔다. 그녀도 뭔가 감을 잡은 것이다. 아무 일 아냐. 망년회 약속들 잡느라고. 으이구, 술들 좀 작작 마셔. 그러다 고꾸라지는 거 잠깐이야. 영수의 아내가 쓰레기 봉지를 들고 현관 쪽으로 걸어나갔다. 쓰레기 버리고 올게. 아내가 나간 사이 영수는 다시 중권에게 전화를 걸어보았지만 전화는 걸리지 않았다. 혹시 이 새끼가 저지른 거 아냐? 영수는 정식에게 다시 전화를 걸었다. 정식이냐. 중권이는 연락이 안 되는데. 침묵이 장승처럼 버티고 서서 두 남자를 내려다보고 있다. 둘은 어쩌면, 같은 생각을 하고 있을 것이다. 설마…… 아니다. 그 새끼가 그렇게까지야 했겠냐. 그럼. 그렇지. 그런 짓은 아무나 하나. 그래. 그럼 우리 둘만이라도 볼까? 그러지 뭐. 어디가 좋을까. 그래 거기. 몇시? 네시? 좀 애매하지 않을까. 좋아. 다섯시. 얘기 좀 하다가 밥이나 먹지 뭐. 그래. 오케이. 쓰레기를 처리한 영수의 아내가 돌아왔다. 그녀의 손에는 빨간색 봉투가 들려 있다. 뭐 이런 게 왔는데. 뭐야? 글쎄, 크리스마스 카드 같은데. 당신한테 크리스마스 카드 보내는 사람도 있어? 원, 별일도 다 있네, 하는 투로 영수의 아내는 우편물을 영수에게 조금은 불친절하게 던져주었다. 부엌으로 가면서도 아내의 주의는 계속 그 카드 쪽으로 향하고 있었다. 안 뜯어봐? 영수는 힐끗 카드를 살펴본다. 카드의 왼쪽 상단에는 작은 글씨로 진숙, 이라고 씌어 있다. 누구야? 아내가 물어온다. 글쎄, 잘 모르겠는데. 영수는 봉투를 부욱 찢는다. 산타클로스가 스프링이라도 달린 것처럼 튕겨나오고 그와 동시에 오르골 소리 비슷한 전자음이 울려퍼진다. 띠띠띠디디띠디디디…… 산타클로시즈 커밍 투 타운. 축 성탄. 오빠. 나야. 진숙이. 오랜만이지? 이렇게 카드 보내는 거. 영수의 아내는 드디어 참지 못하고 부엌에서 거실로 걸어왔다. 도대체 무슨 카드야? 영수가 미처 수습하기도 전에 카드는 아내의 손으로 넘어갔다. 그녀의 안색이 벽돌빛으로 변해버렸다. 진숙이? 그 진숙이? 걔가 왜 당신한테 이따위 카드를 보내는 거야? 둘이 아주 본격적으로 사귀나보지? 만났어? 언제 만났어? 엉? 지금 나 보라고 이

카드 들고 있었던 거야? 둘이 무슨 소꿉장난하는 거야? 도대체 이놈의 음악은 뭐야? 나보고 이 집에서 나가달라는 거야? 영수는 아무 대꾸도 하지 않고 그녀의 질문공세가 끝날 때까지 잠자코 기다렸다. 어느 정도 잠잠해졌을 때, 영수는 말했다. 그만해. 뭘 그만하라는 거야? 아직 시작도 안 했는데. 글쎄, 알았으니까 그만해. 왜 그만하라는 거야? 진숙이 걔, 죽었어. 죽어? 언제 죽었는데? 죽은 애가 카드를 어떻게 보내? 며칠 전에 죽었어. 영수는 거실 티테이블 아래에 처박힌 신문을 꺼내 보여주었다. 재독교포, 의문의 변사체로. 지난 15일 연말을 맞아 일시 귀국한 재독교포가 서울 창천동의 한 여관에서 변사체로 발견되어 경찰이 수사에 나섰다. 변사체는 정오가 다 되도록 인기척이 없는 것을 수상히 여긴 종업원에 의해 발견됐으며 경찰은 피해자의 지갑 및 귀중품이 그대로 남아 있는 점과 예리한 흉기로 잔혹하게 살해당한 점으로 미루어 원한이나 치정에 의한 살인사건으로 보고 피해자의 주변인물을 중심으로 탐문수사를 벌이고 있다. 영수의 아내는 신문 쪽으로 처박은 고개를 들어올리지 않았다. 그냥 그런 채로 남편에게 물었다. 얘 만났어? 영수는 펄쩍 뛰었다. 무슨 소리야? 내가 걔를 왜 만나? 너 미쳤니? 영수는 바락 소리를 질렀다. 물기 없이 거친 음색이었다. 아니면 됐어. 숙경은 자리에서 일어나 부엌으로 갔다. 싱크대 앞에 서 있는 그녀의 모습은 마치 광각 렌즈로 촬영된 것처럼 멀어 보였다. 총성 없는 전쟁. 회담 없는 휴전. 부부는 아무 말도 하지 않고 한참을 자기 일에 몰두했다. 영수는 텔레비전을 켰고 숙경은 부엌일을 했다. 대파를 다듬고 아귀를 썻은 숙경은 남편이 앉아 있는 소파 앞 티테이블 위에 놓여 있는 문제의 신문을 가지고 와 그 위에다 콩나물 봉지를 엎었다. 콩나물이 살인 사건 기사를 덮었다. 그래도 기사는 콩나물의 대가리와 줄기 사이사이로 보였다. 재××포, ×문의 변사××. 지난 15일 연말을 맞아 일시 ××한 재독교포가 서울 창천동의 한 여관에서 ××체로 발견되어 경찰이 수사에 나섰다. ×××× 정오가 다 ×도록 인××이 없× ×을 수×× 여긴 ××원에 의해 발××으며 경×× 피해자의 지갑 및 귀중품이 ××× 남아 ×× 점과 예×한 흉기로 잔혹×게 살××× 점으로 미루어 원××나 ××에 의한 살인사××× 보고 피해자의 주변××을 ×××로 탐××사를 ××고 있다. 콩나물이 한 가닥씩 정리되어 그릇으로 들어감에 따라 기사들은 다시 그 의미를 되찾고 있었다. 그러니까 진숙이 죽었다는 얘기. 누군가 그녀가 묵고 있는 여관방에 들어가 그녀를 죽였다. 그것도 예리한 칼로 난자했다는 것. 숙경은 거실에 앉아 있는 남편을 흘낏 건너다보았다. 그는 손톱을 잘근잘근 씹으며 티테이블에 올려놓은 발가락을 까닥거리고 있었다. 그는 명백히 불안에 휩싸여 있었다. 혹시 저 인간이 죽인 거 아냐? 숙경은 손에 잡힌 콩나물의 대가리를 뚝, 하고 과장되게 분질러버린다. 살인은 아무나 하나. 저런 별 볼일 없는 인물이 칼을 준비해 여관방으로 쳐들어가 자기 평생을 바꾸어놓을 살인을 결행했을 리가 없다. 그녀는 남편에 대해서는 꽤 잘 알고 있는 편이다. 그녀의 남편은 영화표 예매 한 번 해본 적이 없는 작자다. 한마디로 준비성이 없다. 또 결단력 있게 뭔가를 해치우는 스타일도 아니다. 지금 그녀가 들어앉아 있는 이 아파트도, 그녀가 아니었다면 영원히 사지 못했을 것이다. 빚을 지는 건, 난 반대야. 영수는 고개를 저으며 완강하게 반대했었다. 이천이 무슨 빚이라고 그래? 빚은 빚이야. 네가 갚는 것도 아니잖아? 그럼 누가 갚는데? 내가 갚지. 돈 문제로 의견충돌이라도 벌어질라치면 그 돈이 누구 돈이냐고 묻는 인간. 그런 인간이 진숙이를 해치웠을 리가 없지. 얼마나 좀팽이인데. 혹시, 진숙이가 돈을 요구했다면? 아니지. 진숙이가 그럴 일이 뭐 있었으려고. 설령 그랬더라도 경리과장 정영수가 칼을 들고 여관방으로 쳐들어갈 일은 없었을 것이다. 그러나 만에 하나, 정말 저 인간이 그랬다면? 정말 그가 살인이라는 것을 저질렀다면, 그것도 칼로 난자해 누군가를 죽였다면, 그래, 최소한 무기징역이다. 그렇게 된다면 이 아파트와 모든 동산의 소유권은 자연스럽게 내게로 넘어오는 것이다. 결혼생활을 계속할 수 없는 남편과의 이혼은 곧 성사될 것이다. 결혼을 지속할 수 없도록 만든 귀책사유는 그에게 있으므로 아무 문제도 일어나지 않을 것이다. 도의적으로 변호사 비용 정도는 들어가겠지만, 그거야 어쩔 수 없는 일. 인사치레 정도는 해야겠지. 그가 교통사고로 깨끗이 죽어준다면, 종신보험까지 들어 있으니까 금상첨화지만, 그것까지야 바랄 수 없고. 헉. 식칼의 날이 그녀의 왼손 검지손톱 위로 지나갔다. 아무 상처도 나지 않았지만 뜨끔했다. 도대체 무슨 생각을 하고 있는 거지. 그녀는 머리를 흔들었다. 그녀의 연상은 여관방에서 피를 흘리며 쓰러져 있었을 진숙에게로 튄다. 자기 몸에서 그렇게 많은 피가 쏟아져나오는 것을 볼 때의 기분은 어떨까. 수

면제를 먹었을 때처럼 몽롱하지 않을까. 날라리 기집애. 진숙은 일
학년을 채 마치기도 전에 기숙사에서 쫓겨났다. 사유는 무단외박.
누적 횟수는 세 번이었다. 남자들과 자고 다닌다는 소문이 파다했
다. 그 소문의 주인공 중에는 물론, 영수도 있었다. 물론 남편은 그
소문을 부인했다. 헛소문이야. 진숙이랑은 친한 게 아니라 그냥 아
는 거지. 걔가 아는 남자가 한둘이냐. 진숙은 숙경의 앞방에 살았다.
딱 한 번, 그래 딱 한 번이다. 숙경은 다듬어진 콩나물들을 냄비 속으
로 쓸어넣으면서 입을 앙다문다. 숙경은 진숙의 속옷을 훔친 적이
있다. 여도적들은 남자관계가 복잡한 진숙의 속옷을 좋아했다. 나는
달랐어. 숙경은 고개를 저었다. 내가 훔친 이유는. 숙경은 고개를 들
어 천장을 바라보았다. 모르지. 그걸 누가 지금까지 기억한단 말이
야? 그런데 그 팬티는 어떻게 했었더라? 아마 쓰레기통에 처넣었겠
지. 그랬다. 기숙사에선 도난사고가 끊이질 않았다. 날마다 누군가
가 누군가의 물건을 훔쳤다. 물론 그녀도 심심찮게 화장품과 속옷과
시계를 도둑맞았다. 그중 하나쯤은 어쩌면, 진숙에게로 가 있을지도
모른다고 숙경은 생각했었다. 지저분한 기집애. 아무하고나 자고 다
니는, 날라리, 걸레. 그래서 예쁜 팬티도 많았지. 넌 그 팬티들 다 어
디서 사니? 누군가가 물었을 때, 진숙이 특유의 어눌한 어투로 말했
다. 선물받은 거야. 팬티를 선물한다는, 선물할 수 있다는, 그 사실이
너무도 놀라워 기숙사의 여자들은 입을 딱 벌렸다. 무슨 선물? 응,
이건 생일 선물, 이건 크리스마스 선물. 정말로 크리스마스 선물로
받았다는 팬티 위엔 산타클로스가 그려져 있었다. 쟤 바보 아니니?

방으로 돌아온 숙경이 룸메이트에게 물었을 때, 룸메이트는 별로 생각하지도 않고 되받았다. 쟤? 바보잖아. 쟤 별명이 뭔지 알아? 자판기래. 누가 그래? 내가 아는 오빠가 그랬어. 쟤네 과에서도 유명하대. 쟤는 그걸 모르고? 아마 모를걸. 물론 세월이 지나 그녀에게 그녀에 대한 평판을 알려주는 사람들이 나타났다. 진숙은 며칠 의기소침했지만 이내 원래의 모습으로 돌아왔다. 그녀가 대단한 미모의 소유자였느냐 하면 그렇지도 않았다. 그저 수수한 외모의 그녀가 어떻게 그렇게 많은 남자들과 어울릴 수 있었는지 숙경으로서는 의문이었다. 그녀는 다시 부엌 바닥에 깔려 있는 신문으로 고개를 돌린다. 의문의 변사체. 도대체 누가 진숙이를 죽인 걸까. 진숙이 한국을 떠나 있던 그 십여 년 동안에도 그녀에게는 무수히 많은 남자들이 있었을 테니 그중의 하나겠지. 혹시라도 남편이 그랬다면, 그래, 한동안은 시끄럽겠지. 집으로 형사와 기자 들이 들이닥치고, 수색을 하고, 시집 식구들이 올라와 진을 치겠지. 아, 뭔가 사는 것 같을 텐데. 살인자의 아내가 되어보는 것도 흔치 않은 경험이지. 남편이 그런 흉악범이라는 걸 전혀 모르셨습니까? 여성지의 인터뷰 요청이 쇄도할 거야. 내 남편은 살인자였다! 멋진 헤드라인이잖아. 살인자와의 부부생활과 살인자와의 저녁식사, 살인자와의 신혼여행, 사람들은 그 모든 것을 궁금해할 것이다. 그녀가 이런 생각을 하고 있는 동안 남편은 외출 준비를 하고 있었다. 어디 가는 거야? 잠깐 나갔다 올게. 어디 가는 거냐구? 아까 정식이한테서 전화 왔었잖아. 걔 좀 잠깐 보고 저녁 먹고 들어올게. 아까부터 아귀찜 하는 거 안 보여? 그

리고 정식씨를 왜 보는데? 아, 진숙이가 죽었으니까 상갓집에라도
다녀오려고? 구멍동서들끼리 모여서 애도사라도 읊으려고? 영수는
아무 대꾸 없이 코트를 입고 목에 머플러를 둘렀다. 구둣주걱을 구
두와 발뒤꿈치 사이로 밀어넣으며 영수는 들릴 듯 말 듯한 목소리로
저항했다. 말이면 다 하는 줄 알아? 숙경이 뭔가 더 말하려고 할 때
쾅, 하고 문이 닫혔다. 그녀는 국자를 개수대로 집어던졌다. 개새끼.
욕을 뒤통수에 달고 집을 나선 영수는 집 앞에 주차된 자동차에 무
거운 몸을 밀어넣었다. 배가, 안전벨트 밖으로 밀려나와 벨트를 덮
었다. 추악한 몸. 자동차는 쿨럭거리며 아파트 단지를 빠져나와 길
을 달린다. 신호 때문에 정차할 때마다 영수는 중권에게 전화를 걸
었지만 통화는 되질 않았다. 약속장소에 도착하니 정식이 먼저 와
있었다. 그의 얼굴에서는 모래바람이라도 불어올 것 같았다. 정식이
곁눈으로 영수를 보며 속삭였다. 야, 우리 안 만나야 하는 거 아니
냐? 종업원이 무심한 얼굴로 메뉴판을 들이밀었다. 여기 커피요. 아,
아무거나, 그래요, 아메리카노. 야, 그게 무슨 소리야. 우리가 뭐 죄
졌냐? 우리가 만나지 말아야 할 이유라도 있냐? 정식이 사탕껍질을
벗겨 사탕을 꺼내 입에 넣었다. 그게 아니라, 씨발, 의심받을 수도 있
잖냐. 따지고 보면 우리가 만나야 할 이유도 없잖아. 야, 근데 저 새
끼들 짭새 아니냐? 정식이 구석자리에 앉은 남자들을 지목하며 물었
다. 아닌 것 같아. 짭새들은 양복 안 입어. 입는 새끼들도 있어. 영수
몫의 커피가 날려져왔다. 후루룩. 한 모금의 미적지근한 커피가 영
수의 입으로 들어갔다. 너…… 아니지? 영수가 커피 잔에서 눈을 떼

지 않은 채로 물었다. 내가 확실히 아는 한 가지는. 정식이 사탕을 입 속에서 거칠게 굴렸다. 진숙이를 죽인 건 내가 아니라는 거야. 그럼 누구지? 둘의 시선이 허공에서 처음으로 만났다. 그 새끼일 수도 있지. 중권이 새끼, 지금 별거중이지? 어우, 써. 그제야 영수는 자기 커피에 설탕을 넣지 않았다는 걸 알아차린다. 두 스푼의 설탕을 무성의하게 부어넣는다. 별거중인 거하고 살인하는 거하고 무슨 상관이 있나? 정식이 조심스럽게 반박해보지만 확신은 없어 보인다. 그 새끼, 작년에 사업도 망했다면서? 그거 무슨 사업이었지? 치킨 체인. 치킨도 하고 낮에는 커피도 하고 꼬치도 하는, 뭐 그런 데라던데, 나도 잘 모르지. 그 사업 망하면서 마누라하고 별거하게 된 거야. 그 새끼, 옛날에 진숙이랑 잠깐 살았었나? 살기는, 그냥 몇 번 잤겠지. 그 새끼 자취방에 진숙이 가끔 가고 그랬잖아. 영수 네가 중권이랑 같이 자취하지 않았었나? 그랬었나? 아, 잠깐, 뭐 몇 달 그랬을 거야. 진숙이 걔가 좀 헤프긴 했어. 헤프다기보다는 좀 맹했지. 아, 칼로 막 쑤셨다던데. 어떤 개새끼지. 그렇게까지 해서 죽일 필요가 있나. 그냥 목만 졸라도 캑, 하고 죽었을 텐데. 후, 내 말이 그 말이다. 근데 너 담배 끊었냐? 응, 얼마 전에 끊었어. 독한 놈. 담배 끊는 놈과 고스톱판에서 광만 파는 놈하고는 상대도 하지 말라던데. 너도 끊어, 인마. 끊으니까 좋아. 지금 이 판국에 끊게 생겼냐. 이 판국이 무슨 판국인데? 참, 경찰한테서는 연락 온 거 없지? 나는 아직, 너는? 없어. 우리가 만났던 거, 경찰은 모르겠지? 그럼, 모르지. 걔들이 그걸 어떻게 알겠어. 아, 괜히 나갔어. 난 또 너도 나오고 중권이 새끼도

나온다기에 나간 거였는데, 이게 뭐야? 둘은 후회스러운 기색으로
한동안 말이 없다. 그날 밤에 그렇게 된 거지? 그런 거 같아. 그러니
까 우리랑 만나서 술 마시고 진숙이가 여관으로 갔잖냐? 거기서 다
른 누군가를 만난 거지. 누가 찾아갔을 수도 있고, 아니면 그 기집애
가 불렀을 수도 있고. 누구였을까? 모르지. 걔가 남자가 어디 한둘이
었냐. 정식이 눈을 가늘게 뜨고 묻는다. 너, 그날 그냥 집으로 일찍
갔지? 영수는 담배를 거칠게 재떨이에 던져넣는다. 너, 나 의심하는
거야? 아니, 그냥, 그날 잘 들어갔나 하고. 그나저나 이거 귀찮게 생
겼는데. 뭐가? 어쨌거나 경찰이 걔 수첩이며 뭐며 죄 조사할 거 아
냐? 그럼 약속 스케줄 이런 것도 나올 거고, 하다못해 전화번호라도.
영수는 재떨이에서 담배를 다시 집어 피워물며 말했다. 뭔 걱정이
냐. 죄 없으면 그만이지. 그게 아니라 내가 내일모레 해외출장을 가
야 하거든. 근데, 만약 경찰에서 내 이름 발견하고 조사하려고 왔는
데 내가 해외출장중이면 날 가장 먼저 의심할 거라고. 안 그러냐? 그
렇지? 글쎄…… 아마 벌써 출국금지 조치가 내려졌는지도 몰라. 요
즘에는 조금만 의심이 가도 바로 출국금지부터 시켜버리니까. 아,
그러면 난 끝장인데. 이번 해외출장 업무에 대해서는 나 말고는 아
는 사람이 없어. 안 나가면 가구전시회 출품 계약이 깨지는 거라고.
그게 얼마나 심각한 문제인 줄 알아? 회사에다가는 뭐라고 말해? 살
인사건에 연루돼서 출국금지됐으니까 이번 전시회는 포기하자고 말
해야 되냐고? 십여 년 만에 옛날 알던 여자가 귀국해서 술 한잔 먹었
고 그날 그 여자가 뒈져서 재수없이 출국금지를 당한 거라고 말해야

되나? 영수가 손을 들어 정식의 말을 막았다. 왜 지금 나한테 화를 내는데? 내가 출국금지를 시킨 것도 아니잖아. 그리고 아직 출국금지가 돼 있는지 어떤지도 모르고, 안 그래? 그러니까 진정하라고. 너는 그래도 아직 마누라가 이거 모르지? 그 빌어먹을 크리스마스 카드 때문에 지금…… 잠깐, 카드? 무슨 카드? 진숙이가 우리집으로 카드를 보냈더라고. 우리 마누라가 그걸 보고 길길이 날뛰고 있어. 도대체 왜 그렇게 난리를 피우는지 모르겠어. 막말로 내가 진숙이랑 잔 것도 아니잖아. 잤잖아. 내가 언제? 옛날에. 그거야 옛날 얘기지. 그건 그렇고 카드 얘기 좀더 해봐. 혹시 그거 빨간색 봉투에 들어 있냐? 응. 빨간색. 지가 무슨 사춘기 소녀야, 뭐야? 웬 크리스마스 카드? 정식이 자리에서 벌떡 일어났다. 산 넘어 산이군. 무슨 소리야? 나올 때 우편함을 보니까 빨간 봉투 하나가 달랑 들어 있더라고. 그래서 그냥 무슨 홍보물이겠거니 생각하고 내버려뒀는데, 씨팔, 그게 진숙이가 보낸 거란 말이지? 쌍년. 죽으면서도 끝끝내 지랄을 하는구나. 나 먼저 간다. 정식은 카페를 나서면서 카운터의 사탕 몇 개를 움켜쥐었다. 주차된 자동차에 타자마자 사탕 하나를 입안에 털어넣었다. 혀로 몇 번 굴리기도 전에 사탕은 어금니에 씹혀 박살이 나버렸다. 정식은 십 분 거리의 집으로 차를 몰았다. 크리스마스 카드는, 다행히도 우편함 속에 있었다. 정식의 아내는 진숙을 모르지만, 그래도 그녀가 이 카드를 반가워하지 않을 것은 확실했다. 정식이 우편함 속의 카드를 끄집어낼 때, 누군가가 그의 곁에 와 섰다. 이정식 씨? 아, 맞군요. 같이 좀 가실까요? 뭐라구요? 선생님 집에서요? 이

거 봐요, 이선생. 당신이 무슨 거물인 줄 알아? 무슨 조사를 집구석에서 받아? 정식은 말없이 그들을 따라 그들의 차로 향하려다가 멈추어섰다. 정식은 그들에게 붙잡힌 팔을, 도주한다는 오해를 사지 않을 정도의 힘을 가해 살며시 빼내고 우편함 쪽으로 걸어갔다. 아, 이거 좀 다시 넣어놓구요. 우리 집사람한테 온 건가본데요. 정식의 손에는 진숙에게서 받은 빨간색 카드가 들려 있었다. 한 명의 형사가 정식을 차에 태우는 사이 다른 형사는 뚜벅뚜벅 우편함 앞으로 걸어가 방금 전에 정식이 다시 집어넣은 카드를 꺼냈다. 왜 남의 우편물은 뒤지는 겁니까? 그거 다시 넣지 못합니까? 이봐, 나 당신 고소할 거야. 당신 수색영장 있어? 형사는 정식의 항의에도 아랑곳하지 않고 크리스마스 카드를 안주머니에 넣은 후 조수석에 올라탔다. 자, 가지. 정식을 실은 자동차는 천천히 아파트 단지를 빠져나갔다. 피살자가 보낸 우편물이로구만. 조수석에 앉은 형사가 씨익 웃었다. 그는 피살자의 흔적과 조우하게 된 것을 명백하게 즐거워하고 있었다. 수갑 채워. 조수석의 형사가 지시했다. 뒷자리의 동료 형사가 정식의 손에 수갑을 채웠다. 정식은 자신이 증거인멸 및 도주의 우려가 있는 자로 간주되기 시작했다는 것을 느꼈다. 정식은 태도를 누그러뜨렸다. 이러지들 마십시오. 저 죄 없어요. 하나 물어봅시다. 도대체 왜들 이러는 거요? 승용차 안의 형사들은 누구도 대꾸하지 않았다. 콜라박스를 나르는 인부들이 콜라병과 대화하지 않고 우시장의 중간상들이 소와 이야기하지 않듯이 이송중인 피의자에게 형사들은 말 걸지 않는다. 경찰서에 도착하자 형사들은 정식을 데리고 강력계로 갔다. 그곳에 앉혀진 채 정식은 본격적인 취조를 받기 시작했다. 캄캄한 방, 흔들리는 백열등, 타자기. 이런 풍경은 영화 속에나 있을 뿐, 현실의 경찰서엔 없다. 얼핏 보면 경찰서는 세무서와 비슷하다. 무료한 얼굴의 직원들 앞에는 비굴한 표정의 일반인들이 앉아 자기 처지를 열심히 설명한다. 나이? 직업? 정식은 묻는 말에 성실히 답변했다. 아니, 그런 인상을 주려고 노력했다. 나는, 아무것도 숨길 게 없으며 숨길 이유도 없다. 그러니 무엇이든 물어보라. 그러나 그 전략이 별로 성공한 것 같지는 않았다. 그가 그런 인상을 풍기려 하면 할수록 그는 자신의 모든 말이 구차한 변명처럼 들렸다. 어느 우화에서처럼, 그는 자신의 입에서 튀어나오는 단어들이 뱀과 개구리로 변해버리는, 그런 느낌이었다. 진숙이는, 옛날에 알던 여자였습니다. 그뿐입니다. 왜 요즘 옛날 동창들 만나는 게 유행이잖아요. 그냥 걔가 외국에 있다가 오랜만에 귀국했다기에 옛날 친구들이 얼굴도 볼 겸, 겸사겸사해서 모인 거지요. 도대체 제가 오랜만에 만난 동창생 가슴팍에 칼을 꽂을 이유가 뭐가 있겠습니까? 네? 생각을 좀 해보세요. 형사가 노트북 화면 너머로 물끄러미 그를 바라보며 씨익 웃었다. 그 씨발년 그거, 죽여버려야 돼, 라고 말한 적이 있지요? 네? 뭐라구요? 아, 그게…… 근데 형사님, 혹시 사탕 좀 가지고 계십니까? 제가 얼마 전에 담배를 끊었거든요. 담배 태우시나요? 아, 그럼 아실 거예요. 이 금단현상이라는 거, 이거 죽이는 거지요. 사탕이라도 없으면 꼴딱꼴딱한다니까요. 혹시 사탕 가진 거 있으면 좀…… 형사가 고개를 가로저은 후, 천천히 또박또박 정식에게 다시 물었다. 그 씨발년 그거, 죽여버려야 돼. 그런 말 한 적 있지요? 네.
그렇지만 그건 그냥 화가 나서 한 말이지요. 이렇게 죽을 줄 알았다
면 그런 말 안 했을 겁니다. 그날 정영수, 박중권 그리고 피살자 조진
숙과 음주하다가 헤어진 후, 조진숙이 묵고 있던 여관으로 찾아갔었
지요? 정식은 고개를 들었다. 그러고는 고통스러운 숨을 내뱉으며
말했다. 형사님, 사탕이 없으면 담배라도 한 대 주시렵니까? 형사가
담배를 건넸다. 정식은 전향자 특유의 비굴한 표정으로 어설프게 담
배를 피워물었다. 그 씨발년 때문에 끊었던 담배까지 다시 피우게
되는군요. 갔었지요. 갔는데, 뭐 형사님은 그런 적 없습니까? 뭐 없
으시다면 할 수 없구요. 원래 그 진숙이랑 제가 그랬었어요. 원래 우
리는 다 같은 동아리였다 이겁니다. 그러니까 같이 술을 마시다가
슬쩍 빠져나와서는 여관 같은 데서 다시 만나서, 뭐 잘 아시잖습니
까? 그런데 그날은 가보니까 박중권씨가 더 먼저 와 있었지요? 형사
님은 그걸 다 어떻게 아십니까? 혹시 중권이 여기 와 있습니까? 그
건 몰라도 되고, 음, 묻는 말에만 대답하세요. 후, 형사님은 우리 관
계 모릅니다. 말해도 모르실 거예요. 진숙이는 그러니까, 옛날부터
우리 셋의 공동소유였단 말입니다. 처음엔 우리도 몰랐죠. 나중에
술 마시다가 알게 됐죠. 아마, 영수 새끼가 먼저 말했을 거예요. 여하
튼 그래서 우리 모두 다 알게 된 거예요. 비슷한 시기에 모두 진숙이
와 잤다는 걸. 남자들은 그런 상황에서 두 가지 방향으로 행동을 합
니다. 첫번째 선택은, 모두가 손을 떼는 겁니다. 말하자면 공동경비
구역이죠. 하하. 진숙이가 조금만 똑부러지고 반반했으면 우리는 그

렇게 했을 겁니다. 그런데 문제는 진숙이란 기집애가 좀 떨했다는 거거든요. 얼마나 떨했냐면 나랑 처음으로 그걸 할 때도 말이죠, 제 손가락이 들어가는 줄 알고 있었던 애예요. 아무 생각이 없었죠. 그런 애가 어떻게 대학까지 왔는지 모르겠어요. 아, 그리고 두번째 선택은 그 여자가 아예 없었다고, 지금도 없다고 생각하는 거지요. 그러니까 아무도 화제에 올리지도 않고, 그러나 관계들은 계속되지요. 모두가 함께 만나는 일은 없어야지요. 그 기집애는 말하자면 유령인 셈인데 모두의 눈에 보이는 유령이 있으면 곤란하잖아요. 그렇죠. 이제야 이해를 하시는군요. 그 여자는 없는 것이니까, 그 여자를 공유한다 해도 아무 문제가 생기질 않아요. 옛날 시골엔 그런 일 많았어요. 어느 마을이나 미친년이 하나씩 있죠. 마을의 칠십 먹은 노인네부터 열댓 살짜리 떠꺼머리까지 안 건드린 놈이 없는 그런 년이 있지요. 그래도 마을은 잘만 굴러갑니다. 그게 바로 이런 경웁니다. 전화벨이 울리자 형사가 수화기를 들었다. 예. 알았어요. 이제 그만 하세요. 형사는 정식이 막판에 떠든 내용은 하나도 기록하지를 않았다. 그런 장광설을 적고 있을 한가한 형사는 없다. 조서에는 분명한 사실 이외에는 기록되질 못하기 때문이다. 그래도 형사는 참을성 있게 들어주었다. 그것은 그가 이미 조서에 필수적인 사항만 쳐넣고는 국과수의 현장감식 결과를 기다리고 있었기 때문이다. 그 결과에 따라 꾸며야 할 조서의 내용은 달라진다. 괜히 앞질러 쳐놔봐야 헛수고인 셈이다. 그런데 드디어, 기다리던 1차 감식 결과가 나왔다는 전화가 온 것이다. 형사는 앞에 앉아 있는 피의자가 알아듣지 못하도

록 물었다. 누구래? 그래? 확실한 거지? 알았어. 형사는 전화를 끊고
노트북을 끌어당기면서 정식에게 물었다. 안 죽였죠? 아이구, 제가
왜 죽입니까. 그런데 왜 그 여자 죽여버리겠다고 했어요? 형사가 성
냥개비 하나를 잘근잘근 씹으며 물었다. 그거야 농담이죠. 그런 농
담 자주 합니까? 성냥개비 하나가 부러져나갔다. 정식이 손을 내저
으며 비굴한 표정을 지었다. 여관방에서 박중권씨를 불러내서 다시
술을 마셨죠? 그러면서 한 얘기죠? 네. 그러자 박중권씨도 그 씨발
년 때문에 자기 인생이 그 꼴이 된 거라고, 사실은 아까 그년 죽일려
고 간 거다, 뭐 그런 식으로 얘기했었지요? 네, 아마. 박중권씨는 왜
자기 인생이 피살자 때문에 조졌다고 생각하는 겁니까? 중권이는 말
이죠, 사실 그 새끼가 문젠데, 그 새끼는 진숙이를 좀, 아 씨발, 이거
웃기는 얘긴데, 그 새끼는 진짜로 좀 좋아했던 것 같아요. 그 떨한 년
을 말이죠. 십 년 전에 우리들끼리 틀어진 것도 중권이 때문이었어
요. 그때는 다들 졸업하고 영수는 회계사 시험에 붙어서 회계사 사
무소에 나가고 저는 저대로 취직이 돼서 연수다 뭐다 해서 바빴는데
요. 오랜만에 취직 턱도 낼 겸 다들 같이 만났는데, 중권이 그 새끼가
그날, 술도 별로 안 취했는데 난데없이 칼 들고 설치는 바람에 죽는
줄 알았습니다. 다 죽인다는 거죠. 한 번만 더 진숙이를 건드리면 가
만 안 놔둔다나요. 누가 씨발, 싫다는 년 건드렸나요. 가도 싫다고 안
하니까 가서 자고 오고 그러는 거죠. 형사님 같으면 그런 년 있는데
안 가겠어요? 뭐, 중권이 그 새끼는 안 그랬나요? 지도 똑같이 그래
놓고, 이제 와서 지는 사랑이고 우리는 농락이라니. 이런 억지가 어

딨습니까? 사실 중권이 그 새끼도 불쌍하죠. 그 새끼야말로 졸업할 때까지 여자 구경이라고는 진숙이밖에 못해본 놈이니까요. 그래도 그렇지, 친구인 저희한테 식칼을 들이대면서 죽이겠다고 난리를 폈으니 말이죠. 그러고 보면 그 새끼가 좀 과격한 데가 있어요. 아니, 그렇다고 진숙이를 그 새끼가 죽였다는 얘기는 아닙니다. 뭐, 사업도 실패하고 이혼도 당하고 울적한 건 있었겠죠. 이혼이 아니라 별겁니다. 형사가 교정해주었다. 다 알고 계셨군요. 정식은 침을 꿀꺽 삼켰다. 왜 침이 나왔던 거지? 정식은 이 침 넘어가는 소리가 형사의 귀에까지 들렸을까봐 걱정했다. 걱정하다가, 도대체 왜 이런 쓸데없는 걱정까지 하고 있는 것일까를 걱정했다. 그러는 그에게 형사가 복음을 전했다. 자, 이제 돌아가셔도 좋습니다. 당분간 멀리 가지는 마세요. 아직 혐의점이 완전하게 벗겨진 게 아니니까요. 정식은 머뭇거리면서 뭔가를 말하려다가 그만두고 자리에서 일어났다. 아마도 그는 다음날 가야 할 출장에 대해서 말하고 싶었을 테지만 당장은 경찰서라는 곳에서 더이상의 분란 없이 빠져나가는 게 급선무였을 것이다. 사실, 그가 영수에게 말한 국제가구전시회에 대한 이야기의 절반쯤은 그의 허풍이었다. 언제 어디서나 자신의 능력을 과장하고, 자신의 부재가 가져올 파탄적 상황을 암시하는 것. 설마 그가 가지 않는다고 국제가구전시회 출품이 무산되기야 할까. 이것은 그의 이야기를 듣던 영수의 생각이었다. 정식이 우편함의 크리스마스 카드를 수거하러 황급히 돌아간 후, 영수는 다시 채워주는 커피들을 꼬박꼬박 받아 마시면서 오랫동안 카페에 앉아 있었다. 어쩐지 집으로 돌아가기는 싫었다. 집 근처에는 형사들이 잠복을 하고 앉아 자신의 일거수일투족을 지켜보고 있을 것만 같았다. 형사들보다는 아내 숙경이 자신과 진숙의 이야기를 형사 못지않은 날카로운 어조로 추궁할 것이다. 학교 다닐 때에도 숙경은 진숙의 이야기만 나오면 노골적으로 불쾌해하곤 했다. 네가 나랑 잘 때마다 걔와 날 비교하고 있다는 거 알아. 하루는 잠자리에서 숙경이 이렇게 말했다. 나나 걔나 다를 바 없다. 혹시 그런 생각 하고 있는 거 아냐? 그럴 때마다 영수는 숙경을 달래느라 애를 먹었다. 사실 별로 다를 바 없잖아? 차이가 있다면 너는 진숙이와는 달리 나하고만 잔다는 거. 그가 내심 그렇게 생각하고 있었으므로 변명은 더 힘들었다. 진숙이와는 아무 일도 없었다니까 왜 자꾸 이러는 거야? 아무 일도 없었다는 사람이 왜 걔 얘기만 나오면 진땀을 빼는 거야? 숙경도 녹록지 않았다. 물론 숙경과 그렇게 투닥거리는 동안에도 영수는 진숙과 몸을 섞고 있었다. 물론 그도 가끔은 궁금할 때가 있었다. 진숙은, 어쩌자고 그런 삶 속으로 스스로를 밀어넣었던 것일까. 말하자면 이런 거야. 독일에서 돌아온 진숙은 그의 의문에 답해주었다. 그때의 나는 말이지, 내가 아무것도 아니라고 생각했어. 니들이 부르는 대로, 그래 걸레지, 걸레라고 생각했어. 그렇게 생각하면 못 할 게 없어. 니들이 날 강간하지 않는 한, 그러니까 최소한의 예의만 갖춰준다면, 별로 문제될 게 없었어. 그래선 안 된다고 말해준 사람이 있었는데 그 사람이 지금의 남편이야. 그 독일놈? 그래, 독일 사람이야. 그 사람이 그러더라구. 당신은 고귀하다. 오, 세상에, 난 그런 얘기 처음 들었어. 내가 걸레가 아니라니. 그리고 내가 고귀하다니. 내 남편이 뒤셀도르프 녹색당 지부장인 건 알지? 물론 나도 녹색당원이야. 내가 귀국했을 때, 어떤 잡지에 환경운동가라고 난 건, 음, 사실이 아니야. 나는 녹색당 당원일 뿐, 엄밀한 의미에서의 환경운동가는 아니야. 녹색당도 많이 변했으니까. 내가 변했다고? 글쎄. 나는 늘 초조했어. 내가 독일에 있는 사이, 한국이 무척이나 빨리 달라지고 있다는 소식을 자주 들었어. 소비에트가 망하고 거품이 부글부글, 곧이어 외환위기가 터지고. 나는 한국에 돌아오면 너희들이, 한국사회가 얼마나 변했을까, 잘 적응할 수 있을까, 걱정스러웠어. 그런데 와보니까 내가 가장 많이 변했더라. 니들은, 그대로였어. 기분 나쁘지 않지? 그녀가 자신의 십 년을 차분하게 정리하고 있을 때, 영수의 머릿속엔 사실, 이제 이 여자와 잠을 자기는 틀려먹었다는 생각만 떠오르고 있었다. 그 생각은 이런 말이 되어 나왔다. 너 되게 똑똑해졌구나. 진숙은 고개를 저었다. 니들은, 내가 바보였다고 생각하지. 그래 맞아. 난 바보였어. 그치만 그러는 니들은 어땠는 줄 알아? 이십대 초반의 너희들은, 기분 나쁘게 듣지 마, 어차피 지나간 얘기잖아, 그래, 음, 똥 마려운 강아지들 같았어. 너희들은 남 생각할 여유 같은 건 없었어. 욕망에 허덕대는 스스로를 혐오하느라 다른 누군가를 동정하고 자시고 할 여력도 없었지. 개폼을 잡고 내 자취방에 기어들어와 십 분 만에 사정하고 도둑놈들처럼 기어나가면서 자기들이 무슨 게릴라나 된 줄들 알고 있었지. 알았으니까 그만해라. 잘못했다. 영수가 진숙의 말을 끊었다. 진숙은 차분했다. 사죄 같은 걸 받자고 하는 얘기 아니야. 너

희가 사죄할 게 뭐 있어? 그때의 내가 나 자신을 걸레로 여기고 있었다는 게 사실 가장 큰 문제였어. 여자가 자기를 걸레로 여기고 있는데 누가 사람 대접을 해주겠어? 그냥, 너희들이 나를 백치 아다다쯤으로 여기고 있을 것 같아서, 그것만은 언젠가 교정을 해주고 싶었어. 물론 그런 생각을 하게 된 것도 독일에 간 이후였지만 말이야. 영수는 그 순간 명백히 살의를 품었다. 그랬다. 그것은 사실이었다. 그녀는 걸어다니는 비디오테이프였다. 그 테이프 속에는 그의 추악한 과거의 악행들이 고스란히 담겨 있었다. 그녀가 재생버튼을 누르기만 하면 술술술술, 전원이나 배터리 없이도 화면과 음성이 흘러나올 것이다. 그녀가 떠드는 동안 영수의 뇌리엔 살인의 충동이 격렬하게 똬리를 틀었다. 상상 속에서 그는 칼로 그녀의 내장을 휘젓거나 베개로 얼굴을 눌러 질식시키거나 옥상으로 데려가 밀어버렸다. 특히 그를 매료시킨 것은 잠든 그녀의 가슴에 길고 예리한 칼을 꽂는 상상이었다. 피가 분수처럼 솟구치며 온 방 안에 피냄새를 풍겨낼 때, 자신은 준비해온 깨끗한 옷으로 갈아입은 후, 유유히 방을 빠져나간다. 울컥울컥, 심장에서 피가 솟구칠 때마다 진숙은 꺽꺽거리며 입을 통해 그 피를 토해내는 것이다. 미안해. 나도 이러고 싶지는 않았다구. 그러게 돌아오지 말았어야지. 우리 셋은 모두 행복하게 잘살고 있다구. 애 낳고 집 사고 주말이면 대형마트에 다니면서 말이야. 한 여자를 공유하던 과거 같은 건 다 잊었다구. 그러니, 넌 좀 사라져 줘야겠어. 그러나 그 모든 것은 상상이었다. 영수는 아무 짓도 하지 않았다. 그가 상상을 더 발전시켜나가기 전에 중권과 정식이 약속장소에 나타났던 것이다. 넷의 어색한 모임은 시작되었다. 세 남자는 진숙의 출현을 모두 불편해하고 있다는 점에서 이해가 일치했다. 그들은 그녀가 완벽하게 사라져주었다고 믿어왔다. 고맙기도 하지. 졸업하자마자 만리타향으로 떠나주다니. 실은 그녀가 사라졌다는 사실마저도 까맣게 잊고 있었다. 그러니 젊은 날의 백치 소녀가 환경운동가가 되어 돌아온 현실을 그들이 어찌 간단히 받아들일 수 있었겠는가. 게다가 동시에 한자리에 소집된, 그런 우스꽝스런 상황이 그들에겐 더 견디기 어려웠다. 그랬다. 그들 사이에 '권력'이라는 게 존재한다면, 그 권력관계는 명백히 바뀌어 있었다. 이제는 그녀가 그들 셋을 소집하고 모임을 주도했다. 그것은 이렇게 하여 가능해졌다. 그녀는 그들 셋을 낱낱이 알았지만 그들 각자는 다른 두 명의 남자가 진숙과 어떤 방식으로 관계맺고 있는지에 대해서는 잘 알 수 없었다. 그저 짐작할 수 있을 뿐이었다. 현실적으로 존재했으나 그들이 존재하지 않는다고 여겼던 어떤 것이 진숙에 의해서 백일하에 현실로 인정되어버렸던 것이다. 그러니까 주도권이 진숙에게 넘어간 것도 당연했다. 아마, 말들은 안 했지만 그날 진숙을 향해서, 태연히 그들의 치부를 드러내던 진숙에 대해서 살의를 느끼지 않은 자는 없었을 것이다. 그랬기 때문에 그들은 진숙이 피살되었을 때, 모두 자기 손을 찬찬히 살펴보지 않을 수가 없었다. 혹시라도 내가, 나도 모르는 새에 칼질을 해댄 것은 아니었을까. 지난밤에 나는 정말로 아무 일 없이 택시를 타고 집으로 돌아온 것일까. 사실 그동안 그들의 꿈속에서 진숙은 여러 번 살해되었다. 그녀의 피는 끝이 없었다.

속죄는 가능하지 않았다. 짓지 않은 죄를 참회할 수는 없었다. 죽이지도 않았는데 어떻게 참회할 수 있단 말인가. 현실 권력의 체포에 대항하기 위해, 즉 혹시라도 있을 경찰의 취조시에 실수로라도 헛말을 하지 않기 위해 그들은 평상시에도 절대로 속죄 같은 건 하지 않았다. 대신 꿈에서 그들은 그 대가를 치렀다. 그들의 꿈은 늘 흉흉했다. 아니 생시도 꿈 못지않게 흉흉했다. 그런 흉흉한 마음으로 자신의 집 앞에 도착했을 때, 영수는 슬그머니 뒤를 돌아보았다. 아무래도 누군가가 자신을 망원경으로 지켜보고 있는 것만 같았다. 그는, 감시당하고 있다고 느꼈다. 물론 그건 피해망상에 가까웠다. 그는 주의깊게 주위를 살핀 후에 벨을 눌렀다. 문이 열렸다. 집에서는 콩나물 비린내가 풍겨나왔다. 아내는 아무 말 없이 문만 열어주고는 거실로 돌아가 텔레비전 앞에 앉았다. 전화 온 데 없었어? 영수의 질문에 숙경은 흥, 어디 올 데라도 있어? 전화 온 거 없었어, 라며 퉁명스럽게 대꾸했다. 공범 회의는 잘 끝난 거야? 숙경이 그를 찔렀다. 영수는 화를 내려다가 참았다. 그러나 숙경은 멈추지 않았다. 아직까지 경찰이 우리집으로 들이닥치지 않은 걸 보면 확실히 지능범들은 뭐가 달라도 달라. 이번에는 더이상 참을 수 없게 된 영수가 숙경 앞으로 갔다. 그의 얼굴이 너무나 일그러져 있어서 숙경은 겁을 집어먹지 않을 수 없었다. 텔레비전 꺼. 숙경은 항의했다. 왜 이러는 거야? 텔레비전 끄란 말이야. 숙경은 텔레비전을 껐다. 텔레비전이 꺼지자 영수는 안방으로 들어가 침대에 누워버렸다. 숙경은 다시 텔레비전을 켰다. 케이블 뉴스채널에서는 뉴스가 나오고 있었지만 창천동 여관방 살인사건에 대해서는 더이상 보도하지 않고 있었다. 하긴, 여자 하나가 칼 맞아 죽은 게 뭐 대수로운 일일까. 뉴스는 벤처기업들의 거액 부정대출사건과 은행 구조조정 상황을 긴박하게 전하고 있을 뿐이었다. 숙경은 일어나서 안방에 있는 남편에게로 갔다. 휴가라도 내고 어디 다녀오지그래? 고향에라도 말이야. 영수가 벌떡 일어났다. 너 자꾸 왜 이러는 거야? 그런 거는 범죄자들이나 하는 짓이야. 나는 말이지, 진숙이하고 술 한잔 마신 죄밖에는 없어. 그게 전부야. 숙경의 눈에서 번쩍, 빛이 났다. 술? 술을 마셨단 말이야? 진숙이하고? 오호라. 그게 언제인데? 영수는 고개를 숙였다. 15일. 15일? 그럼 진숙이 죽은 날 아냐? 당신 정말 집에서 이러고 있어도 되는 거야? 영수가 벌떡 일어나 숙경의 머리채를 잡아 침대에 내동댕이쳤다. 으아악. 숙경이 비명을 질렀다. 그래 죽여라, 죽여. 한 명 더 죽인다고 뭐 달라질 거 있냐? 영수는 숙경의 몸 위에 올라타고 목을 눌렀다. 캑캑. 그러나 그게 그렇게 오래가지는 못했다. 병신. 영수를 밀치고 일어난 숙경은 침이라도 뱉을 듯 차갑게 내뱉고는 방을 나갔다. 침대에 누운 채로 영수는 생각했다. 나는 진숙이에게 손끝 하나 댄 적이 없는데, 어째서 우리 부부가 이래야 하는 거지. 나는 정말이지 죄의식을 느껴야 할 이유가 하나도 없다구. 개 같은 년. 이번 욕은 아내인 숙경을 향한 것이었다. 남편이 이렇게 위기에 처해 있을 때만이라도 좀 곰살맞을 수 없나? 뭐 지능범은 다르다고? 내가 정말 살인이라도 했기를 바란다는 거야, 뭐야? 정말 이민이라도 가버릴까. 모든 재산을 슬금슬금 챙겨 한순간에 꿈의 땅 캐나다로 휙, 떠버리는 거지. 개 같은 년. 그때도 저렇게 기고만장할 수 있을 것 같아?
그때였다. 삐리리릭. 영수의 휴대전화가 울렸다. 정식이었다. 그의
말은 짧았다. 테레비 켜봐라. 영수는 허둥지둥 리모컨을 찾아 안방
의 소형 텔레비전의 전원을 켰다. 칠번이야. 화면은 포박당한 채 끌
려나오는 중권의 모습을 보여주고 있었다. 그것을 마지막으로 그 꼭
지의 뉴스가 끝나버렸기 때문에 사건의 영문은 정확히 알 수 없었
다. 어떻게 된 거래? 영수가 물었다. 뉴스에서는 그러네. 중권이가
죽었다고. 영수는 기계적으로 반문했다. 중권이가 왜? 정식은 긴장
이 풀려나간, 그래서 조금은 아쉬운 듯한 목소리로 힘없이 대꾸했
다. 모르지. 경찰 말로는, 만나주지 않는 데 앙심을 품고 범행을 저질
렀다는데, 너도 알다시피, 그날 같이 술도 마셨잖아. 쩝. 영수는 입맛
을 다셨다. 아마 개인적으로 만나주지 않았다는 거겠지. 그나저나
중권이 그 새끼, 인생 종쳤네. 뭐, 종친 게 그 새끼뿐이냐. 진숙이도
간만에 고국이랍시고 들어왔다가 종쳤고, 넌 인마 멀쩡한 거야? 마
누라 다 안다며? 멀쩡할 리가 있겠냐. 난 멀쩡하니까 걱정하지 않아
도 돼. 근데 이상한 건 말이지, 왜 우리가 이렇게 찝찝하냐 말이지.
씨발 나는 손에 피 한 방울 안 묻혔는데 말이야. 정식이 발끈했다. 누
군 묻혔냐? 인생이 씨발 다 그런 거 아니냐. 그나저나 요 며칠 잠 못
자서 죽을 뻔했는데 이젠 좀 다리 뻗고 자겠다. 자, 그럼 또 연락하
자. 전화가 끊어졌다. 영수는 방을 나와 뾰로통한 채 텔레비전에만
시선을 주고 있는 아내에게 갔다. 다정한 목소리로 그는 말했다. 이
봐, 곧 크리스마스잖아. 백화점에 트리라도 사러 가지 않을래? 무슨

뜬금없는 소리냐는 표정의 아내에게 영수는 복음을 전하는 동방박사처럼 한껏 과장된 어조와 몸짓으로 말했다. 진숙이 말이야, 중권이 그 개새끼가 죽인 거래. 아까 뉴스에 나왔대. 씨팔 새끼, 연락이라도 좀 해주지. 괜히 걱정하고 있었잖아! 숙경은 그런 영수의 얼굴을 빤히 바라보다가 아쉬움과 경멸을 반반쯤 섞어 씹어뱉듯이 말했다. 정말 대단한 친구들이셔. 영수는 화를 누르며 다시 한번 말했다. 트리 사러 갈 거야? 안 갈 거야? 숙경은 대꾸하지 않았다. 그럼 관두든지. 영수는 버럭 화를 내고는 화장실로 갔다. 손을 씻어낸 물이 핏물처럼 벌겠다. 난 죽이지 않았다구. 고개를 들어 거울을 보니 뱃살이 늘어지고 눈꼬리가 처진 낯선 남자 하나가 서서 자기를 바라보고 있었다. 너 그거 엄마가 그냥 두랬지! 숙경이 아이에게 발악하듯 소리를 질러댔다. 산타클로시즈 커밍 투 타운. 아이가 진숙이 보낸 빨간 크리스마스 카드를 펼쳐보고 있는 모양이었다. 아내가 카드를 갈기갈기 찢는 소리가 뒤를 이었다. 그러나 음악이 내장된 중국산 칩에서는 단조로운 전자음 캐럴이 계속 송출되고 있었다. 영수는 어느새 그 가락에 맞춰 콧노래를 흥얼대고 있었다. 산타 할아버지는 알고 계신대. 누가 착한 앤지. 나쁜 앤지, 오늘밤에 다녀가신대. 랄라라라 랄라라라 랄라라라라. 숙경은 쓰레기통을 뒤집어 버려진 뒤에도 끈질기게 울려대고 있는 중국산 음악칩을 찾아내어 베란다 창문을 열고 던져버렸다. 산타클로시즈 커밍 투 타운. 배터리가 완전히 소모될 때까지 끈질기게 울려퍼질 크리스마스 캐럴. 물론 그것은 숙경과 영수의 귀에는 결코 들리지 않을, 단조로운 멜로디에 불과했다.

이 책은 창비에서 2004년에 처음 나왔다. 개정판의 교정을 보느라 오랜만에 읽어보니 이전에 낸 두 소설집들과는 사뭇 분위기가 다르다. 신인 시절의 음울한 정조를 완전히 털어내버린 것은 아니지만 전반적으로 밝고 경쾌하다. 이야기 만들기의 즐거움을 스스로 만끽하고 있었구나 하는 느낌도 난다. 무엇보다 이 무렵의 나는 캐릭터 만들기에 재미를 들였던 것 같다. 전문 고발꾼 아버지를 야구방망이로 제압한 후 집을 차지하는 아들, 음모론에 사로잡혀 충무공 동상을 폭파하러 다니는 왕년의 운동권, 주가 조작으로 한탕을 노리던 증권회사 직원, 자연발화로 죽은 남편 때문에 괴로워하는 옛 연인을 우연히 만난 천주교 신부, 영화 소품으로 사용될 시체 마네킹을 만들게 된 신혼 부부, 냉소적으로 위악을 떠는 국회의원 보좌관, 바람둥이 영화감독을 제압하는 여성 소설가 같은 캐릭터가 서로 부딪치며 이야기를 만들어내고 있다. 이때는 사람들을 꽤 많이 만났다. 내면으로만 향하던 시선을 바깥으로 돌려 주변에서 일어나는 일들과 내 주의를 사로잡은 인물들의 변화를 흥미롭게 지켜보았던 기억이 난다. 참으로 다양한 사람들이 이런저런 일들을 저지르며 나와 같은 세상을 살아가고 있었다.

당연한 얘기지만 소설은 작가 혼자 쓰는 것이 아니다. 세상이 작가에게로 와서 소설이 된다. 그렇게 나온 소설을 읽고 사람들은 세상을 이전과는 다른 방식으로 보게 된다. 작가가 들은 말, 본 뉴스, 겪은 사건들이 조금씩, 때로는 결정적으로 작품의 색깔과 방향을 결정하는 것 같다. 사람들은 작가에게 묻곤 한다. 다음 작품은 어떤 거냐고. 많은 작가들이 그 질문을 피하고 싶어하는데, 왜냐하면 자기 자신도 잘 모르기 때문이다. 좋은 포도를 수확하여 즙을 짠 다음 오크통에 넣어서 숙성시키면 괜찮은 와인이 나올 것이다. 그러나 오크통의 질과 특성, 그 기간에 따라 같은 즙이라도 꽤 다른 맛을 낼 것이다. 만약 작가가 오크통 같은 존재라면, 작가는 자신의 골방에만 틀어박혀 있어서는 안 될지도 모른다. 다양한 사람들을 만나고, 세상의 온갖 사건들에 주의를 기울이면서 그것들을 자기 내면으로 받아들일 필요가 있을 것이다. 그런 의미에서 당시에 세상 속으로 깊이 들어가 많은 일을 겪은 것은 작가로서는 다행이었다고 생각한다.

2004년에 세상에 나온 이 작품집은 2010년에 문학동네로 옮겨 10년간 출간되었고 이제 복복서가판으로 새로운 독자들을 만나게 된다. 복복서가판에서 크게 달라진 것은 없으나 작품들의 수록 순서를 바꾸고 문장과 어휘도 다듬었다. 2020년대의 새 독자들이 어떤 느낌으로 『오빠가 돌아왔다』를 받아들이게 될지 궁금하다. 아무쪼록 즐거운 독서 경험이 되기만을 바라본다.

2020년 9월

김영하

김영하는 그 특유의 무애無碍한 눈길(반어법적 문학 수사!)과 상상력으로 일
견 지나친 허풍이나 비틀기로 보일 만큼 현실적 주류 질서 경계 바깥의, 혹
은 그것에 가려 숨겨진 우리 삶의 허방의 영역을 천연덕스럽게 병렬竝列 혹
은 병치竝置시켜놓는 식이다. 그리고 그 자유로운 의식 공간에서 우리 각자
의 삶의 허방과 이 사회의 병적 징후들을 허심탄회하게 목도하게 만든다. 나
는 감히 이를 우리 소설의 한 재활의 숨결로 읽고 싶다. 사실주의 전통에 충
실하려 애써온 우리 소설은 지금까지 늘 유용한 현실 윤리의 틀 안에서 그
현실의 무게에 정면으로 맞서고 짐져 나가려다 종당엔 기진맥진 감당 불급
상태에 빠져든 마당에, 짐짓 삐뚜름하게 비껴선 김영하 상상력의 반규범적
병치의 세계는 무엇보다 우리 정신의 자유와 권리를 부질없이 간섭함이 없
을 뿐 아니라, 그로 하여 믿어 의심치 않아온 우리 세상살이의 참모습을 보
다 명징하게 돌아볼 수 있게 해주기 때문이다. 마치 육신을 떠난 혼령이 허
공에서 남루한 자신의 모습을 돌아보듯이. **이청준(소설가)**

김영하의 소설집 『오빠가 돌아왔다』는, 소설 양식은 독자들이 호기심과 긴장
감을 갖고 흥미 있게 읽을 수 있어야 감동의 지평을 확보할 수 있다는 평범
하지만 초시대적인 이치를 잘 입증해주고 있다. 요즈음 소설에서는 내용의
무게와 관계없이 하회下回에 궁금증을 갖게 하는 작품을 찾기란 쉽지 않다.

각종 매체가 이야기를 쏟아내는 현실에서 독자들을 계속 호기심으로 몰아넣는 소설을 쓰는 것부터가 쉬운 일은 아니다. 소설집 『오빠가 돌아왔다』는 작가의 초기 소설들에 비해 코믹 터치나 몸의 기호학에 덜 의존하고 있는 편이다. 아직은 작가나 화자가 직접 나서서 작중인물이나 상황에 대해 정색을 하고 비판하거나 의미 부여하지는 않고 있지만, 작가 자신은 희극적 인물이나 상황을 제시하면서도 독자들은 심각한 표정을 지으며 다가와주길 바라고 있는지도 모른다. 이번 이산문학상 수상의 근거가 된 '개성과 설득력의 겸비'가 앞으로도 계속 작가 김영하를 떠받쳐주길 바란다. **조남현(문학평론가)**

그야말로 시종일관 막돼먹은 인간들이 펼치는 막돼먹은 행동에서 건강한 집안을 만들기 위한 의식을 엿볼 수 있어서 즐거웠다. 단번에 만장일치로 이산문학상 수상자가 된 김영하에게 축하를 보낸다. **홍정선(문학평론가)**

황순원문학상 수상작의 영예를 얻게 된 김영하 씨의 '보물선'은 구성이 치밀하고 어조가 힘찰 뿐만 아니라, 후보작들 중에서 가장 흥미진진한 내용을 담고 있다. 자본주의 경제의 한 중심에서 벌어지는 주가조작의 실상과 첨단정보시대의 전설이라고나 불러야 할 보물선 소동의 시말을 한 그물로 후려내는 이 소설에서 심사위원들이 짚어낸 장점은 그밖에도 많다.

사실을 거짓말처럼, 꾸며낸 이야기를 사실처럼 믿게 하는 이 소설의 기세 높은 문체는, 실질가치와는 무관하게 엄연한 현실로 군림하는 주가라는 하나의 유령과, 허망한 꿈이 역사의 가면을 둘러쓴 꼴인 또 하나의 유령으로서의 보물선을 그 자체로서 은유하고 표상하는 효과를 지닌다. 학창시절 한때 '역사연구회'의 회원이었던 두 주인공의 이후 행적도 시사하는 바가 크다. 우리 시대의 비극인 이 운명의 파탄이 허황하고 몰역사적인 거품의 삶과 편집광적인 가짜 역사의식의 합작품임을 그것은 말해 주고 있기 때문이다. 이 작품

의 깊이가 또한 거기 있다. **황현산(문학평론가)**

소설가 김영하는 독자에게나 평단에서나 고른 지지를 받는 작가다. 그의 작품은 현대적 감수성과 속도감으로 세태를 확실히 반영하는 한편 날카로운 현실인식과 풍자, 아이러니를 통해 짙은 여운을 남긴다. 김영하가 선보인 일련의 소설들은 분열과 엇갈림의 연속이다. 개인의 일상과 내면, 자신과 타인, 체제와 인간이 끊임없이 마찰음을 일으키며 진정으로 만나지 못한다. 그것은 동창들의 만남을 어색하고 치명적으로 이끌고, 집을 마련한 소시민의 기쁨을 짓밟으며, 가족이라는 단란한 이름 속에 엽기와 살의를 끼워넣는다. 그럼으로써 합리적이고 쿨하게 보이는 현대인이 실은 칼날 위에 서 있음을 뒤돌아보게 만든다. **경향신문**

여전히 경쾌하고 웃음 터뜨리게 하는 유머가 살아 있으면서도 삶에 대한 시선은 훨씬 다면적이고 깊어졌다. **문화일보**

김영하의 소설을 읽는 독자에게 안겨지는 것은 이성과 합리로는 설명할 수 없는, 사인에 대한 어떤 섬뜩한 서늘함이다. 묘사를 동원해 가슴을 울리는 대신, 작가는 묘사를 비워놓음으로써 곧바로 가슴을 쳐버린다. **한국일보**

17세기 프랑스의 아마추어 수학자 피에르 드 페르마는 이런 말을 남겼다. "$a^n+b^n=c^n$: n이 3 이상의 정수일 때 이 방정식을 만족하는 정수해 a, b, c는 존재하지 않는다. 나는 경이적인 방법으로 이 정리를 증명했다. 그러나 이 책의 여백이 너무 좁아 여기 옮기지는 않겠다." 훗날 '페르마의 마지막 정리'로 불리게 될 이 글 때문에 수백년간 수학자들은 골머리를 앓았다. 너무도 간단한 정리에 대한 너무도 길고 지난한 증명. 과정은 다르지만 나는 가끔 문학이 이와 비슷하다는 생각을 한다. 너무도 간단한 그 무엇에 대한 호기심 때문에 발을 들여놓지만 평생이 걸려도 그 '간단한 그 무엇'의 실체도 잡지 못하는 경우가 허다하다. 게다가 문학에는 나름의 '증명'을 최종적으로 추인할 그 누구도 없다. 그렇지만 골방에 틀어박혀 자기만의 문제이면서 동시에 인류 보편의 문제일 그 어떤 것과 씨름한다는 점에서 나는 세계의 수학자들에게 동병상련의 정을 느낀다.

뉴욕의 한 지하철역에는 이런 낙서가 있었다고 한다. "$a^n + b^n = c^n$: n이 3이상의 정수일 때 이 방정식을 만족하는 정수해 a, b, c는 존재하지 않는다. 나는 경이적인 방법으로 이 정리를 증명했다. 그러나 지금 내가 탈 지하철이 오고 있기 때문에 여기 적을 만한 시간이 없다." 수학에서는 이런 '뻥'이 통하지 않을지 모르나 문학에서는 허용된다. 모든 작가들의 마음속에는 '경이적인 방법으로' 이미 증명한 정리들이 있을 것이고 아직 그것을 적을 시간이 없었을 뿐일지도 모른다. 설령 그렇지 않더라도 그렇게 말할 배짱쯤은 있어야 하지 않을까.

그런 배짱으로 기쁘게 이 상을 받는다. 미처 추인이 끝나지 않은 증명에 기꺼이 한 표를 던지신 심사위원들께, 그리고 자기만의 골방에서 평생의 과제와 대결하고 있을 내 문학적 동료들에게 감사와 연대의 인사를 전한다.

김영하, 이산문학상 수상 소감에서